冷推理

钟宇 著

上海社会科学院出版社

图书在版编目(CIP)数据

冷推理/钟宇著.—上海:上海社会科学院出版社,2019
ISBN 978-7-5520-2897-3

Ⅰ.①冷… Ⅱ.①钟… Ⅲ.①长篇小说—中国—当代 Ⅳ.①I247.5

中国版本图书馆 CIP 数据核字(2019)第 180517 号

冷推理

著　　者:	钟　宇
责任编辑:	王　勤
封面设计:	陆红强
出版发行:	上海社会科学院出版社
	上海顺昌路 622 号　邮编 200025
	电话总机 021-63315947　销售热线 021-53063735
	http://www.sassp.org.cn　E-mail:sassp@sassp.cn
排　　版:	南京理工出版信息技术有限公司
印　　刷:	上海景条印刷有限公司
开　　本:	890 毫米×1240 毫米　1/32
印　　张:	9.5
字　　数:	209 千字
版　　次:	2019 年 11 月第 1 版　2019 年 11 月第 1 次印刷

ISBN 978-7-5520-2897-3/I·351　　　　　定价:49.80 元

版权所有　翻印必究

这个世界也许无法处处有正义，但不能没有真相……

目录
CONTENTS

引子 / 1

第一章 / 1
再就业

20世纪90年代初，我们X城有所谓的四大恶霸。当然，这也是一干老百姓"闲得蛋疼"杜撰的，为了让饭局上聊的话题比较有江湖味。而这四大恶霸里，有一位就是大力哥。

第二章 / 19
局外人

黑猫和何队是最早赶到现场的。他们是我在市局刑警队时的同事，关系都不错。黑猫在还久远点的年代，就在刑警队工作了，当年喜欢骑一部边三轮的摩托车，戴个大墨镜，再套上一身警服，就很像那年头流行的动画片里的黑猫警长的模样，所以得了个小名，叫黑猫。

第三章 / 39
嫌疑人

在1996年《刑事诉讼法》修改前，犯罪嫌疑人都是被称呼为人犯、犯人的。也就是说，小军在分局待的那两天，身份比较憋屈，叫犯人。

第四章 / 61
抓　贼

小军始终还是憋气。我带着他和八戒下到一楼胡乱吃了点东西，他还是在骂骂咧咧，具体也没骂谁。骂刘科死得不对——人家都已经羽化而去了，也不是很应该；骂钟大队他们把自己折磨一番——人家也只是照章办事，谁让你自己半夜跑去呼唤大海。

第五章 / 83
第二个命案

窗外人给硬生生地被八戒拖着脑袋，我和小军拉着双手给扯了进来，居然是一个面黄肌瘦的家伙，一看就知道是个抽大烟的。

第六章 / 99
"低掉"！一定要"低掉"！

出门，何队正站在走廊边望着窗外，叼着烟发呆。见我走到身边，便递了支烟给我。两人一口一口地吸着烟，没有说话。

第七章 / 117
钟大队与何队

表哥并没有如我意料中的匆匆忙忙地离开火龙城，事实上，他并没有一点要离开火龙城的意思。

第八章 / 137
古　倩

脚边的洞通往厨房厕所。那孙子比较狡猾，洞是在厕所一个装一次性饭盒的木柜子后面。

第九章 / 155
五岭屯

　　和八戒整理了几件衣服，我们基本上都住在场子里，换洗的也都有几套在房间里。所以说，男人出门就是方便，两个人的东西加到一起，也就一个旅行袋，还包括怕九月底的东北有点冷而带上的外套。

第十章 / 175
刘翠姑

　　我们在山洞里睡了一宿。也是奇怪，外面下着雨，可洞里一直是干干与暖暖的。刘村长说："这个自然，因为这洞通风，而且咱又烧了火，要不那些上山打猎的怎么能在山上一待就是半月呢？"

第十一章 / 195
莎　姐

　　我们第二天睡到快十点起床，给八戒他们房间打电话，居然是个女人接的电话，说胖子在洗手间。我和古倩就讨论八戒和小军两人这一晚是什么情况。

第十二章 / 215
阴　谋

　　听莎姐说完这十几年前的故事，我陷入了沉默。毕竟人心都不是铁打的，就算我现在把凶案怀疑的重点放在了他们兄妹身上，但面前这女人、这悲情的故事，却应该不是捏造。

第十三章 / 237
正 义

见建雄慌张的模样,我问他:"为啥说刘司令有胆杀人?"

第十四章 / 257
真 相

那晚我和建雄、莎姐去分局录证言录到快天亮。回到火龙城时,门口的血迹已经被清理干净了。如果换成别的地方出了这事,现场不是这么一时半会就能够清理好的,而火龙城不同罢了。

第十五章 / 275
别了,X 城

凡事都怕有心,到刘德壮出狱后,建雄已经退伍了一年多,进了他哥做厂长的工厂,做起了供销——也就是现在的业务员。刘德壮每天收工便满大街转,哪里人多就往哪里去探头。

尾声 / 289

引 子

我叫邵波，1990年毕业于中国刑警学院，学的是刑事犯罪侦查。具体搬出那些学科来，比较生硬。就如物理学家摆弄七八个鸡蛋叠罗汉，大家觉得很好玩，但他给你讲解原理，可以让人疯掉。

毕业后加入公安系统，对于我这种公安家庭的孩子来说，是顺理成章的。山东某沿海城市 X 城刑警队，便是我的第一个单位。

遗憾的是，因为年轻，并且从小在父亲身边的叔叔伯伯身上，枪也摸得多，所以对队伍里对枪械的管理看得没那么重，于是就有了一次严重的错误：耐不住高中一个死党的纠缠，练习打靶时私藏了两颗子弹，拿去让死党放鞭炮一样给放了。事发后，自己态度又不够诚恳，便被公安队伍勒令开除。这是我这辈子最大的耻辱，也是我一生无法原谅自己的错误。当时父亲已经退居二线，按理说，因为我的无知所犯下的这个错误没有造成严重后果，可以只记一个大过。但当时某位领导与父亲在任时有矛盾，因为父亲严肃地处理了一起颇有民愤的故意伤害案，而被处理的小伙子，正是该领导的儿子。于是，本来可以记过处分的我，被该领导把事件放大。而我，于1993年，狼狈地离开了分局刑警队。

父亲大发雷霆，把我赶出了家门。以前的同事，虽然还是称兄道弟，但我可以猜测到，在背后，对我这种官二代的遭遇，他们一定是幸灾乐祸的。我当时很后悔，后悔自己完结了自己应该有的一生。金色盾牌荣誉的梦想，对于我，就那么轻而易举地远去。到现在，十多年过去了，每每在街上看到穿着警服的我曾经的同袍，依然羡慕着。

年纪轻，犯的错，用一辈子来悔恨……相信很多年少轻狂过的人，都有共鸣。

我是1993年年底到的深圳市，后来开设了一家所谓的调查事务所。来深圳的原因，便是我要给大家讲的第一个故事。而调查事务所这个行业，在这十几年里也因为进入门槛太低，各种事务所鱼龙混杂，慢慢成为一个很底层的行当。为了一点点小钱，很多同行做着很多不能见光的事情。比如婚姻忠诚度调查，本来是一个虽不道德，但也事出有因的事务，却被某些没有职业操守的人做成为了佣金，不择手段地制造与杜撰出轨事件。而更有甚者，调查事务所还兼收债，兼财务公司，俨然是挂牌的流氓团伙。

扪心自问，我在这么多年的调查事务所工作中，虽然为了生计，也接过一些比较滑稽的事务，但所操作的个案，都还对得起良心。我和我两个朋友，需要业务维持生计，有时不得已也接些无聊的业务。在起步初期，类似交易虚拟货币、帮大款讨回非婚生子之类的案子，没少做。

所幸有很多经商的、从政的朋友看得起我邵波的一点点能耐,也有很多香港、台湾的朋友,愿意把我当兄弟看待。再加上因为在刑警学院毕业,并且是1990届生,很多师兄师弟,也都在全国各地公安队伍里成为了中流砥柱。于是,我有幸还是接触到了一些比较复杂的命案。有些是受委托,更多的是因为有一定的社会影响力,被冷处理,不方便大张旗鼓调查的,便到了我手里。当然,写到这,大家也应该可以猜到,我在深圳市公安内部的档案里,也一定是一个特勤。所谓特勤,就是港片里所说的线人。需要填一个表格,贴几张相片,有专门的档案保存。犯一些小事可以直接被人领出来,而与还服务在刑警队伍里面的师兄弟们一起吃饭,也永远是他们买单。因为他们和我吃饭是可以报销的,这叫特勤经费。当然,有些线索,我提供给他们,侦破了案件,我也有一份不多的奖励,而这奖励,便又都用在回请他们喝酒上了。

写这故事,并没有想要表达什么,也没想通过这些故事教育谁、感动谁。只是我个人的一些经历,挑些比较有代表性的命案说说。毕竟我自己是个侦探小说迷,而看了那么多国外的,觉得一个比一个悬乎,但大部分都不是很真实。而我想要说的故事,都是真实发生的,并且也还错综复杂。

比如这第一个故事,就发生在我被父亲赶出家门后的那一年,地点在我老家X城。也因为那起命案,让我带着我的两个兄弟离开了X城……

第一章

再就业

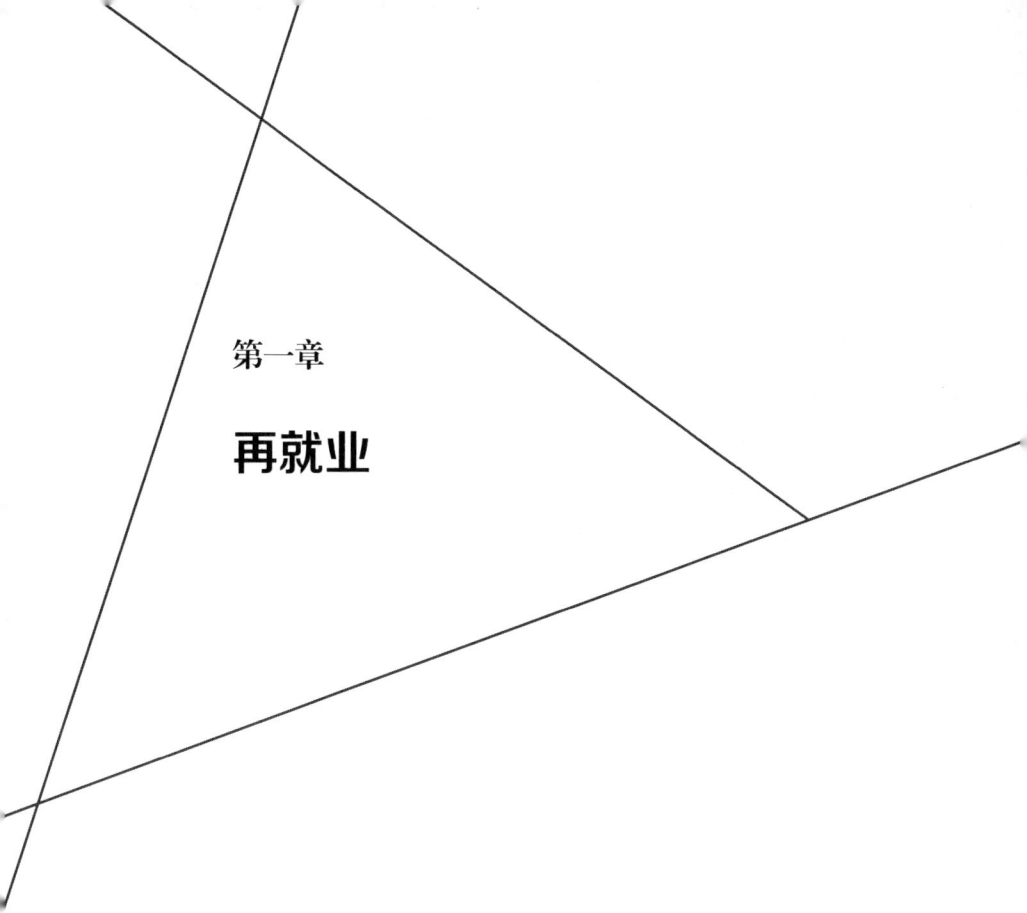

20世纪90年代初,我们X城有所谓的四大恶霸。当然,这也是一干老百姓"闲得蛋疼"杜撰的,为了让饭局上聊的话题比较有江湖味。而这四大恶霸里,有一位就是大力哥。

1

20世纪90年代初，我们X城有所谓的四大恶霸。当然，这也是一干老百姓"闲得蛋疼"杜撰的，为了让饭局上聊的话题比较有江湖味。而这四大恶霸里，有一位就是大力哥。大力哥，据说年轻时在对越自卫反击战中获过三等功，用他自己的话来说，就是整个连就剩下他和另外一个瘸腿的，一个独眼的。瘸腿的和独眼的都是二等功，大力哥是三等功。而大力哥说他一个人干掉的敌人，比他们两个都多。

大力哥复员后，进了X城刑警队，因为脾气比较爆，他干得并不久。也是因为这脾气，和局里关系好点的，恐怕就只有我爸了。我爸平时不怎么说话，一旦说话便有点蹦火星，很合大力哥的胃口。在我小时候，两个人在我家喝酒，喝高了就一起骂娘，骂一些这个谁谁谁腐败，那个谁谁谁王八蛋，一起发泄，很是过瘾。

这就是说，我也是大力哥看着长大的。小时候还有空没空叫声干爹，到自己也长得有大力哥一般高了，大力哥说以后还是叫我哥吧，反正我也比你爸小了十几岁。

到我被父亲赶出家门后，大力哥便把我找了过去，给我安排了套房子住着，对我说："你家那老爷子，倔脾气上来不会是一天两天，你做好打持久战的准备就是了。"

我说："老爷子说还要登报和我断绝父子关系。"

大力哥笑着说："他那是嘴巴痛快，真登报了，我保着那一天的报纸没得卖就是了，除非老爷子跑去找个省报、全国发行的日报去登，那你大力哥就真没那能耐了。"

我便没出声了，那段时间，我自己也很消极。对于自己的过错，每天都自责，每晚都失眠。很艰难地睡着了，却又被噩梦惊醒，不断地抽烟和喝酒。

大力哥见我那状态，便找我狠狠地说了一次话，具体内容无非是要坚定自信，重新做人。还说要相信自己，三年后依然是一条好汉。我心里想：人家砍头的，要十八年后重新做好汉。而我这情况，看来比砍头还是好了很多。

大力哥给我安排了下岗再就业——做保安。当时我一听，便说不去。就算我再狼狈，要我穿着那灰色的伪军一般的制服，提个胶皮棍去帮人守门，我还是接受不了。大力哥笑了，说："不是普通的保安，是内保。"

我问："什么是内保？"

大力哥说："怎么说呢？说穿了就是看场子的，不过和电影里那种看场子还是有区别，反正就是那么回事吧，给你发一套黑西装，没事拿个对讲机，在场子里、场子外面自己玩自己的就是了，有打架的拉架，有闹事的平事。"

我冲大力哥笑，说："大力哥，你不会是想培养我给你接班吧。"

大力哥也乐了，说："就是不想让你接班，所以安排你去火龙城做内保哦，而且是内保主任，内保里的头头。"

架不住大力哥的一通劝说，我去当时还没开业的火龙城报了到。所谓面试，就是大力哥带着我和火龙城的股东之一建伟哥，以及火龙城名义上的总经理、建伟的胞弟建雄一起吃了个饭。建伟说："邵波这小伙不错，一看就知道是个能干的，招五六个人，管好他们，在场子里不出乱子就是了。"

我的待遇是：一万打包，包括我下面五六个人的工资。平均每个人一千五，这在当时的内地，算高薪了，当时，火龙城的服务员一天干八小时，也就一百多一个月。并且，我还不用给我属下的人一千五。

饭后我却犯愁了，要我去哪里找这五六个人啊！做内保的，魁梧是肯定要的，另外重要的是需要有一定的社会经验。拉架劝架，处理闹事纠纷，并不是说你上前去赔个笑脸就可以的，也还要很多所谓的技巧与讲究，需要人圆滑，但又要有点杀气，能镇住场。大力哥便冲我说了："人的问题不大，我明天就陆陆续续安排人去火龙城找你，你一个个挑就是了，反正开业还要二十多天，急毛啊？合你胃口的人你就留，不合的就让他们等通知就是了。"

2

到开业的前几天，我的内保队伍基本上人齐了：郑棒棒、表哥——两个大力哥以前的马仔，二十七八岁的混混；龙虾——以前跟某大混混搞拆迁工作的得力干将，女友怀了孩子，奉子成婚，女友说你都要做爹了，也要好好上个班吧，便来火龙城跟我做了内保；西瓜和葫芦，两个就不知道大力哥从哪里弄来的，都人模人样的，站那不说话像铁塔，说起话来一个比一个无聊；最后一个招过来的是个叫八戒的大胖子，是西瓜的邻居，西瓜偷偷地对我说："这八戒别看他一身的肥肉，人家可是有绝活的。"

具体什么绝活我没有问，估计西瓜对我说的时候就等着我好事地问，然后再故作高深状给我说一半留一半，于是懒得问。之后熟了，八戒借着那几两马尿，对我说了：原来这孙子的祖上出了四代飞贼。八戒说，他爷爷的爹，曾经是金陵巨盗，慈禧那老女人得以重见天日，都有他那祖上出的一份力。据说，祖上老八戒一根五米长的细细绳索，上有钢爪，号称玄铁打造，上能攀墙上塔，下能掏耳抓痒。可惜，被一腔热血、正值青春年少的八戒他爹，练习绝世武功时，拿去当流星锤扎树，一把扎进了滚滚黄河。于是，八戒他爹怕八戒他爷爷剥自己皮，只得离家出走，只身来到了 X 城。葫芦便哈哈笑，问八戒："你爹离家出走到 X 城不会是想着玄铁顺着黄河来到了大海，你爹一路追寻过来的吧。"

八戒说："去球！我爹离家出走到 X 城是因为他没见过海，过这看海来了。"

因为社会不安定，八戒爷爷自己都不知道该做哪些事情，忽略了对八戒爹的教育，这祖传的绝技八戒爹便没怎么学齐。八戒爹能不能飞檐走壁无从追究，在八戒才十五岁时，八戒爹就如飞蛾扑火一般飞入了高墙内。也因为绝活没学齐，飞进去就没飞出来。而八戒呢，功力就更加逊了点，飞檐走壁一窍不通，顶多能够爬个下水道和水管。一米八的个，养了一百八的膘，练习当蜘蛛人，也不太现实。于是打从十五岁，老爹被公安处理了后，便抱着祖传的那本小抄本自学，小抄本上据说写的都是开锁绝技。问题那小抄本有点年代，属于大清光绪年间内部发行读物，研究来研究去，学会开的锁都锁在博物馆里，要去实际操作，先得解决博物馆外面的现代锁。于是，技术没有学到啥，繁体字倒认识了很多，也为后来我们到广东与港台同胞服务提供了一点点帮助。

但也可能是做贼这基因有遗传，八戒他妈等八戒他爹入狱后，用火箭速度改嫁去了外地，抱着当时就一百五六十斤的儿子，说了些"你自己也这么大了，要靠自己了"之类的屁话。挤了几点眼泪，为了以后八戒飞黄腾达后，老娘可以再回来享儿孙福留了点伏笔。然后一转身，衣袖都懒得挥，乘风去了外地。留下没上几天学，幼儿园毕业、小学肄业的八戒看了半个月神偷秘籍，便火急火燎地为了生计，开始出门盗窃。最开始，八戒那属于叫爆窃，就是趁人不在家，一脚把人家门踹开，进去洗劫。慢慢地，八戒自己也觉得惭愧，认为自己祖上曾经那么高技术含量的工种，到自己，咋就能堕落到如此地步呢？于是，拿着爆窃所得的钱，买了一大堆锁，在家里研究起来。研究得兴起，居然忘记了肚饿，据说一度废寝忘食，昏倒了过去，被邻居用板车拉到医院，吊了几天盐水才缓过来。出院后，八戒仿佛被打通了任督二脉，对于各种锁，都立马有了办法。据八戒自己说，这几年，唯一没有弄开的一张门，是前两年遇到的一个干部家的大铁门，就是电视里打广告号称六十四道插销，上下左右全部有锁舌的那种。

然后西瓜便好事地问："那还是有你弄不开的门咯？"

八戒说："那家人去外地旅游，我在他家门外，辛苦到早上快六点，把那整个门框给下了，啥都没偷，就把那张门给背回家研究去了。"

而之所以跟着西瓜来到我们火龙城做内保，八戒也说了一番自己的道理。八戒认为：作为一个神偷，还是必须小隐隐于家，大隐隐于市。天天待在家里，片警迟早会盯上自己，每天啥都不做，有钱花，咋能不叫人疑心是坏人呢？于是，八戒决定出来上班。也于是，我当场就对八戒发飙了，说："你这孙子，还当我这儿是让你这盗窃犯窝藏的地了？"

八戒忙解释，说："没有！哥，我本来是那样想的，自从结识了你邵波哥，我仿佛在床底下看到了一道闪电，粪坑里探到一块肥肉，从此决定洗心革面，重新做人，好好跟着你，为维护世界和平献出我一点点微薄的力量。"

玩笑话归玩笑话，不过这孙子跟着我们后却是真的没出去偷了。也是因为他另类的人生观与世界观吧，在他的意识里，钱完全是王八蛋，不过是多撬张门就是了。而他追求的，确确实实是和我们几个兄弟一起的快乐。虽然是一份不很讲究的工作，但八戒很开心，也很认真地做着。与八戒的这兄弟情义，也一晃到现在十几年了。我写这文字的这个周六晚上九点时分，住我楼上的八戒，应该正和他那同样肥胖的老婆孩子一起，在看他们几年如一日支持的快乐大本营。

3

火龙城在1993年元旦那天开业了，开业那天煞是热闹，花篮摆了半条街，证明了老板建伟以及建伟背后另一位达官贵人在X城的影响力。鞭炮放了大半个小时，次日扫大街的阿姨因此收了我们火龙城一个五十的红包。保安队长刘司令，带着十个高矮不等的穿着伪军制服、戴着橘黄色帽子的保安，在大门口站成一排，做严肃状，俨然尼克松第一次访华的阵仗。另外一排是我们的公关部长——也就是妈妈桑——小妹姐，领着俩迎宾和七八个小姐，穿着旗袍，头顶山寨的亚洲小姐的纸壳皇冠，人模人样地站那喊欢迎光临。

火龙城共五层，一楼是中餐厅，做的是自助餐。打的口号是：X城第一家中西式自助餐——每位88元。里面唯一的西式菜肴是水果沙拉，证明了口号里的那个"西"字没有忽悠人。二楼三楼四楼便都是KTV包间了，每层三十个房间，就是一个走廊到底，左边一间右边一间。不像现在的KTV，进去就像迷宫，必须要带个指南针才能确定自己的方位。每一层走廊尽头就是所谓的超豪华房，从二楼起，三间超豪华房分别叫：总统一号；元首一号；酋长一号。而四楼的酋长一号本来是想叫主席一号的。据说是建伟哥背后的那位领导说，"有些名字还是不能胡取"，所以作罢。

五楼是二十多间客房，具体多少，不是很记得了。其中有一个套房是给我们内保休息的。因为我们的本职工作就是在火龙城里外待着，干啥都无所谓，但有事必须出现。

开业那天，我们七个黑西装男也在一楼门口站着，不过可以很随意，不用冒充仪仗队。八戒穿着订做的、当年很是流行的双排扣黑西装，里面有模有样地打着根那年月同样流行的红领带，抓着对讲机，怎么看都像个企鹅。葫芦对我说起这个发现，被八戒这孙子给听到了，对着葫芦就骂："你个水货，你穿着这行头就以为自己不像企鹅？你穿着还像那葫芦娃里的水娃呢？"

龙虾也笑了，拿着对讲机往旁边走，边走边对着话筒喊："水娃水娃，我是隐身娃，我拉屎去，你要不要放水帮我冲冲。"

八戒便激动了，对着对讲机喊道："速去速去！水娃前列腺，这会没空！"

郑棒棒、表哥、龙虾都笑了。

日子便那么一天天开始过了。我们每天下午上班，不存在什么时候下班。有事的给我说一下，自己去就是了，只要保证场子里营业时间始终有人在。最初我还想排个值班顺序，毕竟那年月 KTV 可以开通宵。后来发现不用排。像我啊、八戒啊、西瓜、葫芦这四个，本就无家无室，一人吃饱，全家不饿。基本上一天二十四小时都待在火龙城里，除了吃饭时间晃出去吃饭。郑棒棒、表哥、龙虾有家小，回去得多一点，但毕竟都是社会上打滚的，要让他们守在家里为亲人服务，他们仨也坐不住，所以也基本上耗在场子里。场子里美女如云，莺歌燕舞的，他们几个每天扮扮黑社会，玩玩深沉，去小姐房了解了解社会动态，日子过得也井然有序。

让大家维护世界和平的机会也不是说没有，但基本上很少。咱山东汉子，好喝点，喝了酒嗓门大，但酒品都还不错，醉了就睡觉，也是良民中的典范。也有闹事的，当着身边的小姐，拿着账单看都不看，对着服务员吼："有没有打折啊？"

服务员老实地回答："没！"

正冒充暴发户的那位就不乐意了："不打折是嫌弃咱不够格咯！"然后把账单往地上一扔，吼道："把你们经理叫过来。"

KTV 经理就是莎姐，我们火龙城"总经理"建雄的小三。莎姐见到这种阵仗只问一句话："那房间客人是官还是商？"

回答是官——莎姐上，打折，送水果。

回答是商——邵波上。

所以说，工农兵学商，商在最后面一点不假。你看看中国历史，经商的哪个不是被挤兑，唯一一个和皇帝交情不错的沈万山沈秀大官人，最后也多亏马皇后说几句好话，免了一死。而在火龙城里你冒点脾气，充充大哥，结局依然是被一拍子拍死。我们三四个兵强马壮的黑脸男一进去，先客套几句，然后说一声："这位兄弟不会是不知道这是谁的场子吧。立马买单走人……孙子下次还要照来……"

4

时间过得很快。那半年于我也发生了一些事情。本来都要结婚了的女人，终于分手。分手细节没必要细说，原因有很多，各种各样的。感情走到尽头，导火线不过是某次可以一人少说一句就了事的争吵。但真实的原因我自己心里清楚，也懒得点破：是因为我被单位辞退，而住在市委大院的她们一家人，怎么可能接纳我呢？

感情，就那么回事吧！架不过世事的一点点冲击。谁信爱情谁王八蛋，释迦牟尼面壁十年，据说能不吃不喝。但修行的那么多人里，还真没出个杨过和他姑妈一样双修的。就是因为女人真没法陪男人吃苦。当然，这话有点极端，有点主观。也有很多例子证明有如此任劳任怨的女子存在，但理性一点去看吧：都是与男人相处了一段时日的，已经不叫爱情，叫亲情了。亲情是割舍不下的。

也因为当年学的东西都比较理性，让我没有在那低谷里沉寂太久。但要说我快乐地在火龙城经受着历练，等待着浴火重生呢，也是扯淡。内心深处还是有点自暴自弃，觉得就这样吧。但日常生活呢，俨然还是改不过从警的一些习惯：比如看着八戒远眺某个住宅楼挂空调的那个大户的眼神，还是能瞄出这是个贼；每天在火龙城进出的人，谁是扒手，谁是混混，还是能看出点端倪。甚至某男上台阶露出的白袜子里鼓出的一块，我也乐呵呵地估摸，这又是个被老婆搜身后，窝藏了私房钱出来鬼混的妻管严男。

刘科死的那晚，我照常十点开始在场子里转了转，八戒像个屁股一样，在我背后跟着，骂骂咧咧地说："天气真热，维护世界和平还要抗热，真受不了。"

我叼着烟笑笑："谁让你长那么多肉呢？"

我俩从四楼转到二楼，一路和路过的小姐说两句话，和服务员打个招呼，也只是走走过场。二楼的一号房那晚是反贪局的客人，当时反贪局还是检察院刚起步的一个机构，来的人基本上都是检察院的，据说是某领导生日吧。李小军也来了，小军是我同学，退伍军人，在监察局开车。而监察局当时也还没和纪委合并办公，属于一个单独的单位，但又和纪委一样，和反贪局关系密切。这些情况，老点的公务员应该都知道的。

我和八戒转到二楼时，是十一点十一分，之所以记得这个时间，是因为以前的女友说，猛一抬手看表，看到这个时间点的人，就离单身不远了。也就是说：小军离开火龙城的时间是十一点十一分。这大高个坐房间里，抱瓶啤酒独自喝，陪领导罢了。谁知道检察院的两个老男人瞅着小军不顺眼，觉得你刚参加工作，而且只是个小司机，跟着领导坐里面来干吗？太没规矩了，要等你也只能坐车里等啊。于是，喝了一点马尿后，刘科就对着小军倚老卖老地说了一些话，诸如"现在的年轻人啊，越来越没有规矩了"之类的官腔。

小军便不乐意了，毕竟退伍不久，本就个火爆脾气，对于官场的很多潜规则还没有适应，便拍着桌子指着刘科骂上了："你个老鬼说谁呢？"

刘科也跟着忽地站起来，对着小军说："我就说你了怎么着吧。"

结果肯定是几个领导发话了："都闹啥啊？"然后小军气冲冲地出了房间门，临走对着刘科撂下一句："信不信我弄死你个丫的。"

小军的领导——监察局的汪局就拍小军肩膀，说："赶紧回去呗！等会我坐吴检察长的车走就是了，闹什么闹啊。"

小军出了门，在吧台撞见我，也只是打了个招呼，气鼓鼓地下了楼，开车走了。

我和八戒见只是他们的人民内部矛盾，便也没怎么在意。从二楼又转到一楼，撞见咱保安队长刘司令。刘司令是一个四十出头的东北汉子，憨厚的农民出身。那会正领着一个保安，戴着那顶像小学生的交通安全帽一般的橘黄色贝勒帽，一人提一瓶白酒，快快乐乐地从外面进来。一瞅见我俩，便吆喝着："邵波，叫上你那几个兄弟和咱喝两个呗，厨房里王胖子加班整了个王八狗肉汤，大补的咯。"

我说："算了吧！你们几个补补就是了，我们还要转转。"

刘司令不依不饶："来吧！反正也没啥事，大家乐呵乐呵。"

八戒也和我一样，不是很喜欢和厨房里那几个油腻男，还有保安里那几个农民工一起吹兄弟感情，便冲刘司令说："乐呵啥啊？王八和狗肉犯不犯冲你们看书没？万一等会你们几个食物中毒了，火龙城里能把你们扛出去扔海里的就我们几个，总不能全军覆没吧。"

刘司令笑了，拎着酒进到了餐厅里面。我瞟了一眼，没当班的几个保安，和厨房里那几位，正端正地坐那，等着王八狗肉汤开席。一群孙子不知道有没有准备银针，王胖子开小灶，每次都是整着最贵的东西都往里炖，那锅王八狗肉汤里十有八九还放了丹参、枸杞、天麻啥乱七八糟的玩意。整出个毒来，绝对不会让我意外。

我和八戒走出了火龙城大门，我拿对讲机把在五楼房间里打牌，没回去的哥几个都叫了下来，除了表哥那晚回去了，其他人都在。我们在马路对面的宵夜摊上点了几个小菜，叫了几瓶啤酒，慢慢喝上了。

吴检察长他们走的时间是十二点十分。他们比较准时，每次来火龙城铁定是八点半。到十二点之前服务员不用叫，打好单就是了，十二点他们准时走。官腔是革命工作重要，不能贪玩，让第二天精神不好。说实话：虽然这些当官的，往包房一坐，也一个个是大爷加顽童，但工作还是有板有眼，X城的社会稳定，还是有他们不可少的一份贡献。

吴检察长他们走到门口，等司机开车过来的那一会，我忙低下头。因为吴检察长与我父亲是故交，关系一直都很不错，也是打小就抱着我过来的。我邵波混到当时那样，只能说得了一个逍遥，但依然是公检法系统里父母教育子女的一个典型案例。谁知道吴检察长眼尖，还是被他看到了，晃晃悠悠地走过来，叫我："邵波，还没下班啊？"

我忙站起来："吴叔叔，还没呢！"

吴检便点点头，看了看我身边那一群凶神恶煞的属下，叹了口气，说："没事还是回家，给你家老头子说说软话吧！老在社会上这样下去也不是个事啊。"

我唯唯诺诺："知道的，吴叔叔，等老头子气先消消。"

吴检的车过来了，吴检对我又点点头，转身走了。

本来很逍遥的心情，一下又消极起来。兄弟几个看在眼里，也有数，大口喝酒，也就那么继续耗呗。

莎姐在对讲机里喊我上去是在十二点五十。语气很急，有没有发颤还真不知道，对讲机那效果，也就能分辨出男女来。莎姐说："你们几个在哪里？"

我说："在对面宵夜。"

莎姐说："赶紧上二楼来，出事了。"

5

我忙带着哥几个上去了，留龙虾在那买单结账。一上到二楼，就看见莎姐站在楼梯口等我们。旁边俩服务员脸铁青。接到我们，莎姐没有吭声，带着我们往一号房走去，要八戒他们在外面候着，拉开门，就我俩进了里面。

房间里就开了一两盏小灯，一股血腥味冲着我们就扑了上来。只见刘科仰面躺在沙发旁边的地上，左边心脏位置全是血，还缓缓地往外在流，依稀还有血泡。莎姐嘴唇在抖着，看着我。

我也没走近去看，就在门口站着。毕竟第一现场必须要保护好。我第一反应是扭头问莎姐："这事发现多久了？"

莎姐声音就发颤了："就刚才，叫你上来时没五分钟，我已经要小红打110去了。"

我急了，说："还没打吧。"扭头跑到吧台，正赶上服务员小红抓着电话在按号。我上前忙按住。莎姐跟出来说："咋了？为啥不报案。"

我冲莎姐说："莎姐，知道这事的都有哪几个？"

莎姐说："就我和三个服务员，我已经要他们别声张。"

八戒、葫芦他们几个见这架势，便也走过来看着我。我吸了一口冷气,冲八戒说:"你们几个带着莎姐和这三个服务员找个房间进去待着。龙虾,你和西瓜给我站一号房门口,谁都不让进,除了我带的人过来。"

龙虾和西瓜应了声,在一号房门口门神一样站着。莎姐问我:"邵波,你不会是想要把尸体处理掉吧。"

我冲莎姐苦笑了下,说:"莎姐,你先去房间里收会惊,这边我来处理就是了。"

莎姐应了声,跟着八戒他们进了房间。

我拿起吧台里的电话,低着头,拨通了建伟的手机。

"喂!大半夜场子里的事打给我干吗啊?"电话那头建伟哥不耐烦的声音传了过来。

我小声地说:"建伟哥,我邵波!场子里出人命了。"

建伟一听,急了:"啥回事,啥回事?快说。"

我说:"就是检察院的刘科,被人刺死在一号房。"

建伟估计那一会在电话那头愣住了,我便故意提醒一般地问道:"你看看报案是我这边报,还是你给谁打个电话?"

建伟这才回过神来,沉默了几秒钟,说:"邵波,场子那边你先看着办,压着先,我和建雄现在就过来,报案你不用管,我现在给人打电话,派几个刑警队的过来就是了。"

放下话筒,我回头去到一号房门口,叮嘱龙虾和西瓜给我看牢点。西瓜露出好奇的表情,但看我神色,欲言又止。然后我推开莎姐他们待着的房间的门,询问起事情的经过来。

负责看一号房的男服务员小刚,结结巴巴地给我说了经过:

可能是因为和小军闹得不愉快吧,小军出去后,大家打圆场,灌刘科多喝了几杯。到十二点买单要走的时候,刘科醉得糊了，趴在沙发上一动不动。一干同事便哈哈笑，买单走人。因为之前他们也有过先例，喝醉了的扔这趴着，醉醒了自己回家。这也是他们作为火龙城的高级 VIP 享受的特殊待遇。

趴着就趴着吧，其他人刚走三分钟，小刚就听见里面"啪"的一声。小刚好事地把门开了条缝，瞅见刘科可能是翻身吧，滚到了地上。依稀间，小刚还看见刘科冲自己瞄了一眼，手抬了一下，自个爬上了沙发趴着，合眼继续睡了。

小刚便关了门，站门口郁闷起来。要知道，看这种豪华房的，是客人多久不走，就要站到多久。如果刘科一宿不起，小刚就要站到天亮。之前也不是没有过，只能说小刚命苦，当班给遇上了。

到半小时后，莎姐转过来问小刚："刘科还没醒吗？"

小刚说："估计还早着呢。"

莎姐便叫另一个女服务员赵青过来，要赵青泡上一杯热茶，拿个热毛巾进去，看能不能把刘科摇醒，早点醒酒早点走人。

赵青是个机灵丫头，平时这种事也都是派她上，总能办得很妥帖。于是赵青拿着她的法器——热毛巾和浓茶，推开了一号房门。

最大的庆幸，是有一些女人，受了惊吓不是选择尖叫，而是选择全身发抖。赵青就是后者，所以火龙城里没有传出撕心裂肺的惨叫。赵青嘴巴哆嗦着出了门，门口接应的小刚和莎姐听她结巴地吐出"人死了！"三个字。莎姐立马拿对讲机叫我，并一扭头叫另外一个服务员小红打110。

而之后发生的就是，我和八戒、葫芦一干人上来，以及我比较仓促的安排。

多言：

八戒祖上所从事的职业"飞贼"，在咱中国历史中，是确实存在的。代表人物为大宋年间鼓上蚤时迁；民国年间燕子李三（真名李芬，名字女性化，却是个货真价实的大老爷们）；窦尔敦（又名窦二敦）以及咱五千年历史里最后一个倒霉孩子，号称清朝最后一个凌迟处死的康小八（也有资料说该人只是恶霸，并不是飞贼）。

飞贼，又名"翻高头贼""越墙贼"。

其中本领较大的，叫上手把子。这种飞贼据说不用工具，便可以翻身上墙。但咱又喜好吹嘘，所谓的这群上手把子，甚至被传得不用任何工具，便可以徒手上高塔。当然，那所谓的蜘蛛人法国好汉罗伯特，也用切身经历印证了上手把子徒手的可行性。但在此依然表示下个人的怀疑，毕竟古代很多高墙的高度一般为五米甚至五米以上，那么，咱派上姚明，要用手搭到也有点费劲，更别提咱人种在古代身高的局限性。

而本领较小的，为下手把子。他们没有徒手上蹿下跳的本领，需要借助工具，如：粗麻绳、木护梯、滑竿或"软竿子"。而本文提到的八戒家祖传的那玄铁长绳，就是软竿子。

软竿子是用头发制成（难怪越长的头发人家收购的价格越高），编成筷子粗细的长绳，一头有金属钩子，抛在墙头钩住攀登。并且，软竿子体积小，非常结实，那一干二流好汉，便都是系在腰间当裤腰带使用，估计铁钩正好当了皮带扣。

有野史记载，孙殿英盗慈禧墓的时候，确实招募了一干飞贼当帮手，但其中是不是真有八戒的祖上，却不得而知，八戒家也没啥祖上和孙大帅合影的相片为证。并且，看八戒的体型，遗传基因里能否承载飞贼的血统也够呛。印象中的飞贼，也都是獐头鼠目、体态娇小的猥琐汉子。

而我们一干大众所熟悉的飞贼，那自然是现代飞贼。你抓个手机在街上大吼"喂喂喂！听不清……"的那一会，一辆摩托车掠过，手机不翼而飞的瞬间，你眼前看到的那辆摩托车上的犯罪分子，便是现当代的飞贼。故提醒：手机有耳机，多多使用！

第二章

局外人

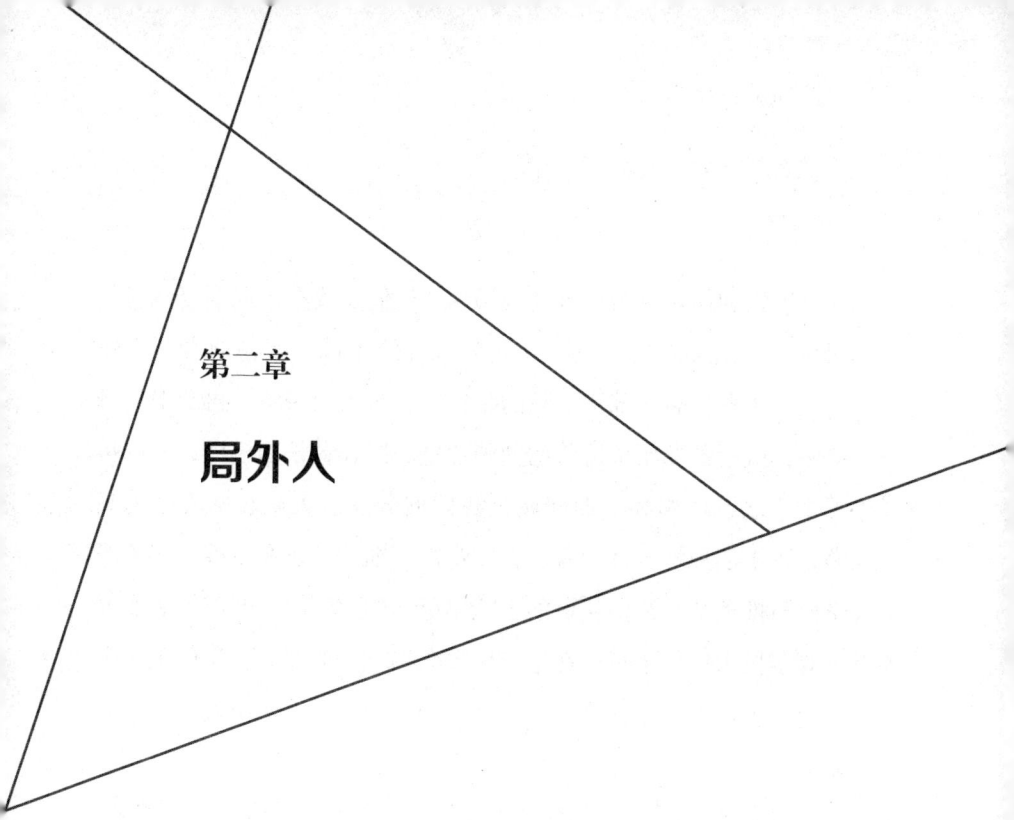

黑猫和何队是最早赶到现场的。他们是我在市局刑警队时的同事，关系都不错。黑猫在还久远点的年代，就在刑警队工作了，当年喜欢骑一部边三轮的摩托车，戴个大墨镜，再套上一身警服，就很像那年头流行的动画片里的黑猫警长的模样，所以得了个小名，叫黑猫。

6

　　黑猫和何队是最早赶到现场的。他们是我在市局刑警队时的同事，关系都不错。黑猫在还久远点的年代，就在刑警队工作了，当年喜欢骑一部边三轮的摩托车，戴个大墨镜，再套上一身警服，就很像那年头流行的动画片里的黑猫警长的模样，所以得了个小名，叫黑猫。而何队是我们刑警队副大队长，瘦瘦高高的，属于那种技术性的警员，喜欢观察细节，讲究一些办案的逻辑性与推理性。在他从警的十几年里，国家刚改革开放，犯罪分子对于技术性却不是很在意。比较高端一点的罪犯，也就戴了个手套罢了。不像现在这年月，各种阴谋的电视电影小说，让一干罪犯也有了很多讲究。

　　也是因为何队喜欢追究细节，所以在那年月不被局里看好。有领导就说：小何别的都好，就是钻牛角尖这缺点始终改不了。于是，在当时很容易结案的案件里，何队的一些另类看法被看成是拖破案率的后腿。而何队的一干怀疑与研究，最后也每每以犯人自己先行交代，证实了只是何队一厢情愿的所谓疑点。

　　当晚两人急急忙忙地到了咱火龙城，在二楼楼梯间，对我点了点头，权当个问候，便跟着我径直走进了案发现场。我把大灯打开，自己才真正细致地看清楚现场。刘科是心脏位置被刺穿的，胸前可以看到还有一柄刀尖。刘科仰面躺在沙发旁边，刀柄无法看到，可以肯定，这一刀刺得很深，应该是从背后刺穿。而刀柄应该很短，所以刘科的身体是平躺的，没有因为背后的刀柄而使身子侧着。

　　何队和黑猫都皱着眉，本来也是，大半夜的，本可以在队里值班，睡个好觉的，却过来接个这么麻烦的命案，况且出事地点还是背景很复杂的火龙城，死者又是检察院的科级干部。黑猫便把手里的香烟对着包房外的地上扔了，拿出两双手套，递了一双给何队，另外一双递给了我，我正要伸手接，黑猫却似乎缓过神来，对我笑着说："搞迷糊了，你现在没在队里了！"然后把手套收回，自己给戴上了。

我也跟着嘿嘿笑笑，心里感觉很不是滋味。何队便扭过头来，说道："没在队里了，咱还一样是兄弟，这案子要你出力的地方还多。"

黑猫便憨厚地一笑，说："就是就是！"

两人便往尸体小心翼翼地跨去。

背后传来急促的脚步声。我扭头，看见钟大队和另外几个以前的同事，以及局里的法医都已经过来了。也是相互点头示意，没有说话，都神色严肃地进到现场，呈扇形站在尸体前。

法医姓刘，因为从警时间长，级别便不低。但性格比较古怪，在局里人缘不好。他看不惯的人有万万千，看不惯他的人也有千千万。但老刘工作严谨，便也没落得大家有啥闲话来说道。而这一会儿，老刘拿出手套戴上，然后人五人六地摸出个口罩。在场的一干刑警们便都皱眉，看不惯他的这举动。

老刘第一个接近了尸体，先只是盯着那还在慢慢流血的伤口，盯了有两分钟吧，抬头看我们。都以为他要发表啥震惊地球的论断了，谁知道这老男人居然对着钟大队他们说上了一句："邵波已经不是咱分局的了，要他站这里干吗？"

钟大队便扭头看我，也没有说话。其实比较起分局的其他同事来，咱刑警队的一干兄弟都还算相处很不错的，毕竟咱每天都忙着查案，少了很多钩心斗角。而钟大队看我的眼神，我也明白，并不是把我当个啥外人，只是既然老刘已经提了，我邵波也还是回避吧。

我便很是尴尬地笑笑，扭头出了包房门。胸口堵得厉害，感觉自己已经是包房内的一干兄弟们的局外人了。

外面依然是惶惶的模样。莎姐和赵青她们四个和一个我没见过的刑警在一号房旁边的包房里做着笔录，我的几个所谓的手下葫芦、西瓜都站在过道上，左右顾盼，不知道如何是好一般。所幸那一会儿客人并不多，一号房又是在走廊尽头，局面也比较好控制。

我一瞅，居然不见八戒，便问西瓜："八戒人呢？"

西瓜对我笑，指了指身后的包厢，说："这孙子在里面发呆。"

我便嘿嘿笑笑，进到包厢，只见奔两百斤的八戒望着天花板，坐在那发呆。我说："死胖子，猫在这里面干吗？"

八戒一脸严肃地对我说："外面那么多警察，我还是躲躲好吧！"

西瓜跟在我后面一听，便也乐了，说："你躲在沙发下面安全点，这样坐着，等会查房过来找凶手，难保不把你给翻出去。"

八戒居然脸色发青起来。见这孙子这个模样，我便拍拍他肩膀，说："你又没杀人，在这害怕啥呢？来，跟我下一楼去转转。"

之所以下楼，无非还是心里堵得慌，因为自己在这二楼，已经是老同事的局外人。

八戒依言，站起来跟我出了包房门，到门口，居然贼眉鼠眼地还朝大包房那边瞄了一眼。我啪地拍了一下他那颗大脑袋，大脑袋便忙扭过来，跟着我往楼下走。西瓜和葫芦也跟着我一起往一楼走去。

走了几个台阶，猛地想起刚才西瓜那句玩笑话"躲沙发下面"。会不会事先就有人躲在包房里，然后……

但这假设又被自己立马打住，毕竟这假设能解释出凶手进入现场，但离开现场的路径呢？

又或者是……我加快了下楼的脚步。

7

一楼大厅里就吧台俩服务员在那犯瞌睡。在那年代，KTV到十二点后也很是安静，唱通宵的属于个别，再加上那天是周一，所以二楼三楼人也不多，才方便我们控制局面。而一楼的俩服务员估计还在纳闷，刚才上去那群男人，大半夜还跑来唱啥玩意儿。

一楼餐厅里还亮着一盏灯，是刘司令和王胖子带着一群手下，还在喝着酒，聊远大理想与抱负。我寻思建伟哥他们应该也要到了，看着这群孙子在这胡闹似乎不好，便进了餐厅。

王胖子正端着手里的一个大酒杯，吹嘘着自己如果不是热爱厨艺，选择去当兵的话，凭他的本领，现在起码是个军长之类的。见我和八戒几个人进来，很是兴奋，说："看谁来了，咱火龙城的黑西装部队来了。"他吩咐一个小伙计，赶紧加位加碗筷，要我们尝尝啥叫大补汤。

我接过另外一个保安递上来的烟，说："碗筷啥都不要加了，王胖子，赶紧收拾下，建雄哥建伟哥他们要过来了。"

王胖子愣了下，说："来了又怎么样？我们就不能吃饭吗？"

说完笑笑，把酒杯里的酒一口干了，说："都赶紧干了，收拾一下。"

一干端正坐着的穿灰色制服的伪军，穿白色制服的伙夫们便忙干杯！起身开始收拾，我们扭头往外走，冷不丁的我总觉得有啥不对一般，走了几步，回过头来，说："刘司令呢？"

王胖子得意地哈哈笑，指着厨房门口两三条凳子拼着的所谓小床说："早被我放倒了，就他那点酒量，今儿个跟我王大酒仙拼酒，压根就是没死过。"

我顺着他的手指看了过去，只见那凳子上，刘司令趴得很是端正，嘴角和衣领上都是呕吐的污垢，好笑的是那顶橙色的帽子却还庄严，纹丝不动地戴在头上。

我们几个出了餐厅，走到门口，外面云淡风轻，一点都不像是个月黑风高的杀人之夜。我一个人往火龙城侧面走去，西瓜和葫芦见我神神秘秘的表情，便没跟着，在大堂的沙发上坐下来，点着烟开始熏蚊子。八戒估摸着在寻思，不好好跟着我，就会被楼上的一干雷霆战警缉拿，尾随着我往大楼旁边的小巷子走去。

因为火龙城的一号房，都是在走廊的尽头，尽头没有窗户，但大楼的后面却有一个装空调的大洞。那年代的空调一般都是所谓的窗机和分体式。分体式，也就是现在用得比较广泛的家庭用的机器，一个外置，和一个房间里的风机，只有一根管子连着。而窗机，就是整个一个四方的机器，对着房间的一面是出冷气的，另外一面就对着外面了。而装这种机器，必须在墙上打一个四方的洞，正好容纳这台机器的大小。

一号房是用的分体机，但一号房旁边还有个所谓的榻榻米的小包间，是用来给个别需要单独谈心的狗男女，或者不热爱音乐，只热爱扑克的客人准备的。里面就是装的那么一台窗机。那年代的 VIP 的待遇，也就是这些不搭调的安排罢了。

我一路从大楼旁的小巷子，走到了楼后面，抬头看去，二楼的小包间外墙上，俨然可见裸露在外面的窗机背面，一个大铁架简单地包装着它。洞的大小，八戒这种大块头也能轻易爬进去。而窗机旁边两尺的距离，居然有一根碗口粗细的水管一路经过，从地面，一直通到楼顶。

八戒也抬头看着，喃喃地说一句："咱如果是飞贼的话，这倒是条不错的飞檐走壁的捷径。"

我笑了，说："那依你看，顺着水管爬到二楼后，要怎么进到包房呢？窗机在那拦着，总不能几脚把它给踹进房间吧？这么大个的玩意儿，掉地上声响不小啊！"

八戒说："那倒有办法让它不响，弄俩橡皮绳把它给固定住不就成了，只是费劲一点，推进去，露个口子出来，空调还是挂在墙边上。"（八戒所说的橡皮绳，不是小姑娘下课玩的那种，是搬运工人搬货物用来固定的那种橡皮绳。）

我还是有点不解，八戒便来劲了，手把手地比画："先用橡皮绳在铁架上打上结，然后用根弯的小棍子把绳子的另外一端给系上，塞进到窗机前面，再把小棍子转动，棍子的另一段便到了窗机前方的下面。最后把窗机往上抬一点，用另外一根棍子把里面的小棍子拨弄出来，再用小棍上的橡皮绳拴上铁架的下方，窗机就算从上至下给严严实实地捆上了。"

"如此的程序，重复两次，窗机便被橡皮绳捆在了铁架上，但橡皮绳是有弹性的。飞贼再从外面对着里面一鼓作气地把窗机推进房间，橡皮绳的长短与伸缩程度，必须先一步计算好，到窗机完全脱离开铁架，悬空往下掉时，橡皮绳的功能便体现出来，因为系了两条，空调便在房间里悬在了半空，飞贼自然可以轻松地进入到里面了。"

听他说到一半，其实我就明白了他的意思，不过八戒说得那般积极，也不好打断他，扫了他的雅兴，毕竟八戒也很少有机会能向人表达自己的独门绝学。到八戒说完了，我便问他："那依你看，这高技术的功夫，在这墙上能不能玩出来。"

八戒便做沉思状，抬头看着那窗机发了会儿呆，说："问题应该不大，双腿夹住水管，身子可以探过去，一个手抓铁架，另外一个手完全可以搞定。"

我冲他笑了笑，说："那你表演个给我看看。"

八戒对我露出个苦瓜脸，说："哥！我这块头不是在这摆着吗？"

我笑道："那连你都不能做到，不还是白说。"

八戒喃喃地说："可惜我爹不在，我爹肯定能做到！"

所以说，在儿子心目中，父亲始终是一个神一般的人物。就像我心目中的老公安——我父亲，也就像八戒心目中的老飞贼——八戒他爹。

我俩还是那样抬头看着，有一句没一句地说着话。我往前走了走，拿出打火机打着，往那水管边上照去。仔细一看，居然还真看出了猫腻，只见那水管上的污垢，明显有鞋在上面蹭过的痕迹，并且这痕迹应该还很新鲜。

我让八戒也过来看。八戒看了说："还是个老手啊，穿的是胶底鞋。"

我点点头。就像咱小时候体育课上的一个项目——爬杆。最好的方法是脱了鞋，脚面和竹竿接触便不会很滑。同样的道理，爬这种粗的水管，最好的自然是胶底鞋，胶底鞋鞋面是布的，鞋底是胶的，不会打滑。当个飞贼，穿个光光的皮鞋去爬水管，翻围墙，自然是死路一条。而一干美国大片里，大兵们飞檐走壁地执行任务，都穿着厚底的靴子，是因为他们翻墙还有绳子之类的，你让他去爬个水管？两片白腚，摔成八片，绝对可能。而人家穿大靴子，还有一个另外的目的，装腔罢了。一干大靴子，在朝鲜战场遇到咱志愿军的胶底鞋，还不是一马平川地败走麦城？

正和八戒在那研究着，一旁的巷子里便走出两个人，是黑猫和另外一个同事。见我和八戒在这打量水管，黑猫便说："怎么样？邵波，发现了啥没？"

而窗机下的这个位置，因为已经被发现有了攀爬的痕迹，可以肯定为另一个犯罪现场。所谓的犯罪现场，本就不单单指凶案的现场，还包括罪犯准备犯罪、实施犯罪与处理罪证的不同空间，甚至包括罪犯进入与离开有关场所的路线。但现在的这一点点小发现，自然懒得对黑猫他们表功。

于是，我呵呵笑笑，说："除了觉得这里有人上去过，也没啥发现，咱毕竟没你们专业！"

黑猫便上来拍我肩膀，说："好了好了！少说得这么酸溜溜的，说得好像咱就不是好兄弟了。"然后扭头看着我身边脸上又开始青一块、白一块起来的八戒说，"这是你兄弟吗？咋看上去要哭了一般？"

我扭头看八戒，这没出息的，手脚都已不自然，不知道要摆到什么位置。我便对黑猫说："这孙子，上午便秘吃了泻药，今天拉了一天，都快要认马桶做亲妈了，胆汁都拉出来了。"

八戒忙憨憨地说:"是啊是啊!谢谢干部关心,下次我再不敢了!"

黑猫被八戒弄得一愣一愣的,点点头,说:"那你确实不能乱吃泻药了……"扭头和另外那警察往墙上仔细看去。

见八戒都要手脚发凉了,我便跟黑猫打了个招呼,往前门走去。八戒如释重负,急匆匆地跟在我屁股后面……

8

到门口,西瓜和葫芦还坐在那儿低声说着话,应该是长舌妇般地在议论上面的命案。见我和八戒进来,便忙对我说:"刚才建伟哥和建雄哥上去了,要你也赶紧上去。"

我应了声,往二楼走去。八戒便坐在下面,没有跟上。

楼上建雄哥正在招呼二楼当班的服务员全部到一个包房里开会,包括小姐房里还没走的三四个小姐和妈咪小妹姐。郑棒棒和龙虾一个被安排站在唯一一个客人还没走的包房门口值班,另一个站在二楼楼梯间的吧台里冒充吧台少爷。见我上来了,建雄便低声对我说:"你下面的人我就不另外开会了,都知道怎么做吧?"

我点点头,然后建雄便进去给服务员们上课去了,无非是说些要注意低调之类的话。

建伟哥那一会儿站在一号房门口,和钟大队叼着烟,不知道在说些啥。我便走了过去,建伟哥见到我,对钟大队点了点头,搭着我肩膀,往旁边一个包房里走去,边走边在骂着:"晦气晦气,怎么就出个这事。"

进到房间里,建伟哥说:"邵波,今晚你和你的兄弟们就辛苦一晚咯，等会我会让楼下前台的也先下班，楼上客房的都安稳点别乱跑，你让你的兄弟们在一楼给我盯着，等会尸体下去，别让外人看到。"

说完建伟哥又朝门外看了一眼，说："人手不够的话，要刘司令也带俩灵活的过来，一定不能让外人看到等会尸体出门上车。只要没人看到，就算明天开始这事传来传去，也都只是说说罢了，没有个根据的。"

我点点头。建伟哥便又开始叹气，说："邵波，依你看是啥人干的？怎么给进来的啊？"

我心里虽然有了一丝丝的线索，但没根据，便没说出来，应付着建伟哥说道："就是啊，这怎么给进来的啊……"

那晚辛苦到半夜，我让哥几个在各个楼梯间傻站着，偶尔进出的人，都上前给看着点。大厅里让西瓜和葫芦俩灵活地盯着，另外还有当班的俩保安，也受了咱的命令，在那里很是严肃地行使着职责。因为知道刘司令已经醉了，便没有通知他过来。八戒被我叫到了楼上，让他在客房那两层待着，免得这孙子看着一干忙着的警察又开始抽筋。

一直到半夜四点多，刘科被用白布包着，抬出门弄上了车。钟大队和建伟哥在门口还说了会儿话再走的，何队和黑猫在包房里多待了一会儿，也走了。

我便要哥几个进一号房收拾下，这活不可能让服务员上。郑棒棒便在那骂："哪个王八蛋，歌舞升平的日子不好好过，整出这么个好事来，苦了咱兄弟几个。"

龙虾便说："行了行了！废话干吗？咱大半年了，就这么一次体力活，赶紧收拾好就是了。"

大家七手八脚地把上面溅了血的沙发用白床单包着，搬到了楼下。地上的地毯也卷了起来，弄到楼下。建雄哥带着个小货车过来，把一干东西都扔上了车。

我问："建雄哥，这都拉去哪里扔掉啊？钟大队那边没说要吗？"

建雄说："咱按他们说的去做？他们还想要这东西都继续放在房间里不动呢！相片也照了，图也画了，还想怎么样呢？才懒得理他们，直接给拉到市局对他们一扔，自己研究去。"说完，建雄便坐上货车，往市局去了。

房间里勤劳的八戒和西瓜几个，又提着水，把地给狠狠地拖了。血腥味还是很重，莎姐递了瓶清新剂要我进去喷。我拿着在一号房里倒了一墙和一地。气味便很是芬芳，把哥几个都熏得往外疯跑，还哈哈大笑。

等到都收拾得差不多了，几个人在二楼吧台前抽着烟。小妹姐居然贼眉鼠眼地过来了，跑我旁边说："邵波啊！这具体是啥事啊？建雄哥说半截留半截的，不就死了个人吗？有啥神秘的。"

我说："死的人是被你下面小姐给弄死的，你还不知道吧？马上风听过没？"

小妹姐一脸的严肃，没缓过神来，听我这一说，居然神色凝重地说："是哪个丫头啊？这玩笑可开大了……"

一旁的西瓜葫芦之流便咧着嘴哈哈大笑起来，小妹姐才知道被涮了，笑着对我说："寻老娘开心啊，邵波！"

我也哈哈笑，说："开玩笑开玩笑的。"

正说着，建雄哥便上来了，大家止住笑。建雄哥反而对着我们乐了，说："咋了，都吓蒙了？"

大家便对建雄笑笑。建雄进了建伟呆的包房里。

几分钟后,莎姐从那包房里出来,叫我:"邵波!进来下!"

9

进到里面,就建伟建雄两兄弟和莎姐在。建伟哥说:"邵波,这几天在场子里你就给我多看着点,可别让这事传出去了。"

我说:"知道的!"然后顿了下,我问道:"钟队他们查出啥没有?"

建雄便接了我的话,说:"基本上可以断定是谁干的了,那个在监察局开车的李小军你认识吧?"

我点头。建雄哥继续道:"那小子和刘科吵了架出门后,开着车就没了踪影,刚才钟队他们已经逮到这孙子了,这孙子说他去海边洗澡去了。问他还有谁可以证明,他居然说洗澡还要证明吗?这不,现在已经被钟队他们控制了,在审着呢!"

我便说:"不会吧,小军和我同学,应该不是这么点小事就回过头来杀人的人啊?"

建雄说:"这人啊,怎么说得清啊?据说这小子还是侦察兵退伍,身手不错,逮上的时候还要反抗呢!其他的我就都没打听到了,你们刑警队里的一个比一个搞得神秘,好像多大个事一样。"

我笑了笑。命案告破前的保密性是最关键的,自然不会和你建雄说太多。

建伟哥吭声了:"不管他们这些,反正最好明天一早就结案,人给扔进看守所,尸体送去一把火给烧了就了事,越快结束就越好。"

说完建伟哥便站起来，对我扔了一句："邵波，这几天一定要看紧点哦！"然后往外走去。到门口见建雄没有跟出去，便扭头说："你今晚又不走了？"

建雄讪讪地笑笑，说："莎姐都吓成这样，今晚我就待这边了！"

建伟没搭理，扭头走了！

见建伟哥走了出去，房间里就剩下我和建雄、莎姐两男女。我自然知道自己在这不好，便也往外走。谁知道建雄哥叫下我，说："邵波，这几天你也操心下，我觉得这事还是透着古怪，就一个包房里，不走门还有啥地方进去啊？人家李小军不可能这么轻车熟路地进来杀个人。你以前是搞刑侦的，这几天也留个心眼，帮忙琢磨琢磨呗！"

我应了声，便出了包房门，把门给带上了。外面八戒西瓜之流还和小妹姐在吧台那胡乱打情骂俏着。我骂了两句，招呼他们分别去一楼总台、二楼吧台值班。

这一晚就那样相安无事地过去了。

10

到早上，服务员陆续过来，我们几个才歇下来。西瓜和郑棒棒他们几个都回家洗澡去晦气去了，就我和八戒回到我们在五楼的房间里躺下，胡乱说了会儿话，也没聊刘科死的事，便各自昏昏沉沉地睡了。一直到下午快两点，门外啪啪的敲门声，把我俩给闹醒。八戒起来，穿着个大裤衩出去开门，我看看表，叼根烟点上了。

进来的是刘司令，依然是和咱关系很是亲密的表情，说：

"还是你们几个舒服啊，住的都这么带劲，不像咱，窝在宿舍里待着。"

八戒便骂道："你不是一个人住个单间吗？咱还要几个人挤在这，那几个孙子不回去的话，我们还要两个人睡一张床。"

刘司令便坐我床沿上，露出猥琐的表情，说："邵波，昨晚是啥事啊？听下面人嘀嘀咕咕说不清楚，你给老哥哥说说。"

我弹了弹烟灰，说："就是检察院的刘科在包房里死了啊，你下面那俩值班的保安没给你汇报吗？"

刘司令说："他们吞吞吐吐说不清楚，所以才上来问你啊。"

我说："司令啊！领导要我少说不说，实际上，太多的事我也不知道啥！和你差不多罢了，比你多一点，就是看到了刘科的尸体罢了。"

刘司令便很积极地问道："尸体什么样啊？发现的时候就没有一丝气了吗？"

我说："那可不，你还以为是咱人工呼吸和急救失败才死的吗？"

刘司令点点头，说："也够狠的啊，一刀毙命。"

我点点头，进了洗手间刮胡子、刷牙洗脸。刘司令便又扭头对着八戒胡乱打听，八戒自然是胡乱回答。对话内容诸如——刘司令问："凶手应该是一个人吧？"八戒回答："你这是废话，难道还一群凶手坐着中巴车来杀的？"又如——刘司令问："为啥就杀了刘科啊？刘科人也挺面善的啊。"八戒回答："照你这么说，面善的不被杀，面相凶的就该杀吗？那咱火龙城第一个被杀的不就是你刘司令？"

两人胡乱说着，在那哈哈大笑。

我在洗手间自顾自地刷牙洗脸，冷不丁地察觉到不对来，便举着那牙刷，探头出去，对着刘司令说："司令，你怎么知道刘科是一刀毙命的？"

刘司令也扭头对我说："还不是这些人传出来的，还说凶器是一根峨眉刺。"

我嗯了一声，继续刷牙。

八戒在外面冲刘司令笑道："还峨眉刺啊？再被你们给传传等会屠龙刀都会冒出来了。"

我洗完了脸，出到房间里，对刘司令说："司令啊！有一点还是要跟你说说，这事领导专门交代了要低调，注意影响。你和咱兄弟聊聊就算了，你下面人你就给好好管着，少说这些。"

刘司令说："那自然，我也就和咱自己几个兄弟说说。"

大家一起下了楼，我和八戒到一楼找王胖子弄点吃的。谁知道到了一楼，发现都两点了，餐厅里还客人云集，并且一看，居然都是一干民工，披着衣服，拿着白毛巾，兴高采烈地痛快吃着，桌面上盘子堆了一山高。

我俩便走进厨房，见王胖子一头大汗，在那指手画脚地指挥着。我说："王胖子，外面这什么情况啊？"

王胖子瞟我一眼，说："没啥情况！生意好呗，十二点准时来了这一百号劳动力，估计都饿了一天过来的，见是自助餐，都来劲了，冰箱都吃空了，已经出去补了一趟货了。"

我便皱眉，说："不是霸王餐吧？88一位，这些民工舍得花这钱？我出去看看去。"

王胖子在后面叫回我，说："不用去看了，是建伟哥一个好兄弟过来给建伟哥照顾生意，整个工地上的都拉过来了，单早就买了，建伟哥说了，看他们能吃多少，八千八的饭钱，就不信他们可以吃回去。"

我和八戒乐了，往外走去，走到大堂，居然看见沙发上建伟哥和另外一个戴眼镜的秃头在那坐着。我和八戒上前打了招呼，建伟哥点点头，拍拍旁边的沙发，示意要我坐下。八戒便继续往外走，说："哥！我一会给你带点饭回来咯！"

旁边那秃头叼着烟正乐着，见我坐下，便说："伟哥，还忙对吧？那我就先走咯。"

建伟骂道："快走快走，下次不要再来了。"

秃头哈哈笑着，说："有你这么做生意的吗？还不准我过来照顾兄弟你的生意。"说完，眉飞色舞地出了门。

我问："这谁啊？"

建伟指着餐厅里的一干民工笑了笑，说："我一个兄弟卢老板，今儿个就是他给我拉这一百个民工来。"

说完顿了顿，继续道："邵波，刚才钟大队给我打了电话，说昨晚抓的那开车的嫌疑是有，但那小子死活不肯承认。这事自然是不肯承认了，钟大队他们也太没啥手段了。然后给我说晚上要过来搞个啥模拟。"

我便插嘴道："是侦察实验吧。"

建伟哥点头，说："就是叫这啥实验什么的，我把他给说道了一顿，但还是给答应下来了，毕竟人家也是职责所在，不过我要他答应了我，动静弄小点。晚上建雄也会在这，建雄没你懂事，到时候你也帮看着点，别弄得太人心惶惶的。"

我点了点头。

这时身后热闹起来，一百个民工把整个餐厅给吃得一片狼藉，叼着烟，含着牙签出来了。一边还骂骂咧咧地说："肉切这么小，这城里人就是不实在，土豆都切得不够塞牙缝的，都不给烧熟就给胡乱拌拌端出来（他们说的是土豆沙拉），太不地道，太不地道，下次就算还是老板买单，咱也不来了！"

建伟哥在上面坐着，脸上青一块紫一块地听着，喃喃地说："我咋就和这姓卢的给当了兄弟呢？"

门外几台东风车发动了，一干民工们如犯罪分子游行般，上了车后面的斗，兴高采烈地绝尘而去。

多言：

犯罪现场查勘人员的组成，一般为侦查处、科、队长带队，负责指挥。参加人员不能多，一般都是普通刑警为主。而命案需要派出法医；纵火案需要派出消防官兵；技术案就需要该技术方面的专家参加。

而大家一般见识得多的影视作品里的法医，在现场法眼瞟过，便肯定地说"死者是死于12点至1点之间，具体时间需要我在解剖后才能确定"这般的话，就是完全的扯淡，是对刑侦工作的不负责任。因为影响估计死亡时间的因素是非常多的，包括内在的如死者死前有无打斗，有无酗酒，有无败血病病史等；外因如现场温度、湿度、通风情况等，都能影响到能估计死亡时间的各个推论论点。

如尸斑，一般是在死者死后1—3小时开始出现，6—8小时开始成为大块的外皮紫红色片状呈现。但有败血病的老人，却是不可能出现尸斑的；尸体被移动过的话，尸斑又会出现在不同处进行不同的沉淀过程。

又比如尸体的冷却，一般是以每小时1.8度的速度在下降。到6—8小时的时候，冷却速度才有改变。但依据这个规律，需要考虑的外因又包括死者是否裸露或室外温度情况的计算，甚至肥胖的与瘦小的死者，数据又有很大的偏差。而死前有激烈搏斗的，死时温度甚至还要高于37度。

再深入到尸体解剖，以胃里食物来分析，就更加扯淡了。肠胃功能因人而异，需要计较的因素更多。而之所以需要依据胃里残留食物来分析，主旨只是依靠有无食物，以及食物的消化程度来推断是在午饭或晚饭前后，得出个大体时间段来。

当然，本案不需要对死亡时间的推断。做以上注释，旨在鄙视一干影视与文学作品对事实的不严谨罢了。

第三章

嫌疑人

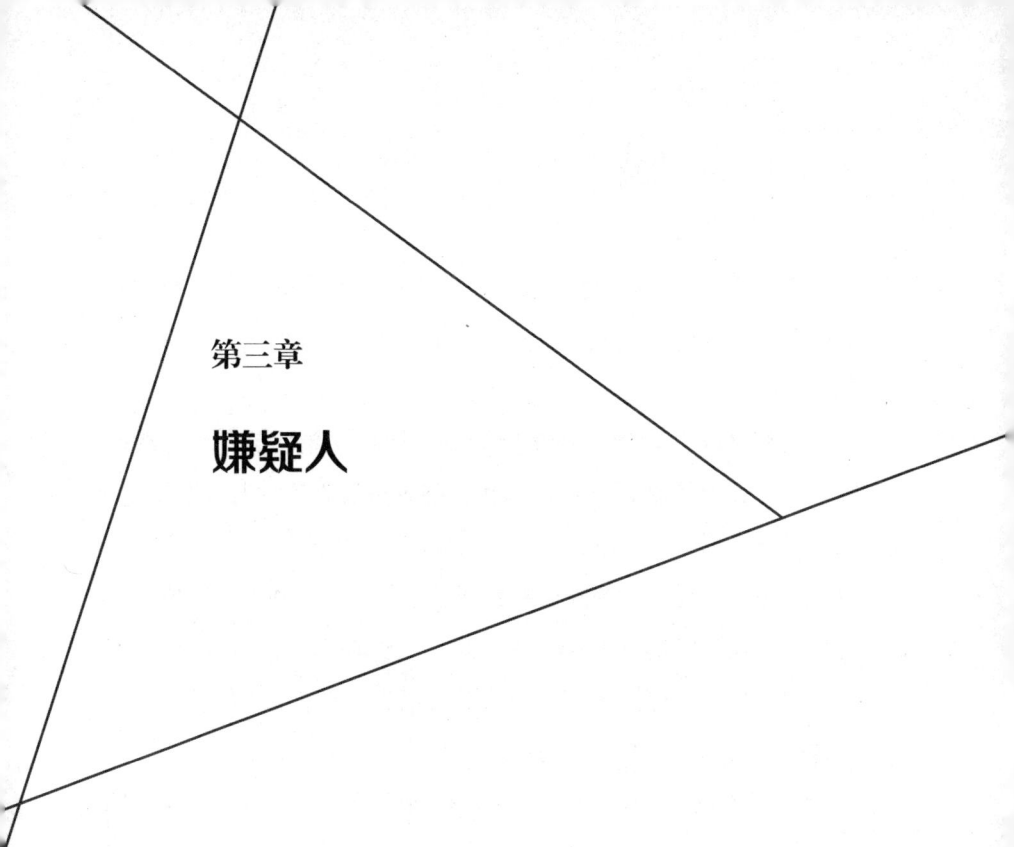

在 1996 年《刑事诉讼法》修改前,犯罪嫌疑人都是被称呼为人犯、犯人的。也就是说,小军在分局待的那两天,身份比较憋屈,叫犯人。

11

在 1996 年《刑事诉讼法》修改前，犯罪嫌疑人都是被称呼为人犯、犯人的。也就是说，小军在分局待的那两天，身份比较憋屈，叫犯人。

而那会儿，该犯人还在局里给羁押着，并且没有对王法投降，说什么都不肯招。这边的我，脑袋里装着各种假设与疑问，又想着这一切似乎并不关己，应该挂起。

下午一干兄弟们便陆续回到场子里了，表哥和大家热情地套近乎，嬉皮笑脸地打听着前晚的事。大家难得地万众一心，叼着表哥递的烟，表情做正义状，都不肯就前晚的事情对他说啥，急得这孙子搔首弄姿的，很是猴急。

我笑着说："谁让你昨晚偷懒回去呢？活该看不到现场直播。"

表哥忙说："昨晚是我岳父大人生日，我陪他喝完酒就一直在跟亲戚们打麻将，一直打到三点多，不信你问我那些亲戚？"

葫芦说："你要给咱汇报得这么详细干嘛？"

表哥愣了愣，说："我是给邵波解释我没偷懒，是有特殊原因啊！"

我靠床坐着，微笑着看着哥几个在那嘻哈着说话。无意中却注意到，一贯喜欢穿千层底布鞋配咱黑西装制服的表哥，今天居然穿了一双皮鞋来。

到快晚饭的点了，服务员便进到我们呆的大套间里，说："邵波哥，楼下有人找你，要你下去一楼。"

我问了句："谁啊？"

服务员说不知道，我便下了楼。

走到一楼，居然是何队。何队见了我，问："还没吃饭吧？"

我摇头。何队便搭着我肩膀往对面的小饭店走了进去。

要了个包间，点了三个热菜，一个凉菜。何队便说话了："邵波，知道我过来找你什么事吧？"

我说："不知道啊！"

何队点了烟，说："咱也不废话了，毕竟你也是队里出来的，我就直接把案子现在的情况对你说下吧。"

我点点头，何队便把早一晚他们的发现和侦查过程一一说了。

凶器自然就是那根细细的锐器，并且也是一刀毙命。但奇怪的是，现场没有任何证明有打斗之类的痕迹。因为最后看见刘科还生猛的是小刚，小刚说刘科是趴着的，那么，刘科从趴着睡在沙发上，到背后被人捅一刀，再仰面躺在地上，整个过程最起码必须有个翻身的经过吧。

那就假设是罪犯刺死趴在沙发上的刘科后，再把刘科翻过来扔在地上，可整个现场都仔细查看了，沙发的面上，是没有一滴血迹的。便只有一个可能，罪犯是先刺进刘科的身体，再把刘科抬到地上，最后把凶器第二次从背后刺穿刘科的身体。可这种过程，完全没有了一点点逻辑性，人都杀了，还要弄这么复杂干吗呢？

说到这，上菜的进来了，何队把啤酒起开，给我倒上。服务员出包房，何队继续道："另外，这凶器也真他妈的古怪，居然就是一根峨眉刺，只是另一端断了罢了，有必要这么麻烦吗？这刺杀的过程，整个就是一个匪夷所思的过程。杀个人杀得这么古怪,好像害怕弄脏沙发一般,咱还真没见识过。"

我点点头,看着何队,说:"不是说罪犯当晚就给逮到了吗?审起来没进展吗?"

何队一仰脖子,把一杯啤酒给一口喝了,说:"那叫逮罪犯吗?胡乱抓个人便赌运气想破案,哪里有这种好事!只是这李小军,也不是什么好鸟罢了。"

我便打听起小军的事来,何队见已经说开了,便也没瞒我啥,继续说了起来。

当时了解了在包房里刘科和李小军吵架的事,钟大队就派了三个人去李小军家,到了他家,那小子父母说李小军还没回。队里本就只是想找李小军了解了解情况,见不在家,三个伙计便下了楼,走到楼道里,居然就看见个大高个,头上湿漉漉地正往楼上走。小杨随口叫了声李小军,谁知道这大个子想都没想就应了一声。小杨他们便上前逮他,这家伙居然手脚挺灵敏的,直接把小杨给撂倒在地上。多亏咱队里的也都不是吃斋的,一个回合就把这孙子给铐上了,这孙子还大吼大叫:"干吗啊?干吗啊?"便给逮回了局里。

钟大队亲自过去审他,李小军说:"压根不知道发生了什么事!"钟大队便开门见山地给他来硬的,说:"刘科在医院已经说了发生了什么事,你小子杀人,还在这装无辜。"

李小军对着钟大队破口大骂,还说:"刘科那兔崽子进了医院关我啥事?"

钟大队说:"那好啊,你说说你出了火龙城去了哪里。"

李小军说:"老子开着车去海边游水了。"

钟大队说:"谁可以证明?"

李小军还是很大声地说："老子洗个澡还要通知别人来证明吗？"

钟大队便问了李小军游泳的地方，居然是个人烟稀少的地方，周围压根就没啥人烟。再说，那年月道路上的监控摄像头也没那么高端，自然无从证实李小军的话了。

何队说完这些，又顿了顿，说："不过依我看，这案件也应该没这么简单，李小军嫌疑固然大，可他怎么进入作案现场，又怎么杀的人，也都还是无法解释的。"

我给何队把酒又倒上，问道："黑猫他们也到后墙看了，那水管上应该是有人进去的痕迹吧！"

何队说："目前推理罪犯进入现场的路径也就是这后墙，今晚要模拟的就是从后墙一路爬上去，弄开空调，进入现场，最后到把空调复原，人下去到一楼的这过程，要多长时间。李小军这小子以前是部队的侦察兵，应该是完全有上楼下楼的能耐的。"

说完这些，何队端着酒杯又来了一口，夹菜往嘴里塞着。

我便问："何队，那你叫我出来，就只是和我说说这过程？"

何队把嘴里的菜给咽了，说："叫你出来，一个是也好久没和你这兄弟聚聚了，另外就是我对这案子还有一些看法，想和你说说，你天天在这场子里，应该可以查出点啥？"

我嗯了一声，说："何队，你先说说你的看法吧！"

何队说："我始终觉得直接逮着这李小军太过武断，人家也不是个弱智，吵了架就回头来杀人，那也太笨了点吧。另外，这小子是侦察兵退伍，要弄死一个已经醉得糊了的，需要这么麻烦吗？直接戴个手套，把脖子一拧就搞定了。唉！不说这些不说这些，免得又都说我钻牛角尖了。总之吧，邵波，我觉得这凶手是另有其人，而且是对你们火龙城很熟悉的人，甚至我觉得，凶手是你们内部的人。连杀个人都舍不得弄脏沙发，这心理也太奇怪了点吧，不可能是外人，你觉得呢？"

我点点头，不出声了。何队见我有所思的模样，便问我："行了，我说得够多了，你小子这一晚上不可能没想想这案子的，说说你的想法，你可是科班出身的，拿出点专业的东西给老哥我听听。"

我稍稍理了理头绪，在何队面前本就没必要装个啥："何队，我的看法和你一样，小军应该基本上可以排除。当然，也不是说他完全没可能是凶手。只是，对咱火龙城不熟的，怎么会这么清楚后面有这条水管呢？另外，假如我没记错，小军昨晚穿的是皮鞋，而水管上的痕迹应该是胶底的布鞋，这点便说不过去了。可以假设的是小军换了双鞋来杀人，那逻辑也太扯淡了。"

我接过何队的烟，何队给我点上，我继续说道："我还有一点看法，用半个小时的时间，爬到二楼，弄开空调，进去杀人再离开房间，并把空调给搬回去放好。这也只有蜘蛛人有这本事吧。"

何队说："那你的意思是压根不是走的后墙。"

我笑笑，说："何队，只是个人一点小小的臆想罢了，这两天我也会留个心，好好观察下，有啥了，我再和你说吧！"

何队点点头。我们大口喝酒，大口吃菜起来。

12

晚饭后，钟大队为等会侦查实验的事给我打了个电话。服务员叫我到吧台接了，钟大队就在电话那头骂娘，说："邵波，你们老板还真的是牛啊！居然给局里领导提出等会模拟的几点要求来。"

我问："啥要求啊？"

钟大队说："只允许我们过去四个人，时间也不能是从昨晚案发的十二点开始，要延后到两点，还要我们只能便装什么的，我办这么多年案子，没办得这么麻烦过。"

我便好言安慰道："没办法啊，毕竟建伟哥每天还在开门做着买卖，生意人也讲究这些东西来着。"

钟大队叹口气，说："行了，不抱怨了，昨晚不是见你那还有几个壮汉吗？一会借一两个我用用。"

我答应下来，挂了线。

回房间通知了哥几个，都表示要好好协助政府，除了八戒，在那不吭声。我便故意逗他，说："八戒，一会你就下去模拟那尸体咯。"

八戒说："哥，我看就不要模拟了，你直接给我一刀，晚点把我抬过去用就是了。"

大家都呵呵地笑，表哥见大家都乐，居然趁热打铁地又开始打听了，说："都对我保密了这么久，现在给我说说可以了吧？"

我冲表哥瞪眼，说："有啥好说的，你要知道的话，等会安排你下去扮尸体就是了。"

大家纷纷点头表示同意，表哥自己可能也实在憋得要崩溃了，说："扮就扮，弄不好我还给你们个意外的发现呢！"

时钟转到十二点多。二楼的一号房也算弄得神速，下午卖家具的就把沙发地毯给送了过来，恢复了原来的样子。但那晚还是没给开出去，对外说是里面电线短路了。

我们几个人三三两两地在一楼和二楼转悠着，八戒还是跟在我旁边，那一会就坐在二楼吧台前的沙发上。突然之间小姐房的门开了，小妹姐嬉皮笑脸地从房间里出来，看到我俩，立马更加嬉皮起来，对我们淫笑着走了过来。

八戒在我耳朵边上低声说道："这老娘们不会是看上你了吧。"

我冲八戒笑着瞪眼。小妹姐就闪到了我们身边，扭动着硕大的肥臀挤到我和八戒中间坐下，掏出半包中华来，递我手里，说："刚才一个老板给我妹妹的，我马上抢过来孝敬你邵波哥了，姐对你不错吧？"

我故意不屑地瞟了眼这半包烟，扔给八戒，说："对我好给我一条啊！弄半包算啥好啊？"

小妹姐挽着我手，小声说："邵波，听说等会要搞啥现场模拟，姐我只在电视里见过，等会带我也进去看看啥叫模拟呗！"

我寻思，这十有八九又是西瓜和葫芦这两个喜欢在小姐房维持治安的王八蛋给说出去的，便也压低声音说："那怎么能随便看的，都是机密，你看了弄不好要被灭口的。"

小妹姐便小鸟依人地在我身上靠，肥胖的身体死死地粘住我，说："我不管，反正等会你不让我在这里帮你看着，我就对干部说你强奸过我。"

我乐了，说："小妹姐，你这样冤枉人可不行哦！咱要强奸你，不一定有这力气。"

八戒也快了，说："就是啊，咱有这贼心，也没这贼胆啊！"

小妹姐白了八戒一眼，说："我就说是你俩一起动手，垂涎老娘的美色……"说完又发着嗲摇我手臂，说："可以吗！我的好兄弟！"

我被她缠得没了招，说："那你等会自己出来看看就是了，不要乱说话，弄得都知道就不太好了。"

小妹姐自然高兴了，作势居然要来亲我，我连忙躲开，忽地站起来，却正好看见在上楼的钟大队和何队、黑猫，以及一个不认识的小伙。钟大队应该看到了小妹姐和我亲热的场景，沉着脸对我点了点头，我感觉得到自己脸红了下，忙上前说："钟队，先进房间休息一会吧。"然后扭头要八戒上去，把西瓜和葫芦以及等会扮尸体的表哥叫下来。

八戒如释重负地连忙走了，我带着钟大队四人开了个包房门进去。钟大队指着我不认识的那小伙介绍道："这是消防支队的小吴，下午我在下面已经把那水管的位置指给他看了，他准备了点工具，等会帮咱模拟罪犯进入现场的过程。"

我和小吴握手，钟大队也介绍我："这是火龙城的邵波，协助我们一会的工作。"顿了下，又补充了一句，说："以前也是我们大队的，现在出来混了。"

小吴对我微微笑笑。

正说着，小妹姐居然打开房门，端着一个托盘，上面放着茶和水果进来了，还笑着说："我们家邵波也真不懂事，人家政府派来破案的，茶都不给安排。"

便进来把茶和水果一一放下，对着我们几个万千风情地一笑，眉飞色舞地出去了。

钟大队依然严肃着，扭头问我："这是你爱人？"

我感觉生吞了一只苍蝇，忙分辩到："只是场子里的同事，关系比较好罢了。"

一旁的黑猫喃喃地说道："也长得不错啊？"

确实长得不错：二十年前肯定也是个姑娘，少四十斤也就零点一吨，满脸的粉被寒风无情掠过后，雀斑如天上的繁星，派张衡过来数一数，闪啊闪的，估计张衡也数不清了……

13

表哥、西瓜和葫芦都下来了，在沙发上坐下。钟大队眉眼间露出对他们的厌恶，扭头看着电视。何队和黑猫便和我随意地聊着天，无非是对我说："邵波，你出了公安系统也好，这么年轻，还可以好好干一番事业，不像咱，半辈子都耗在这身警服上了，觉都没睡几个安稳的。"

我自然是点头，心里是什么感觉，也无法用文字能够表达出来。

到快一点半了，钟大队对我说："邵波，看看外面客人都应该走了吧，你安排下，我们早点做完事，早点收工吧。"

我点点头，往外走去。其实，像侦查实验这么个常规性侦查措施，并不是大家看的电视里那么简单，是需要当地公安局长亲自签字才可以进行的。而一般的侦查实验，先不说是如何地大张旗鼓吧，总之也煞有其事地严肃与认真，像今晚这种警力只过来四个人的现场模拟，还真让经办人员恶心。也难怪钟大队一肚子的怒气。

我在走廊上转了转，问了下值班服务员，回答居然是今晚已经没客人了。便要他们都去吧台那边，没啥重要的事不要过一号房来。莎姐在吧台探了探头，说："我就不用过去吧，看着那边就怕。"

我点点头，要莎姐打建雄的电话，让他过来。然后叫了小刚,给他说,一会要如昨晚一般站门口,小刚点头表示理解。

回到房间,我对钟大队说:"可以开始了。"

一行人便进了一号房,门一开,居然里面端正地坐着小妹姐和她旗下号称火龙城第一美女的阿童木妹妹,两人叼着烟,嗑着瓜子,正一脸八卦地在说着话。钟大队便皱眉,我忙说:"你俩在这里干吗?"

小妹姐说:"不是模拟现场吗?我先给你们把这房间里弄出点客人呆过的味道出来。"

我挥了挥手,说:"出去吧出去吧,少在这里添乱。"

阿童木鼓着那圆圆的大眼睛,无辜地说:"我跟小妹姐不是也想帮点忙!"说完和小妹姐站起来,在门边站着。

钟大队便没说话了,要黑猫和小吴准备下楼去到后墙,两点整直接就开始。然后要小吴把当时的灯给打开,电视和音响也都打开,只是不用放啥碟罢了。然后扭头问我:"这和昨晚的现场还有啥很明显的区别没?"

我看了看,然后伸手把小妹姐和阿童木刚才嗑的瓜子和烟灰,全数倒在一会尸体要躺的位置。身后的俩女人在那细声细气地嘀咕了几句,并自顾自地笑了,估计是说还是咱俩早点安排得不错之类的话罢了。

弄完这些,我又叫来小刚,要小刚进来转了转,小刚说:"都差不多吧。"我便要表哥趴沙发上去当刘科,钟大队却对我一挥手,说:"不用安排你兄弟来,有点犯纪律,还是我过去吧。"(侦查实验有一个总原则:侦查实验禁止一切做出危害、侮辱人格和有伤风化的行为。详见《中华人民共和国刑事诉讼法》第一百零八条)

说完，钟大队往沙发上坐下，问小刚当时刘科躺的模样，并照那模样躺了下去。再一扭头，对着黑猫和小吴说："你们下去吧，两点整开始。"

黑猫和小吴点头，下了楼。房间里剩下我和钟大队、何队以及西瓜表哥他们仨、小妹姐她们俩女人。

钟大队对着我使了个眼色，我开口要西瓜他们出去，就留表哥在房间里。再吆喝小妹姐和阿童木也出去。俩女人居然不愿意，小妹姐说："我俩就站着，啥都不吭声都不行吗？"

我说："行了行了，少在这添乱，快出去吧。"

小妹姐摆出一个死猪不怕开水烫的表情来，正在撅着嘴，建雄哥大踏步地进来了，进来第一句话就是对着小妹姐她俩，说："你们在这干吗？赶紧出去。"

小妹姐和阿童木见老板亲自发话，便垂头丧气地出了门。建雄掏出烟来，给我们一人扔了一支，钟大队没接，说："等会抽吧，做事要紧。"

见钟大队这么说，我和刘队、表哥便都把烟夹在耳朵上。建雄很是鄙夷地白了钟大队一眼，一个人把烟点上，拖了个凳子，在靠门的墙角上坐下。

以下为该次侦查实验笔录

刑事侦查笔录

时间：1993年9月21日0点10分至1993年9月21日1点50分。（侦查实验笔录要求时间必须与案发时间一致，但因为建伟哥的关系，时间上推迟，但笔录还是按案发时间来做的记录）

地点：火龙城二楼一号包房至一楼后墙处。

参加人姓名：钟××，X城刑警队大队长；何×，X城刑警队副大队长；武××（黑猫），X城刑警队刑警；吴×，武警总队消防支队一中队战士；邵波，火龙城保安员。

侦查实验目的：确认罪犯进入犯罪现场路线及作案经过。（当时还是使用的罪犯这一名词，还没改为犯罪嫌疑人）

侦查实验过程及结论：1993年9月20日0点10分至0点45分，刘××（男，45岁，国家干部）在火龙城被杀害，依照现场痕迹与推断，为罪犯从一楼后墙处爬攀至二楼，通过空调口进入作案。为确认该推断，我们进行了现场实验。

实验于1993年9月21日晚12点10分开始进行，由吴×在火龙城进行。

一、实验人情况：吴×，武警总队消防支队一中队战士，身高1.78米，体重67公斤。受过攀登训练。

二、实验情况：共试验两次。第一次，吴穿武警配发的军用胶鞋，从火龙城后墙攀登至二楼一号包房，耗时三分钟；固定空调并移开空调进入房间，耗时十七分钟；（这个过程居然和八戒推断的完全一样，不过小吴用的不是棍子，而是铁丝上系橡皮绳）进入房间停留五分钟后，离开房间并把空调复位，耗时十分钟；下到一楼，耗时一分钟。总共时长为三十六分钟。第二次，吴穿普通皮鞋，从火龙城后墙攀登至二楼一号包房，耗时七分钟；固定空调并移开空调进入房间，耗时二十一分钟；进入房间停留五分钟后，离开房间并把空调复位，耗时十四分钟；下到一楼，耗时三十秒。总共时长为四十七分三十秒。

实验结果：罪犯通过后墙进入火龙城一号包房行凶并顺利离

开,是完全可行的。但按照时间上来推断,无法在最后见到被害人与发现被害人尸体的时间段内完成。我们对实验结果进行了记录,并照了相。

侦查员:……签名略。

14

在整个侦查实验的过程中,钟大队都没吭声。他在实验开始三分钟时,自顾自地翻到地上,再如小刚看到的又爬回沙发上趴着。到小吴进入房间后,又再次翻到地上。这个程序他在两次实验中,也重复了两次。

何队在一旁拿支笔,一路记录着,并不时用相机拍照。

我和表哥、建雄也都没吭声。建雄哥打着哈欠,看到钟大队翻身摔地上时,时不时地露出鄙夷的冷笑,中途还出去了十几分钟。到实验结束,黑猫和小吴上来,背后居然跟着刘司令。我便问:"你怎么也来了?"

刘司令说:"建雄哥安排我在下面给黑猫帮手啊!"

黑猫便笑笑,走我旁边低声说:"他是真的在帮手啊,还准备在下面当人梯,把小吴给肩上来。"

我便也笑笑。

一直没吭声的钟大队就起来了,站得笔直地回头看着刘科趴过的和最后横尸的地板,沉默了几分钟,然后扭头对着何队、黑猫说:"一个问题,两个可能性。"

然后才掏出烟来,刘司令忙上前给点上,钟大队继续道:"问题是作案人上咱有个误区,因为李小军的缘故,我们始终认为是一个人,有没有可能是两个甚至两个以上的罪犯呢?但这个假设又有一点经不起推敲，如果是两个或两个以上，他们进入现场的时间无法因为有两个人而加快，反而会有所延误。"

钟大队说到这，把手里的烟狠狠抽了几口，他是老烟枪，手里烟没停过，刚才那一个多小时憋着，估计也够呛的。

钟大队又继续道："两个可能是，首先，假设凶手是一个人作案，进入现场后，把军刺固定在地上，然后扶起刘科，背朝下放下去，刘科的体重作用到军刺上，加上凶器那么锋利，完全可以直接刺穿刘科，甚至力气大点的，只需要一只手便可以把瘦小的刘科扶起来翻下去，另一只手还可以捂住刘科的嘴，不让他发出声响来。第二个可能是假设凶手是两人以上，这个过程便更加容易，一个人用手固定军刺，另一个人翻下刘科，整个过程便完成了。"

说完，钟大队看着何队和黑猫。黑猫自顾自地点头，何队沉默着，半响，何队走到沙发边，伸出自己的左脚到军刺刺穿刘科的位置，往上做了一个插上军刺的手势，再腾出双手在沙发上腾空做一个一手捂嘴，一手翻刘科的动作。做完后，再回头看着钟大队，说："钟队，你觉得这样行不行呢？"

钟大队又点了一支烟，狠狠地点了点头。

房间外一个女人的声音传来："真酷！"

大家扭头一看，居然小妹姐和阿童木还没走，正倚在刚打开后没关的门边，表情做崇敬状，一脸媚态地笑着。

钟大队皱眉，招呼何队他们仨下楼。建雄伸个懒腰，对着小妹姐说："这么喜欢看，你趴沙发上，咱也来模拟模拟呗！"

俩女人都坏笑起来，表哥和刘司令没笑，自顾自地交谈着观后感，都在说："难怪能做刑警，这断案好神啊！好像昨晚他们就在这里看着一般。"

钟大队他们出了门,我跟着他们权当送送,一起下了楼。看他们上了车,车启动,钟大队从副驾的位置上探出头来叫我:"邵波!"

我应了,走上前,钟大队递根烟给我,说:"邵波,我知道有些事对你影响很大,但有一点你还是要永远记住!你,曾经头上也戴过国徽!"

说完,车开走了。我站在路边,X城那有一丝腥味的海风在脸上吹过,周围宵夜摊上的香味在侵袭着我的嗅觉,我在这俗世中站立的背景是霓虹灯闪烁的火龙城,我身边围绕着的都是一群我曾经唾弃的人。而我,在这滚滚红尘中又能做些什么呢?

钟队,我邵波依然崇尚着曾戴头顶的国徽,但是,我又能为金色盾牌做点什么呢?

15

李小军在第三天就被放出了刑警队。出了分局,他便打着车火急火燎到了火龙城,直接跑到五楼,把还在床上窝着的我给叫了起来。

那个时候,就我和八戒在套间里面那一间里睡着,不知道是外面哪一个给小军开的门,小军问了我在哪里,便进来掀我被子。我半睁着眼,见是小军,大吃一惊,立马爬了起来,说:"小军,你越狱了?"

小军说:"我越毛,早上把我叫去折腾了一下,就说你可以走了,好像关我两天是应该的,他们没啥错一样。"

我便笑笑,说:"放你说明政府相信你!嗯!小军,你给我说实话，刘科真不是你杀的吧。"

小军鼓大眼睛，说："我杀他？我杀他害怕弄脏手！"说完便在我的询问下，絮絮叨叨地说了自己这两天的经历。

那晚从包厢气鼓鼓地出来，觉得非常憋屈，一身的肌肉都发硬起来。发动汽车，开着车无目的地转转，便转到了海边。小军停了车，脱得剩下条短裤，然后去买了两瓶啤酒一包烟，在海边一个人坐着抽烟喝酒喂蚊子，扮了会忧郁，便下水扑腾起来。

到扑腾得一肚子气都化作劳动力给消耗完了，上沙滩又点烟喝酒，抬头看云淡风轻，皎月怡人，丝丝海风吹过，感觉挺爽，往后一倒，不知道该思考什么了。

也因为脑袋一根筋，思考了几分钟便来了瞌睡，头一歪，居然一个人在沙滩睡了过去。便开始做梦，梦见尿了一泡似曾相识的夜尿，把身上的被子冲开了，尿居然没停，继续像没拧上的水龙头一般继续放着。放到尿液漫到了床上，梦中的小军便意识到：自己一世英雄，怎么能在这么泡尿里淹死过去呢？

一把坐起，才明白只是个梦。而现实中的自己居然睡在已经慢慢涨起的海水中了。

烟和啤酒自然无法带走了。小军赤条条来，也赤条条去，穿着那条短裤回到了车上，一路开回了家。停车……穿衣服……上楼……接下来就是被捕获。用小军的话来说：咱以为还在做梦呢！

到了分局，便是被半夜突击审讯。审讯他的自然就是钟大队和另外一个他也没见过的警员。小军说："别看他俩叫得凶，我就是不鸟他们！他们也拿我没辙。"

接下来钟大队他们便用疲劳轰炸，一直审到了天亮。可一夜的疲劳轰炸下来，钟大队他们自己两个都要崩溃了，双眼血红，小军却因为事先在沙滩上已经美美地睡了个好觉，精神头居然还不错。

审查自然草草收兵。

到下午第二次审理，便换了俩警察。也没很为难小军，递了烟给小军抽了，说："你杀刘科这事，也就是意气用事，也不是啥有预谋、有计划的谋杀，你自己配合点，咱早点结案，给你写上个认罪态度良好。送到检察院，都是你一些叔叔伯伯给你提公诉，也不会给你折腾得太大，弄不好就在区法院给你审了，不就是个十年出头。你小子这么抵触咱干吗呢？"

小军说："现在的问题是我只骂了刘科一句要他命，他就死了，动手这事还确实不是咱干的！难道有骂死这么个技术活不成。"

警察一听，便把桌子一拍，说："你小子就是不老实！"

然后指着自己刚给小军点上的烟，表示了自己的愤怒，吼道："把我刚给你的烟掐灭，不识抬举的东西。"

小军也是个爆脾气，忽地站起来，说："你小子骂谁？"

警察见这阵仗，依稀感觉到小军这娃可能确实是抓错了一般。寻常罪犯被这么一咋呼，一般都有点变脸色。遇上二进宫或者有点头脑的，被咋呼一下顶多也就不吭声或者继续说：真不是咱干的。而面前小军一副文天祥的正气，这正气阴森森地拂面，弄得俩警察反而不知道怎么接招了。便愣了下，伸出手指着小军说："那就坐下，烟不用你掐，抽完抽完。"

毕竟没证据。咱公安干部也不可能就因为小军和被害人吵过架就认定是小军干的啊！如果吵过架的就算嫌疑犯，那咱分局若是仅仅羁押那些和刘科吵过架的，恐怕也装不下。下午的审讯自然又是没啥结果就收场了。

小军在小黑屋里被关了一天一夜了，虽然说觉得憋屈，但到憋屈劲儿过了，自然也开始琢磨自己那几个小时还有谁能证明自己是在海边。想了一晚，开始想到的能证明自己的只有海风海水，还有海鸥。但都不会说话，无法出来指手画脚。然后就想着自己在沙滩尿了一泡尿，应该可以证明自己确实那一会是在海边的。便激动起来，喊："干部！干部！有情况反映。"

来接受反映的居然是钟大队。听小军说自己在海边还有一泡尿的证明材料，钟大队也哭笑不得，说："小同志，昨晚涨潮又退潮，你给的这证明，咱派警犬过去都没用啊，你再想想，有没有啥人看到过你。"

小军便叽歪道："那大半夜的，还有哪个神经病会跑去海边看我游泳啊……连我停车买烟买酒的那小卖部都正要关门，被我叫开的。"

这话才提醒了钟大队，钟大队说："对！你说说那小卖部的位置，看小卖部的人能不能证明你确实去过海边。"

小军也醒悟过来，说了那小卖部的所在。

第二天一大早，钟大队就派人过去接了小卖部的老板两口子到分局，领出小军来，给那晚守店的老板娘看。老板娘看了一会，说："我还真看不准，那晚灯又暗，除非……除非……"

钟大队便急道："除非啥吗？你赶紧说啊！"

老板娘脸就红了，瞟了一眼在身边站着的自家老公。钟大队会意，把她老公给支开。老板娘轻声说："你让这犯罪分子脱得剩条内裤，我再看看。"

便要小军脱衣裤。小军自然不解玻璃另外一边的情况，骂骂咧咧起来。最后还是脱了，赤条条地穿着一条红色的三角裤站在那。因为壮，脱剩后那玩意明显地突出来。老板娘才肯定地说："就是他，没错。"

接下来自然是派了两个慈祥和蔼的老警察，给小军说了些"咱也只是按规矩办事，有得罪处，你迁就一下"之类的话来。

小军也没对刑警队的某个人有啥恨意，只是觉得稀里糊涂被关了一天两晚，憋屈罢了，办了手续出了分局，便直接来火龙城找我。

听他说完，我和八戒两人给结结实实乐了一场。八戒凑到小军身边，故意瞄着小军的裤子，说："小军哥啊！你那玩意难道隔着短裤都很好认不成？"

小军哭笑不得，白了我俩一眼，傻乎乎地笑了。

我才注意到这家伙一身的海水腥味和汗臭味，看着他头发上都似乎有了一颗颗生动的食盐一般，招呼他赶紧进洗手间洗澡，洗完咱下去吃饭。

多言：

刑侦措施分两类，一类叫常规性侦察措施，即现场查勘、摸底排查、调查访问等十四种；另一类为紧急性侦察措施，即通缉、通报、追击堵截等十种。后者一般是在那种大案要案里才使用，前者就用得比较广泛。而本章里的侦察实验、辨认、询问都是属于常规措施里的几种。

侦察实验的几点规则为：1. 尽可能在事件原发地进行（即火龙城）；2. 时间段尽量一致（本案因为火龙城的幕后力量，所以没能在案件发生时间段进行）；3. 相同自然条件；4. 同一情况反复多次地实验（最起码两次，实际情况也确实只进行了两次）；5. 遵守有关法律（如本文里钟大队没同意让普通群众来演示尸体）；6. 对结果保密。

而侦察实验，也不是随便一个小案就可以使用的侦察措施，最起码都是命案。申请流程虽然不是很复杂，但也要公安局长签字，毕竟实验过程还是有扰民的后果以及影响的。

辨认又叫公开辨认，共有三种方式：1. 个体辨认（本文里就领出小军给老板娘过目）；2. 混杂辨认（电视电影里只要辨认犯罪嫌疑人就是拉出一排群众演员在那站着，这是有点扯淡的。刑警队、公安局又不是摄影棚，哪里能轻轻松松领一群人来给你辨认。而一般使用得多的混杂辨认，使用的是相片辨认这种手段）；3. 静态与动态辨认（本文中，小军脱得剩下底裤给老板娘辨认的这种方式，就是动态辨认）。

在我还在公安大学里读刑侦时，就听说过一个特大盗窃案，具体案子的地点以及细节，现在不是很记得了，毕竟那年代没有网络，以至于现在也查不出该案的资料来。里面最后确定犯罪嫌疑人的突破性转折，便是罪犯作案前找铁匠打作案工具时，和铁匠胡乱聊了十几分钟。而这位普通的铁匠，没做刑警也是可惜，在三个月后，该铁匠在三百多张军官的照片中（该案罪犯是几个现役军官），准确无误地指出了三个月前来他铁匠铺打撬棍的两个人来，也是段佳话。

第四章

抓　贼

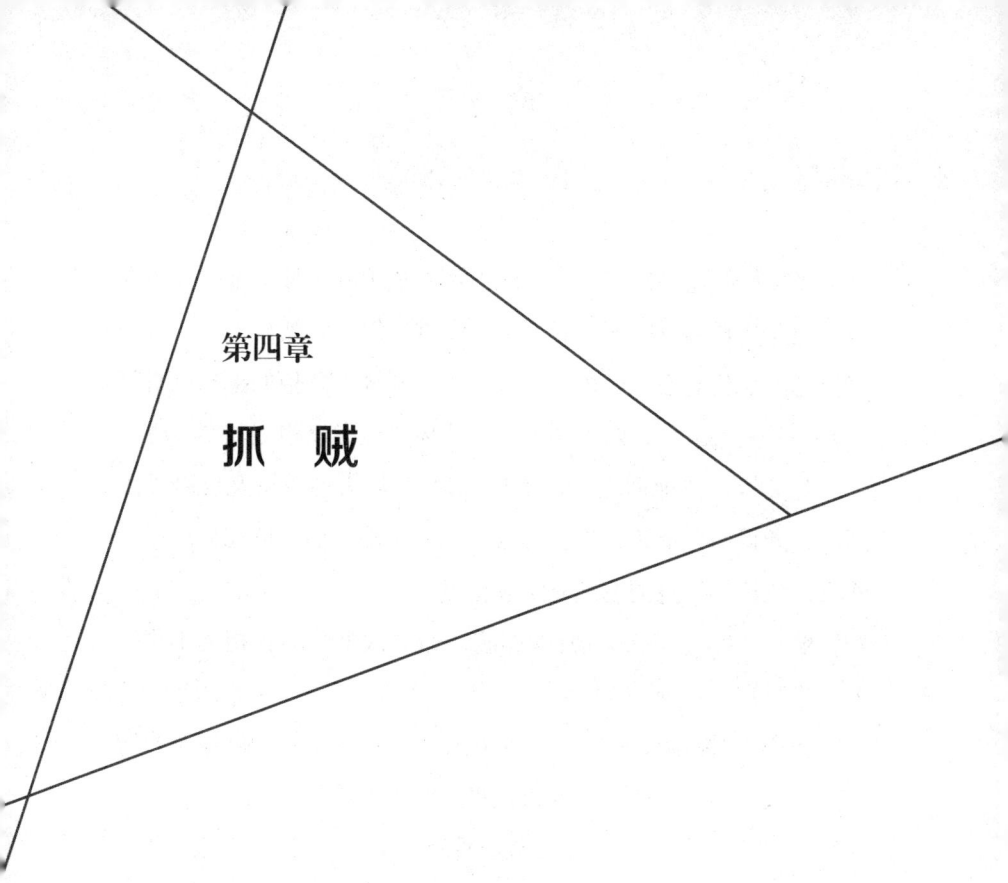

小军始终还是憋气。我带着他和八戒下到一楼胡乱吃了点东西，他还是在骂骂咧咧，具体也没骂谁。骂刘科死得不对——人家都已经羽化而去了，也不是很应该；骂钟大队他们把自己折磨一番——人家也只是照章办事，谁让你自己半夜跑去呼唤大海。

16

小军始终还是憋气。我带着他和八戒下到一楼胡乱吃了点东西，他还是在骂骂咧咧，具体也没骂谁。骂刘科死得不对——人家都已经羽化而去了，也不是很应该；骂钟大队他们把自己折磨一番——人家也只是照章办事，谁让你自己半夜跑去呼唤大海。

吃完饭，要他回去，也不肯，说："回去老爷子又要吵吵闹闹的，懒得回，反正领导已经放了我一个星期假，待在你这里耗几天，也算把一身的晦气先给去掉点。"

然后小军一扭头，说："邵波，你对这事情的真相就不想研究一下吗？"

我说："你没放出来时，我想知道的真相是——你这丫咋胆子这么大，到你出来了好像也觉得没啥需要我研究了。"

小军便说："那带我去那包房看看呗，看能找出啥线索不？"

我说："还有啥好看的，地毯沙发都换了。"

八戒在旁边鼓动："去看看也好啊！咱祖传的经验在现场弄不好还真可以找出些啥来。"

三个人一边说笑着，一边往二楼走。那年代KTV下午还是有点生意的，而二楼这一号房，在前一晚就开出去了，进去唱歌的也都活蹦乱跳的，没有谁出现啥刘科上身，手脚抽筋的情况。只是场子里稍微长得好一点的小姐，都不肯进去罢了。

而我们进去的这个下午，一号房是空的。当班的是赵青。我叫她把房间门开了，带着飞贼八戒、退役侦察兵小军就进去了。赵青那一会也闲，见我们三个大块头进去，便也跟着进到一号房里四处乱看，毕竟这几天女服务员都不敢进一号房来，赵青也算跟着进来看看现场。

我指手画脚对着沙发和地上,给小军说当时的情况和钟大队他们的分析,小军没吭声,认真听我说着,赵青在一旁没事就插插嘴,补充一两句她当晚作为当事人的现场体会。八戒却直接跑到隔间里的那台空调那打量了起来。

半晌,我的介绍完了,小军露出神探柯南的表情,看着天花板装诗人。一旁的八戒喊我俩:"过来看看这。"

我和小军走进隔间,八戒正用手把窗机往上托起来,对着窗机下面努努嘴。我们顺着看过去,只见那窗机下面也没啥异常。小军便说:"啥古怪啊?蟑螂吗?"

八戒说:"你们认真看看下面那铁架上的锈迹。"

我和小军便认真看起铁架来,看了半晌,没啥端倪。八戒便骂娘了,要小军托着窗机,指着铁架给我们讲解:"这空调被移来移去的倒腾,应该不止一次两次,这下面的锈迹都磨光了。"

小军骂道:"废话!刚才邵波不是说了现场模拟都动了两次。"

八戒傻眼:"啊!我还以为我发现了个大秘密呢。"

小军便要把窗机松了,被我打断:"小军,还提上去我再看看。"

小军又提起来,这孙子有的是力气。我凑近点,用手在那铁架上蹭了蹭。那年代空调的铁架本就不流行上漆啥的。我发现这铁架最下方,和窗机接轨的位置,锈迹还真有点问题。感觉锈迹不是一次生上去的,有两层锈的痕迹。一层比较旧,用手指抠下来,和灰尘都在一起了;而另外一层比较新,好像刚锈了半个月一般。

我扭头对着身后的赵青说:"去,把莎姐叫进来一下。"

赵青依言去叫在吧台的莎姐。莎姐进门就骂骂咧咧:"死邵波,把我叫到这鬼屋里来干嘛?"然后见我们仨表情严肃地对着那台窗机,问道:"怎么了?发现了什么吗?"

我浅浅笑笑,说:"莎姐,火龙城装修开始你就在吧。"

莎姐说:"是啊?"

我问:"那这台空调修过没有,我们自己人动过没有?"

莎姐说:"你修过了它都没修过,谁来动啊?"

我点点头。

莎姐便问:"怎么了?"

我说:"没啥!就问问。"

莎姐冲我瞪个媚眼,说:"那我忙去了,这鬼地方就是觉得阴森。"转身出去了。

赵青要跟着出去,我把她叫住,说:"赵青,这房间这段时间有过啥不对劲没?"

赵青说:"你这不是废话吗?人都死了一个,还有啥对劲的。"

我说:"不是说这事,是之前。"

赵青想了想,说:"之前也没啥事啊!"

我点点头。赵青扭头出了一号房。

八戒和小军问我:"咋了?有啥不对吗?"

我指着锈迹给他俩看了,说:"这锈感觉不是一次给生的,看着锈迹,好像半个月或者一个月前这窗机也有动过。"

两个大脑袋便盯着那下面看,频频点头,都好像自己是啥科学家一般。

门在外面给打开了，赵青又进来，说："邵波哥，你别说，上个月这房间里不见了两个麦克风，这算不算事。"

我忙要她仔细说说。赵青便回忆到上个月的某晚，客人快两点才走，她和另外一个服务员进来搞卫生，把东西都摆好，两个麦克风也端正地挂在旁边的墙壁上，出了门。

那晚赵青不值班，是另外几个男服务员在。到第二天下午有客人要一号房，进去一看，麦克风却不翼而飞。找了很久都没找到，可赵青清清楚楚地记得，那两个麦克风是都在房间里的。为此，莎姐狠狠地发了一次脾气，说要给所有的服务员都扣三十块钱的工资，用来赔那一对价值一千块的麦克风。服务员们便天天骂："谁偷了谁不得好死。"

结果到发工资时发现莎姐没真给扣钱，毕竟一个服务员辛辛苦苦一个月下来也就那么两百多的工资。莎姐以前也穷过，自然下不了这个手。这事就那般不了了之。

听完赵青的话，我点点头，说："那没啥事了，你先出去吧。"

赵青出了门。八戒嘀咕道："照这样看来，这房间还不止一次有人进来咯。"

17

咱仨在房间里有一句没一句地分析了一通，分析的结果是：很有可能在一个月以前就有个贼光顾过，只是音响功放这些大件不好搬罢了。小军分析得更远一点：这贼发现这么好的门路，而且来一趟轻轻松松就是几百上千的贼赃，便在刘科死的那晚来了第二次，进来后发现里面有人，而且很有可能刘科还看到了自己。索性一不做二不休，把刘科给料理了。

这个推断，八戒认为："不太可能！"

八戒说："做贼的胆大这是事实，可只是求财，不是万不得已不会伤人，要伤人，直接拎两把斧头，找个小巷子一站，大吼一句'老子是李黑'，那不是快得多。"

小军便和八戒争论起来，说："贼就是贼，偷摸抢劫，都是一家。"

八戒自然不愿意小军批评自己祖上一直从事的工作，两人便你一句我一句地胡扯起来。

我叼着烟，盯着他俩看了一会，然后打断他俩："小军，八戒说的应该不错，来偷个麦克风，不至于还要带个人命下去，再说，十二点出头就来娱乐场所偷东西，也太勤快了点吧！不太可能。"

俩孙子便不争了，看着我。八戒说："那你的意思是怎么回事呢？"

我嘿嘿笑笑，说："我看没啥事！走咯，上去找葫芦他们打扑克去。"

便上楼，和葫芦他们打起了扑克。路上小军问我："这发现要不要告诉钟大队他们。"

我摇摇头，说："算了吧！我现在已经不是队里的了，冒充治安积极分子，咱还是算了！"

扑克一直打到晚上，中间我和八戒下楼四处转悠了一圈，没啥异常！表哥和郑棒棒也一直在一楼待着，和迎宾在那聊得很是灿烂。

到十二点出头了，场子里也慢慢冷清下来。小军、西瓜、葫芦和八戒四个人坐在一堆饭盒中间，依然打得有劲。我和龙虾靠在床上看电视。小军输了点钱，光着膀子，在那骂骂咧咧的。这孙子也是个不应该在机关上班的货，和咱这里一干混混居然这么快就混了个烂熟。那一会，输了钱，又感怀着住了几天小黑房子的委屈，一肚子里都是气，正想爆炸！导火线居然就真来了。

大概一点不到吧，服务员过来敲门，说："邵波哥，郑棒棒的电话。"（那时候都是用寻呼机，而咱自己人找，就直接打到总机转上来）

我出去接电话，电话那头棒棒的大嗓门直接把我耳膜震得发痒："邵波，叫兄弟们来拐角的福盈门大排档门口，我和表哥被人打了。"

放下话筒，我回房间说："西瓜你们几个去福盈门看看，棒棒打电话上来说在和人打架。"

西瓜、葫芦、龙虾三个一听打架的事，便都忽地站起来，抓起上衣就往外跑。八戒也挺激动的，整个加大号的奥特曼一般，追着他们就出去了。可笑的是，小军居然抓着那手牌愣了愣，然后扭头对我说："邵波，你等会得给我作证哦！"

我都没明白他说的啥，就见他把手里那手牌往裤兜里一放，也追着八戒后面跑出去了。

换我愣了！这种情形，我也只是在后面看看的主，这几条壮汉到齐，拆个房子应该都没啥问题，自然不需要我去凑啥人数。可没料到的是小军居然路见不平，跟着火急火燎地去了，把我狠狠地意外了一番。

我一个人不急不躁地在他们后面尾随了过去。到一楼刘司令冲我笑："怎么了？你那几个手下救火队员一样往外跑，去抓贼啊？"

我笑笑点点头，没搭理他，往福盈门大排档走去。

远远地就看见闹哄哄的一堆人围在福盈门大门口。表哥在地上躺着，抱着头醉醺醺地在那骂街："兔孙子，敢打老子，没死过。"

西瓜、葫芦、小军、八戒、龙虾他们五个冲上去，凶巴巴地问站在旁边也是醉醺醺的郑棒棒："是谁？是谁？"

郑棒棒眯着眼睛，很是快乐地看着大家，然后照着围观群众一指，说："就是他们！"

地上的表哥也是晕头转向的样子，说："就是他们，奶奶的！十几个人打咱俩！"

小军不知道在哪个宵夜摊上摸出把菜刀来，恶狠狠地对着棒棒指的人冲了上去。围观群众一下炸开了锅，纷纷表示："不是咱不是咱，打人的早就跑了。"

八戒和西瓜、葫芦、龙虾拦住这群大半夜不在家睡觉，跑出门打酱油看热闹的，说："谁都不许走，给老子站一排站好！让我兄弟一个个认。"

围观群众二十几个，还真被这几个大块头吓住了。小军一双眼睛血红，挥舞着菜刀，一副谁不听指挥，谁就吃板刀面的架势。这倒霉孩子这几天委屈也受得够多了，正好找着这机会发泄一下。

围观群众在我这七个好兄弟的指挥下，井然有序地在路灯下站成一排，纷纷表示："抓错人了，咱都是良民。"小军他们几个没管这么多，葫芦和西瓜很正式地一边一个扶着表哥，领着郑棒棒，一个个人面前认。

表哥和郑棒棒都已经烂醉，不知道是受了啥刺激，大半夜两个人喝成这个熊样。看着这个群众甲，说："嗯！好像就是他！"

一旁的小军菜刀便举过了头顶，准备大喝一声："跪下！"

棒棒和表哥在那关键一刻又吭声了："好像又不是！"

小军只好像放了气的皮球一样，把菜刀又放下来。

激动中的表哥又指着另一个群众乙，骂道："就是这个孙子！"

小军又大踏步过去，谁知道一旁的棒棒说："这个也不是！"

表哥眯眯眼，说："确实不是！那个人有胡子，这个人没胡子！"

我叼着根烟，在不远处宵夜摊的凳子上坐着，看着这群孙子的闹剧。一旁宵夜摊上的大姐认识我，在我耳边说："就是你们火龙城这俩醉鬼自己找事，喝醉了酒逮旁边桌的不顺眼，就拿啤酒瓶敲人家。"

我没吭声，点点头听着。看情况表哥和棒棒也没挨几下，只是样子做得吓人。混社会的老油条，都是这么一出，挨了一下就好像下半生就要坐在轮椅上一般，方便找人要医药费呗。

见他们动静不小，凶手却完全没有眉目，我便站起来，准备走过去要他们别闹了，赶紧回去。正往那边走，只见两台边三轮的摩托车和一台警车飞驰而至，七八个公安兄弟跳下了车。其中一个年轻的，估计是刚从警校出来，肩膀上就一个金色的小扣扣，下车便掏出不知道是谁的枪来，学着香港片里的模样，摆个弓箭步，双手握枪，对着正耍菜刀的小军，大吼一声："统统不许动！"

18

表哥先回过头来，见这阵仗，还是眯眯眼，估计那一会他眼前的世界还是重影的，撅着嘴喃喃地说："不至于吧！就打个架，用得着派个坦克来打我吗？"

说完居然很灵活地双手抱头，往地上一蹲。

郑棒棒、西瓜、葫芦、龙虾之流也都是老江湖，也都配合，都齐刷刷地蹲到了地上。八戒属于双腿发软的类型，直接往地上一跪！一个认罪伏法的表情，挨枪毙的在临刑前也就八戒当时这样。就剩小军，拿着那把菜刀愣在那里。小警察见自己的大吼没有起到敲山震虎的作用，激动起来，把手里枪一比划，说："拿菜刀的，赶紧给我蹲下。"

一旁的一个便衣走到他旁边，把他枪给压了下来。这边小军见刚才还天下第一的一干好汉，现在都在地上扮演《采蘑菇的小女孩》里"小蘑菇"的造型，便懂了反抗没用，也要蹲下。又见其他人都双手抱头，而自己手里还有一把菜刀，无法抱头，便把裤子给提了提，把菜刀往屁股后面插了进去……然后蹲下……

我昔日的同伴们便神兵天降般上前，把他们七个家伙全部给扣上了。表哥还在那嘀嘀咕咕："报告干部，咱又没打别人，咱挨打也犯法啊？"

一旁的干部对着他屁股就是一脚："少废话！上车。"

警车后门便打开了，七个壮汉被推了上去。那台警车是一台三菱吉普，后面关人的空间本来就很小，再加上我这七个兄弟都是吃肉长大的，上去后挤成什么样可想而知。然后前面又上去四个警察，警车狠狠地吐了一大泡黑烟，往附近的派出所开了过去。

　　我站旁边没吭声。因为这一会我上去，很有可能直接当同伙给带走，因为服装很统一，一看就知道是如歌唱组合般穿得一模一样。再说，这次出警的派出所彭所长当时也在，他是我爸那关系很差的分局领导的嫡系，我上前，肯定会被他当落水狗给踩上几下。

　　我等到他们都走了，叫了一辆出租车，去了那派出所。

　　闹哄哄的那个房间自然是我那七个相好的所在，我站到门口，看见彭所长正站那怒目对着小军他们。便先对彭所点点头，拿出烟来。

　　彭所斜着眼看我，说："邵波！怎么了？这都是你的马仔？"

　　我露出以前自己在队里时看到的犯人家属那种腼腆的笑，说："啥马仔啊！都是同事！"

　　彭所便哼了一声，说："全部拘留七天。"然后一扭头，对着旁边一个警察说："小张，开条，等会全部送走。"

　　那一会，我只感觉一口恶气就堵上了嗓子眼。

　　所以说三十年河东三十年河西，这话是真。人啊！得势时真不要把自己当个啥玩意，失势时才会明了人情冷暖和世态炎凉。一年前，我穿着一身制服时，面对着犯人家属的傲慢历历在目。而一年后，只是这么个小小的治安事件，我便要露出讨好的表情，来面对自己曾经给予别人的态度。

　　我还是邵波，一个要成就大事的邵波！我在就要发作的瞬间里，自己给自己打气。然后对着彭所，还是笑笑，扭头出了那间房间门。

　　隔壁房里是彭所的小舅子大刘，和他虽然没打过啥交道，但也认识。于是，我进到他的办公室说："大刘，我拿你这电话打个呼机。"

大刘白我一眼，居然说道："这是单位电话，你有事派出所门口有公用电话。"说完一扭头，低头修起了指甲。

冷静……

冷静……

我出了派出所，没给建伟哥打电话，一点这样的小事不可能找他，本来也丢人。我站在电话前愣了愣，拨通了何队的呼机。

何队很快就回电话了，应该是今晚在队里值班。我把情况给他说了，还强调了小军他们只是闹事，没有打人。

何队听了，没有吱声。我见他没说话，脑海里又回放着刚才彭所和大刘的表情，便说道："何队，你现在忙的话就算了，我给建伟哥打电话得了。"

正要挂，那边何队开口了："等下！邵波，你等我十分钟，我就过来。"

十五分钟后，一台我们刑警队的车便进了派出所院子。何队下了车，我迎了上去。没想到的是跟着一起下车的还有钟大队。何队拍拍我肩膀，说："正好钟队也在值班，听说你这有点事，就一起过来看看。"

钟大队鼓着铜铃眼，瞪了我一眼，然后说："你在外面等会吧！我和何队进去找老彭说一下。"

我像只被斗败的公鸡一般，站在车旁边，点了支烟。那十几分钟，我感觉等了一辈子。从小品学兼优，初中高中还一直是体育生。进刑警大学后，也一直是班上最棒的。毕业，进分局刑警队，再迅速成为钟大队和何队的得力干将。一起喝酒时，时不时被他们称赞:"科班出身的就是不一样!"

可现在呢?

不想用太多笔墨渲染这些了。写写文字,本就是给同样有过生活的人看的。有些世态冷暖,本就无法用言语表达,大家都懂就罢了。

十几分钟后,何队从房间里探出头来,叫我进去。

我进到房间里,我那七个不争气的兄弟们还蹲在地上。彭所手里挥着几张纸,对着我趾高气昂地说:"邵波,这是看着钟大队和何队的面子!你自己看看,拘留单都开好了!"

我点点头。旁边一个警察给小军、八戒他们松了铐子。我要他们出去院子里等我,然后还是客套地给彭所说谢谢你!并亲密地握手。

也是那一会,我才真正感觉到:经历了这么多后,我终于成熟了。

19

出到院子里,钟大队在后面叫我:"邵波,上我们车吧,我送你!"

我点点头,然后白了院子里或站着或蹲着的七位绿林好汉一眼,说:"都赶紧回去,场子里咱的人一个都不在。"

然后瞪着表哥和郑棒棒,表哥忙说:"邵波,明天我请吃饭。"

我没搭理他,扭头上了钟大队的车。

车启动。我本以为钟大队又会说我几句,谁知道他啥也没说,好像我现在的生活中有这么一出,已经是他意料之中一般。

何队先开口："邵波，我和钟队下午还准备叫你回队里聊聊的，可最近要国庆了，实在忙。"

我说："叫我回去聊天随时打我呼机就是了，我也想回去看看。"

钟大队便说话了："何队是说得委婉，不叫你过去的主要原因，还是因为局里有领导喜欢针对你，到现在没事开会还要拿你那事出来说道。邵波，咱总之还是兄弟，这点体谅下我们两位老哥哥吧。"

我点点头。

钟大队便继续道："想找你，主要还是刘科那案子。你知道的，上面又逼着咱破案，又不准我们大张旗鼓地调查，我做这么多年刑警，也没哪个案子做得这么头痛的。这两天，李小军也放了，你们火龙城又不让我们进去查，便只能在外围——刘科的社会关系、人际关系这些方面找线索，难啊！"

我听着钟大队的诉苦，也领会到一点啥了，但还是故意问道："那钟队，你的意思是要我怎么帮忙，尽管说吧！邵波以前是你的下属，现在也还是。"

钟大队点点头，说："邵波，你刑侦也是个好手，这几天在场子里就多帮咱琢磨琢磨，有啥发现就给咱打电话吧，就当帮我一个忙，以后你钟哥我再请你吃饭。"

我"嗯"的应了，想把下午和小军、八戒的发现给他俩说说。正想开口时，发现车已经开到了火龙城。八戒他们七个人居然打车还比我快，已经站在大门口说话。

我欲言又止，和钟大队何队说："那我先进去了。"

他俩点头。

八戒他们见我下了车，便都对着我装个大大咧咧的表情，咧着七张形状各异的大嘴呵呵笑。我阴着脸，想批评他们几句，却又没忍住，自己也先笑了。再冲着小军说："你这个闯祸胚子还不回去？"

小军说："我不回了，我这几天就磨在你这里了。"

然后小军从裤兜里拿出那叠扑克牌，对我说："邵波，你刚才是看到了的，你要给我作证，我和八戒、西瓜、葫芦他们三个说那把牌我赢大发了，他们三个孙子居然不承认。"

葫芦在旁边说道："那肯定不认了！谁知道你有没有换牌呢！"

八戒也说："小军哥，别看你刚才拿着菜刀牛逼，可打个扑克也不能耍赖啊？虽然咱不是什么好人，但法律还是要遵守的，有法可依，有法必依啊！对吧？邵波哥！所以呢！你这把牌我们还是不能承认你赢了，钱我们可以给你，但不是因为这把牌，是因为咱是好兄弟，你输了钱，咱回点水给你。"

小军手里还抓着那几张牌，说："谁要你回水啊？"

便又都嘻嘻哈哈你一句我一句地快活起来。

一起上楼时，在楼梯间遇到小妹姐和阿童木，小妹姐说："嗨！咱火龙城的猛男又去哪里吃得这么油光发亮的回来了啊？"

表哥和郑棒棒鼻青脸肿的，表哥说："哪里油光发亮？"

小妹姐很快乐："我看你到处都发亮啊！"

旁边的龙虾便伸出自己的一双猪蹄，紧紧握住了阿童木的芊芊小手，说："好妹妹！今晚陪哥去天台看星星吧！"

阿童木甩开龙虾的手，道："呸！你儿子都有了，还看星星！看毛！"

我们进了房间，上床的上床，地铺的地铺。都狠狠表扬小军是条好汉，可惜生错了年代，生在三国时候绝对能一菜刀剁死吕布；生在水浒时候自然两拳半就打死镇关西；再生在金瓶梅那峥嵘岁月里，挑个担子出去卖烧饼绝不会受人欺负！小军就傻站着，见我们四平八板睡了一地，都点着烟仰视着自己，就说话了："咋了，一边说我是兄弟，一边把我晾着，我睡哪里啊？"

八戒躺在我旁边的床上，说："好汉还要睡吗？你新来的，今晚你值班守夜，平时我们都要派人轮班守夜，怕进来女匪徒。"

小军便看我，我把我的床让出一边来，说："行了行了，好汉今晚委屈下，咱俩挤挤。"

小军却没动弹，说："邵波，我想去一号房里睡一晚，睡那里面好想想刘科那事。"

八戒说："你孙子疯了？睡去那里面，刘科半夜进去找你。"

小军说："我才懒得搭理你这胆小孩子，被小警察枪一指，都要晕倒了。"

八戒从床上坐起来，说："我胆小？要我去坟山过夜我都不会皱眉。"

小军忙接八戒的话，说道："那行啊！你陪我今晚去一号房睡睡。"

"行！"

上当的八戒麻利地扭动着肥胖的身体起了床，俩兄弟还真开门往外走。我本来想说他们两句，要他们少胡来，可那一会看他们出去，想着钟大队的请求，便也起了床，穿上衣服，追了出去。心里寻思着：这一晚，在一号房里躺着，兴许还真有个啥灵机一动起来。

事实证明了：刑侦——有时候也还真要点天马行空的冲动！

20

我们仨下到二楼，那一会已经三点多了。我叫值班的服务员开了一号房门，我们仨在大沙发上一人一边躺下，便围绕着刘科的死胡乱说着话。说的无非还是一些无关痛痒的。又猜测了一会那偷麦克风的贼，说着说着，发现少了一个人发言，才发现八戒一个大脑袋扭到一边，已经睡了。

小军和我对视着一笑，我便会意，从沙发上爬起来，掏出两支烟，准备给八戒来上一出"大鼻子象"的玩笑。

"大鼻子象"是我和小军高中时常用来戏弄别人的伎俩。因为都是体育生，又都是住校，所以那年月我和他关系就不错。没通过老师同意，和人换宿舍住到了一个上下铺。而"大鼻子象"就是我俩专门对付宿舍里喜欢打呼噜的胖子的伎俩。具体程序是：先等某人睡着，然后把香烟的过滤嘴剥出来，再把两个过滤嘴——那截海绵嘴，慢慢地送进睡着的某人的鼻孔。接下来发生的便是梦中人觉得鼻子里不舒服，迷迷糊糊地就会用食指去捅自己鼻孔，海绵越捅越深。最后梦中人实在不行了，坐起来，从自己鼻孔里抠出两块那么大的鼻屎——目瞪口呆起来。

而我们眼前的八戒，两个巨大的鼻孔便被我们塞进了过滤嘴。然后我俩一本正经的等着看戏，谁知道这孙子没事人一般，鼻孔不顺了，大嘴居然就开窍般裂开，用嘴呼吸起来，依稀间，就要流口水了。

我和小军目瞪口呆。而就那一会，隔间里居然发出了细小的声响。

我和小军先是一个对视，然后都赶紧不吭声了，我一手捂住八戒的嘴，狠狠摇了下，八戒醒来。这孙子也还灵活，见我捂着自己，表情严肃，正用手指着隔间，便立马对我点点头。接着仨人都往地上趴了下去，往隔间里匍匐前进地爬了过去。

隔间里的声音又响了，我们也都探头到了隔间门口，发现居然真是那台窗机发出的声响。

我对着八戒和小军做了做手势，他俩也都点头。我们仨都摸到那台窗机两边，靠着墙蹲下来。只见一个如八戒所说的小铁钩，从窗机上面伸了进来，然后一点点往下放。接着是一根筷子粗细的玩意，又从下端被稍微抬起的窗机下面伸了进来，钩住小铁钩，拉了回去。

之后的就不是按八戒的思路继续了。只见已经捆住空调的那橡皮绳子变戏法一般变成了两条，一条被窗外好汉移到了左边，另一条到了右边。一切工序完成后，窗机就被外力往里面一点点地推动，而我们的心，也那么一点点地紧张起来。

窗机推到只有三分之二还在铁架里的时候，居然就不动了。我们看得很清楚的是：外面的人还在一把一把地用力，可小军那边窗机下面部位和铁架上一个啥螺丝好像给卡住了。

便看得纠结起来，心里比窗外人还着急。半晌，还是没进展，就是卡住了。小军忍不住，对我做个手势，意思是要动手帮窗外人，把窗机给往上顶一下，脱离那卡住的地方。

我点了点头，伸出手指来，比划了个三，并按着窗外人一把一把地用力推动的节奏，比划着："三……二……一！"

到"一"的时候，小军一只手把窗机卡住的那一边往上一顶，机器顺利地摆脱了螺丝的束缚。我们仨松了口气，窗外人推动的节奏却停了下来，我们憋住呼吸，以为被这飞贼发现了啥不对劲。结果，窗外人估计只是为终于又动了而松了口气，再一下一下地把窗机推出了铁架，并和我们模拟时一样，悬空挂在铁架下。

我们更不敢出声了，连呼气都害怕喷到空气中，被窗外人察觉。而对方在窗机被推开后，居然没了动静。我们仨又对视着，各自寻思着这畜生咋不进来了。突然我背后的八戒好像想到什么，对着我挤眉弄眼，并用手指指包房里那台分体机的方向。我和小军才意识到，我们进到包房后，便打开了那台分体式空调，而这贼弄开窗机后，自然觉得这房间里有啥不对了——冷风阵阵……

意识到了这点漏洞，也只能等啊！窗外人也没一点声响，甚至我们都不能肯定他还在外面。就这样对峙着。我心里就想：外面这孙子聪明的话，现在应该突然扔个啥东西进来探探虚实。意识到这一点，我心里就做好这即将到来的突然袭击的思想准备。可又害怕身后和对面的八戒、小军没意识到这点。（之后聊天证明了，他俩也都意识到了。因为小军以前是侦察兵，学的专业知识就有这一点小技巧；而八戒更不用说，他压根和窗外的就是同行。）

正想着，窗外人就真递进一个玩意儿来，还真把我们仨吓了一跳，但都有思想准备，便都没有声张。而之所以把我们三条汉子吓了一跳，因为递进来的居然是一只活生生的老鼠。

老鼠灵活地如唐僧放生的那条草鱼，钻进了沙发下面。窗外人才跟着来了动静，这孙子先伸进来的居然是双手，抓住了两边的墙壁。我们还在担心这孙子如果先进来个脑袋，我们一把抱住脑袋还害怕他挣脱,见进来的是两只蹄子,便都心里偷偷乐。我又比划三个指头。

"三……"

"二……"

"一……"

我和小军同时呼地站起来,一人扣住了这孙子一个手腕。八戒一双大手伸进去,掐住了这孙子的脖子!

多言:

李小军这人说普通吧,也还真不普通!进部队刚下火车,就被某军官领走,做了侦察兵。

侦察兵的要求比较严格,虽然比不上招空军,但在陆军里,还是算得上佼佼者的。

首先是身高。要求是一米七八以上,小军一米八二,自然没问题。

接着是素质与智商。小军高中毕业,比某些小地方的初中兵自然强多了。

还有头脑灵活思维活跃。这点基本上只要不是口吃弱智,都能达标。

而最能起到决定性作用的是:最好能有一技之长。小军从小就练过武术,他那农民亲戚私下教的拳术属于哪门哪路,咱还真不知晓,连小军自己也不知晓。那路拳术小军一般不会用,因为太损,属于一击致命的那种。具体套路如下:

这拳应该是属于啥鹰爪之类的,传统的鹰爪功讲究的是分筋错骨,以扣脉门、筋脉啥的制胜。而小军从小练的就是爪功,连做俯卧撑也是用五指做，并且不是用指面来做，是指尖受力的那种。所以小军手指的力度是不同常人的。

而这一派系的爪功施展起来的准备式就是右手鹰爪状，指尖向外，护脖子；左手也鹰爪状，护下体。之所以护得这么猥琐，因为他家这爪功攻击对方的位置居然也就是这两位置。右手主攻对方脖子，直接抓牢喉管，一旦真正发力，可以直接把对方的喉管扯出。而左手主攻对方下体，抓……居然是抓蛋蛋，一旦发力，就如我们孩童时代看的港片《鹰爪铁布衫》，最后那一幕捏鸡蛋黄的高潮情景。

征兵时小军演示了这绝学，下火车就直接被领走。开始几天小军还挺兴奋的，侦察兵啊……是男人都喜欢自己能在比试侵略性上得到认可。谁知道在新兵营就受不了了，人家普通兵种拉练二十公里，侦察兵拉练就是三十。这也成就了小军过硬的体格。

再讲解一下，陆军侦察兵的主要职责就是炮位侦查，为己方的火炮和空中打击落实目标。当然，也有渗透啊、破坏啊这些工作，但实际上也只是以炮位侦查为主。所以要指正一干不负责任的影视作品、小说里扯出的侦察兵的万能，那是误导大家的。并且，侦察兵必须穿军装，这是有国际条例约定的，被俘后享受战俘同等待遇。而不穿军装跑出去刺探的，叫间谍。

第五章

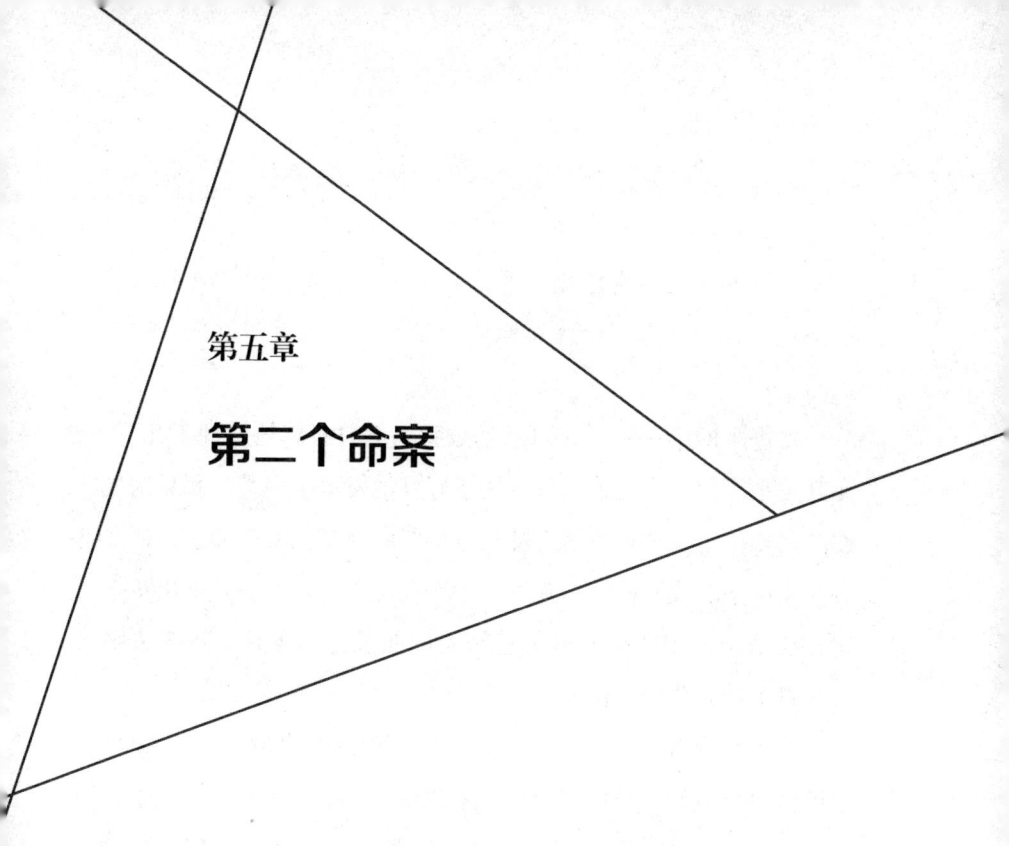

第二个命案

窗外人给硬生生地被八戒拖着脑袋,我和小军拉着双手给扯了进来,居然是一个面黄肌瘦的家伙,一看就知道是个抽大烟的。

21

窗外人给硬生生地被八戒拖着脑袋，我和小军拉着双手给扯了进来，居然是一个面黄肌瘦的家伙，一看就知道是个抽大烟的。

扯进来的第一个事，自然是被我们拳打脚踢地修理了几下，尤其是小军，憋了几天的气，终于好好地发泄了一番。我见这瘦瘦的倒霉孩子，被打得抱着脑袋一口哭腔地喊大哥饶命了，便要哥几个停手。我们提着他跪下，小军和八戒看着他，我就出了包房，要值班的服务员叫楼上正睡着的西瓜他们下来，再走去吧台，打了钟大队的呼机。

等了几分钟，没有回电话，便给吧台的服务员说："如果回电话就说要他赶紧赶到咱火龙城来，就说这案子应该是搞定了。"

安排完，我便往一号房走去，走到门口，房间居然被反锁了，应该是小军他们故意锁上的。我敲门，开门的是八戒。

就在我进房间门，八戒在我面前，正站门口，而小军很自然地扭头看我的那一刹那，跪在地上的那瘦猴居然灵活地一把跳了起来，小军伸手一抓，抓了个空。只见那瘦猴非常诡异地两步跨向洞开的空调窗，呼地跳了起来，双腿朝外进了那小窗，然后双手直接伸了出去，抓住铁架用力一拉，整个身子便出了窗，然后松手，跳向了一楼。

整个过程非常连贯，甚至到现在回想起来，都觉得仿佛是武侠片里的情景一般。当时小军距离他只有一个步子的距离，而我和八戒就算远一点，站在门口，也只有三四米的距离。而这瘦猴，居然就在这么个环境里，用短短一两秒的时间，完成了这么一个咱基本上不太敢想象的连贯动作,也确实是个人物。

所幸他身边的小军也不是个善茬,只见在瘦猴钻出窗户的那一瞬间,小军一个探手没有抓到他,紧接着小军也是一个箭步,冲到了窗边,而那时瘦猴已经跳下了楼。而我们小军居然是一个跳水般的动作,双手举过头顶,腾空跳了起来,上半身就进了窗户,然后这不要命的家伙,就那般直接借着跳起来的冲劲,整个人出了窗户,头朝下往楼下摔了下去。

如果说当时看到这两位在那一瞬间的动作,我需要目瞪口呆的话,那接下来我再看到的画面,下巴就立马要掉在地上了。

只见小军那般勇猛地出了窗后,我身边的八戒甩动着肥胖的身体,如变了一个人一般,紧跟着小军也朝那窗户冲了上去,并且也非常灵活地跳了起来。这孙子的跳跃动作和最先跳下去的瘦猴如出一辙,也是双腿先进那小窗。整个动作从跨过去,到起跳,到进入那窗户,可以说是非常完美与漂亮,让你绝对不会相信,这是一个两百多斤的胖子精彩的表演。

可惜的是……

八戒在那小窗里给卡住了。

22

我显得格外地跟不上大家的节奏了,身子是已经冲了上去,可唯一的通道,却被八戒那一块巨大的冰冻肉给堵住了,并且还狼狈地双手乱甩。我一扭头,只能往门外跑去,大跨步冲向一楼,再大跨步往后墙跑过去。一楼的两个保安见我那般模样,二话没说,拎着胶皮棍就跟在我后面,追了上去。

只见后墙两黑影正纠缠在一起,凑近一看,是小军正骑在瘦猴身上，瘦猴被小军单手拧着两只手，小军的另外一个手抓着瘦猴的头发，瘦猴一脸的血，应该是被小军提着头发，在地上给砸了几下。我和两个保安冲上去，对着瘦猴便是一顿脚踢。才踢了十几秒吧，瘦猴居然纹丝不动，躺在地上没声了。

小军站了起来，两个保安一人抓一只手，把瘦猴提了起来。瘦猴却没有动静，如死尸般并不动弹。我们几个拖着他往正门走去，到了外面一瞅，这瘦猴居然满脸都是血，头歪在一边，俨然没有了知觉。两个保安当时就懵了，说："邵波哥，不会是被我们那几下给打了啥穴道，死了吧！"

我对着他俩微微笑笑。说实话，这人要被活活打死，基本上是个比较高难度的活。听说的啥一个不小心一两下就打死个人的传说，基本上也都是放屁。在我从警校毕业刚参加工作才五天的时候，就见识过一起斗殴的案子。挨打的那位也不高大，被十几个壮汉按在地上，拳打脚踢还出动了武器，给狠狠地来了快十分钟。我们赶到现场的时候，那倒霉孩子也是四平八稳地躺在地上，我当时一看就傻眼了，寻思着这运气怎么这么差，才第五天工作就遇到个命案。上前一探鼻孔，居然也真的是只有出气没进气了。正寻思着，只见队里一个老刑警很淡定地走上去，一手托着地上那人的后脑勺，另一个手往那人的人中狠狠一按。

就那神奇的一按，地上那人立马眼睛就睁开了。后来还自己上的警车，自己跟着咱进医院缝针，再回队里录口供到半夜，啥事都没。

所以，在看到瘦猴当时这模样时，我心里还是很有底的。再者，刚刚在二楼逮着这瘦猴时，那眼神，也一看就知道是个惯犯，起码都三进宫以上。而这人精这模样，我可以肯定，他是在装死。于是，我要两个保安把这孙子给扶住，我从背后用一只手把他的两手腕抓到一起，另一只手伸到前面挽住他脖子。嘴里大吼一声："叫你小子给老子装死！"抓他两手腕的手往上一举，把他被我在背后扣着的手腕向上一压。

瘦猴立马一身的冷汗给上来了，带着哭腔喊道："大哥，我不装了！饶命啊！"

小军在一旁也乐了，一个大嘴抽了上去，说："嘿！还真是个混武林的哦！花样还真多啊！"

两个保安重拾自信，把瘦猴重新架起来，一人按一手，像押解批斗大会一般，把瘦猴按着跪在火龙城大门外。

楼梯上哗哗地下来了几个人，是郑棒棒、表哥和龙虾。哥几个见逮着这人了，都比较兴奋。这瘦猴也是倒霉，被抓的这晚，面对的几个好汉也都是近一两天受了点人生挫折，想发泄吧，举着拳头去砸墙壁，又怕手疼，正好遇到这瘦猴。

见他们快乐地用肢体语言批评着瘦猴，我便扭头问小军："那样玩命地跳下来，没摔着啥吧！"

小军一笑，说："没事！就几米高，以前在部队常跳！"

见小军没事，我便问郑棒棒他们："西瓜和葫芦怎么没下来？"

郑棒棒便咧着大嘴笑，说："他们在二楼一号房里拔萝卜呢！"

我才记起，楼上那窗户里还卡着一位，便要郑棒棒他们看好这瘦猴，也少打几下。然后和小军往二楼走了上去。

进了一号房，果然见葫芦和西瓜在玩拔萝卜的游戏。八戒腰以下的位置还在窗外胡乱搁着，大肥腰密不透风地卡在窗机洞里。那一会，八戒双手按着墙，用力要把自己的腰给解救出来，而西瓜和葫芦两个，一人挽着八戒一个肩膀，也在使劲。三个人还喊着口号:"一……二……三!嘿!一……二……三!嘿!"

只见八戒……纹丝不动!

我和小军乐了,上前说:"八戒,你吸气啊!把你个大肚子吸进去点啊!"

八戒脸都青了,说:"吸不起来,气提不起来,鼻子感觉堵着!"

我和小军想起了"大鼻子象",哈哈大笑。再给八戒说了他鼻孔被咱堵上了,八戒赶紧按着一边鼻孔,像甩鼻涕般用力一吹,半截海绵过滤嘴便出来了。再用同样的方法吹出了另外一边的海绵嘴。再一提丹田那股气,把满肚子的肥肠和大便从腹腔提回了胸腔,西瓜和葫芦一个"三……二……一……嘿!"一吼,八戒终于重新回到了我们身边。

为此,八戒在这么多年来一直愤愤不平,说当时他不比小军反应慢,并且,如果不是因为那两块过滤嘴的话,他一提气,肚子一收,应该可以跳出那窗户的。

这事,还真无法给他翻案了。依稀记得,遥想八戒当年,也就两百出头,现在呢?八戒说有几年没去称过罢了!因为他家里买的那健康秤——就超市里买的那种称体重的秤,被他给踩塌了……

23

接下来到了一楼,七八个人围着瘦猴,冒充正义人士,胡乱地审,我在旁边看着。二楼的服务员告诉我,钟大队回了电话,正在赶过来。刘司令被保安从宿舍叫了过来,也站在旁边人五人六地说着话。

刘司令说了一会儿"敢到咱火龙城来作案，没死过吧！"之类的话语后，便跑我旁边，在我耳边说："建雄哥和建伟哥今晚都睡在楼上客房里，要不要通知他们下来。"

我想了下，要一个服务员去给建雄哥、建伟哥房间里打电话。

过了一会，服务员下来说：建雄哥接了电话，马上会下来；建伟哥房间里的电话没人接。

几分钟后，建雄哥和莎姐便下楼来了。建雄哥大踏步走了过来，对着那跪在地上的瘦猴便是一脚，骂道："这是谁的场子，也不打听下！"

正说着，两台警车停到了大门口，钟大队和何队带着四五个人下了车，把瘦猴给铐上，扔上了车。建雄哥要大家都散了，虽然是凌晨四点了，整这么多人在这也不像样。

钟大队听我把经过简单说了下，然后要八戒和小军跟去分局里做笔录。之所以不要我过去，我心里有底，也落个轻松罢了。

钟大队也比较开心，因为放在心头的一块石头落了地，一手搭一个地搭着八戒和小军，说："看不出啊！邵波还有你们这两个身手不错的兄弟。"

八戒见钟大队对自己快乐地笑，便也放松了下来，一起上了警车，去分局录口供了。

保安和咱内保几个也被我们招呼散了，剩下我、建雄哥、莎姐以及刘司令坐在一楼沙发上，都叼上烟。建雄又要我说下经过，我简单说了，他们三个都纷纷表示："八戒和小军都是好汉！"

建雄哥明显很开心，说："也好也好！这案子就到此结束了！动静也不大，没有啥外人知道，等会可以睡个安稳觉了！"

刘司令附和道:"就是就是!建伟哥这一会儿估计是醉得迷糊着,如果他知道人已经抓到了,不知道要乐成啥样?"说完举起烟,狠狠地抽上一口。

我坐旁边无意中看到:刘司令叼烟的手,居然狠狠地在抖着!便问道:"司令,你手怎么抖得这么厉害?"

刘司令说:"没事!老毛病了,只要一紧张,手就抖,这亲眼目睹杀人犯落网,怎么会不激动呢?"

建雄哥便大手一挥,说:"来!邵波,咱去建伟哥房间里去聊会儿。"

刘司令说:"建伟哥不是没接电话吗?不要去打扰他吧!"

建雄说:"没事!"说完便往楼上走,我跟着他也站起来,莎姐说:"我等会儿上去吧!我去二楼给服务员说几句,免得他们又开始闲扯!"

而刘司令也站了起来,跟在我和建雄哥后面,往楼上走。建雄哥一扭头,说:"司令!你就回宿舍吧!没你啥事了!"

刘司令明显为自己不能掺和进来,表现得很是尴尬,嘴角抽动了几下,似乎想要说些啥,然后点点头,说:"那我也在一楼还转转,给那两个保安安排下!"

我和建雄便上了五楼。建伟哥那晚是睡在五楼的一号房,也就是二楼刘科死的那包房的正上方。一路上建雄哥和我说:"今晚和建伟哥在金帝酒店,跟几个市委的领导喝酒喝多了,所以都没回去,建伟到了火龙城时,都已经瘫在车上了,多亏刘司令给背进房间的。"

说着说着,便到了五楼的一号房门口。建雄哥啪啪地捶门,叫:"哥!哥!开门!"

里面没有回音，建雄哥又捶了几下，见没动静，便喊服务员拿钥匙过来。

那晚值班的服务员梅子拿着钥匙过来，把房间门开了，里面黑乎乎地，空调的冷气迎面扑来。

就在开门的那一刹那，我明显地感觉有啥不对。可能也是从警几年训练出来的直觉吧，或者也是因为那扑面而来的冷气带着的那一股腥味。

我抢在建雄哥前面走了进去，黑暗中只见建伟哥趴在床上躺着，血腥味很重。我把灯按开，只见建伟哥趴着的床上，全是血，背上心脏的位置，也是被刺了个口子，和刘科不同的是，没有刀尖露出来。那伤口也应该是贯穿身体的，因为看床单上的血迹，都是从趴着的建伟哥身体前面流出来的。

我和建雄哥都懵在那里，旁边的服务员梅子先是一愣，接着就是一声尖叫，震彻宇宙。建雄哥紧接着双腿一软，朝面前建伟哥的尸体扑了上去，一边喊道："哥！你别吓我！"

我忙扶住他，因为建伟哥当时那模样，自然是已经死了有一会儿了，我怕建雄哥一个激动，把现场破坏了。建雄哥也没推我，在我搀扶下居然哇地一声哭了！我把他扶着坐到凳子上，冲着在一旁小脸雪白，不停发抖的梅子说："去隔壁我睡的套房里把我那几个兄弟叫过来。"

梅子仿佛听不见一般，还是懵在那里。我急道："赶紧去啊！"

那丫头才回过神，扶着墙往外面走去。

一分钟后，西瓜、葫芦他们几个便跑了进来，一见那阵仗，也都懵了！我要西瓜赶紧去给钟大队打呼机！西瓜听了，赶紧往吧台去了。

建雄哥还在淌着泪，郑棒棒和表哥两个年纪大点的，一人握着他一只手，表示着 You're not alone。我站在那里端详着建伟哥的尸体，建伟哥的脸也侧对着我这边，双眼紧闭，表情却很狰狞。正看着，外面西瓜到了门口喊我："邵波，钟大队回电话了，要你过去接电话！"

24

我去到吧台，接过听筒。钟大队在电话那头很急促地说："你那边都什么鬼地方啊！一个案子没完，又出个新案子。"

我说："钟队，应该可以并案的，手法都是一样。"

钟大队却比较反常地在电话那边急躁着："反正算咱分局刑警队运气差，摊上这个案子！邵波，你在现场先控制着，我要何队他们过去，我在医院还要待一会。"

我便纳闷了："医院？你怎么了？没啥大事吧？"

钟大队说："我能有毛事啊？是你们刚抓的这吸毒的，在分局四楼逃跑，跳楼了！"

钟大队继续道："好了好了，一会见面再说吧！何队他们现在已经往你们火龙城去了，我晚点过来。"

放下听筒，心情有点沉重。听钟大队的语气，那瘦猴应该摔得不轻。于是更加印证了这小子犯的事不小，所以才这么玩命。而建伟哥……是不是也是这小子动的手呢？如果杀刘科是因为去包房盗窃被人看到，杀人灭口，那他杀建伟哥是为什么呢？并且，他杀完建伟哥，又费那么大劲，去到二楼包房干吗呢？

满脑子的问号，扭头准备往建伟哥死的房间走，楼梯口居然大半夜上来个人。一看是刘司令。

我正寻思着这孙子怎么在楼下未卜先知地上楼来凑热闹了，刘司令却先开口了："邵波，要不要吃点东西啊？都快早上了，我要他们去下几碗面条，给你和建雄哥建伟哥端上来吧？"

我打消了疑惑，原来是上来想给两个老板擦鞋拍马屁。我想了想，要不要现在告诉他建伟哥已经死了的事，谁知道这孙子东张西望见五楼一号房门开着，西瓜他们在门口皱着眉，梅子在那发着抖，便没管我了，嘀咕道："又出啥事了！"说完往一号房走去。

我跟上去，边走边给他说："司令，建伟哥也被人给捅了！"

刘司令步子立马停了下来，表情非常夸张地愣在那里，好像死了的是他亲大爷一般。然后双眼居然眼看着要湿润了般，急急忙忙地往一号房跑了过去。

进到房间里，只见刘司令如戏台上的旦角般，哭喊道："建伟哥！"然后往建伟的尸体扑了上去，被葫芦一把抱住，没能得逞！刘司令便一扭头，哭号道："建雄……"然后居然朝建雄哥扑了上去。

好笑的是建雄哥居然很配合地站起来，张开双臂，一把搂住刘司令，两人嗷嗷地哭了起来。

我们几个站旁边看着，哭笑不得，不知道这演的是哪一出？瞅那模样，建雄哥虽然平时男儿气十足，但这一会应该是真情流露，毕竟亲兄弟。可刘司令这模样，就太夸张了一点。

我站一旁暗暗寻思："刘司令和建雄、建伟他们难道是亲戚不成？"（私人企业在那年代，很多员工都是乡下亲戚）

看他们哭了一会，我们几个站旁边，自然不方便吭声。就那样纵容着这俩大老爷们抽泣了十几分钟后，何队和黑猫，已经带着另外俩刑警以及法医老刘表情严肃地上来了。我瞅见何队双眼布满血丝。

大家都自觉地出了一号房,我站何队身边小声问道:"那瘦猴在医院怎么样?"

何队扭过头来,在我耳边也是轻声说道:"还没脱离生命危险!这麻烦大了!"

老刘摸出手套,自顾自地套上,便往建伟哥走去。我看了一眼,扭头往房间外走去。何队在后面叫住我:"邵波,在这里看着吧,没事!"

我便扭过头来,却正好看见老刘抬着头盯我看着,眼神里都是鄙视。于是我对何队说:"我还是出去吧!免得打扰你们工作。"

25

出了一号房门,脑子里面乱糟糟起来。并不是全部因为建伟的死,反而是为钟大队他们操心起来。一个嫌犯,几个刑警给看着,还从楼上跳了下来,摔成重伤。这报告要怎么写,情况要怎么给领导交代呢?

坐在五楼服务台前的沙发上,我自顾自地抽起烟来。建伟死了,我相信对我们在场子里并没有任何影响。因为相比较而言,建雄和我年纪相仿,也一向合得来。只是火龙城另外那位见首不见尾的股东,会不会接受建雄这种嚣张跋扈的性格,倒是个问题。

正想着,刘司令从一个客房里探出头来,左右看,看到了我,依然还带着哭腔地喊道:"邵波!进来,建雄哥找你。"

依言进了那房间，建雄瘫坐在沙发上，莎姐站他背后，搭着他肩膀。见到我，建雄先是叹了口气，然后说："邵波，我哥的死，估计场子里是瞒不住的，对外面注意好低调就是了！"

我点点头。然后建雄把身子从沙发里直了起来，对着我斩钉截铁地说："邵波，你是警校毕业的，这次就算帮下建雄哥我了，务必把这事给我查个水落石出，刑警队那群人我信不过，也不愿意他们在场子里搞来搞去。"

我又点点头，说："不是已经抓了那瘦猴吗？应该就是那小子干的吧？"

建雄说："那他为什么杀人呢？杀刘科还可能是偷东西被发现，杀我哥又是为什么呢？"

建雄顿了顿，继续说道："就算是这瘦猴干的，我也觉得背后还有啥猫腻，你也知道我们两兄弟混社会出身，难保没有几个社会上的、生意场上的对手，会不会是他们花钱雇了瘦猴呢？"

我嗯了一声，抬起头问建雄："有个问题，建雄哥你给我说下实话，刘科与建伟和场子有啥关系？"

我这话一说出来，站在建雄背后的莎姐脸色就变了，搭在建雄肩膀上的手，明显地抖了一下。建雄应该也感觉到了，伸手握住了莎姐的手。一旁的刘司令，居然脸色也有点变。

建雄摸出烟来，扔了根给我点上，然后扭头看了看莎姐，再转过来对我说："邵波，也不瞒你吧，刘科和我、莎姐、刘司令我们四个，二十年前就认识。"

我心里咯噔了一下，为刚才刘司令在房间里和建雄亲切地抱头痛哭，找到了个解释的理由。建雄继续说道："当年我和刘科是一起下乡的知青，去到了大兴安岭那边的五岭屯，刘司令和莎姐的老家就在那边。"

我打断道："那这么老的关系，怎么不见你们平时有啥来往呢？"

建雄叹口气，说："都是陈年往事了，懒得提了，如果说刘科现在和我们场子里还有啥关系的话，那就是他……他依然对你莎姐很不错。"

说到这，我注意到莎姐眼睛居然红了，似乎勾起了某些伤心的事来。刘司令垂着脑袋，也满腹心事的模样。依稀间，我的感觉在告诉我：刘科、莎姐、建雄、刘司令之间，肯定是有啥不可告人，又错综复杂的关系。那么，会不会就是这错综复杂的关系，能让刘科的死和建伟哥的死联系上呢？

我没吭声，自顾自地想着，建雄、莎姐和刘司令也陷入了沉默。半晌，我站了起来，说："我先去何队他们现场看看，看有没有啥线索。"

建雄点头，说："邵波，处理这个事要花钱什么的，给你莎姐说一下就是了，莎姐会拿给你的。"

我嗯了声，往外走去。快走到门口了，刘司令居然叫我："邵波，还有个事给你说一下。"

我扭头，说："啥事？"

刘司令看了一眼莎姐，然后对我说："邵波，我和莎姐是亲兄妹。"

我愣在那里，尽管这情况对咱这案子没任何瓜葛，但这意外来得倒是相当地震撼。形象好气质佳的少妇莎姐，和给人感觉愚笨老土的刘司令，怎么样都联系不到一起。并且之前在场子里也没见过他们走得太近。

建雄见我一愣,便苦笑了笑,说:"邵波,这事你知道就是了,所以有啥事,我不在,莎姐、刘司令都会尽最大能力帮你的。"

我点点头,说:"那我先出去咯!"

转身,我出了房间门,心里更加是一团乱麻了。自己安慰自己道:或者瘦猴在医院里抢救过来,一干真相直接拨开云雾,那才甚好!

多言:

作为一名刑警,总有一种对手越强,自己也越膨胀的潜在能力,尤其体现在与已经被捕的二进宫、三进宫的斗智斗勇上。比如这个瘦猴,就可以肯定是个几进宫。先不说有啥反侦察的意识,但审讯起来,就是属于比较困难的典型。冲他瞪眼,他会说自己有乙肝甲肝,心脏不好,受了刺激就会魂归故里;冲他和颜开导,他会灵活地瞅着你桌上的香烟,到抽完了半包烟,审讯记录上发现还只登记到性别一栏。

但魔高一尺,道高一丈。一个罪犯,一辈子又能与几个公安干警斗智斗勇呢?罪犯的工作就是危害社会,危害群众,从而得到利益,并不是与正义较劲。而咱刑警的职责呢?一身警服披上,穷其一生与罪犯斗争。所以,无论面对的是初犯还是惯犯,正义之剑,始终所向披靡。

第六章

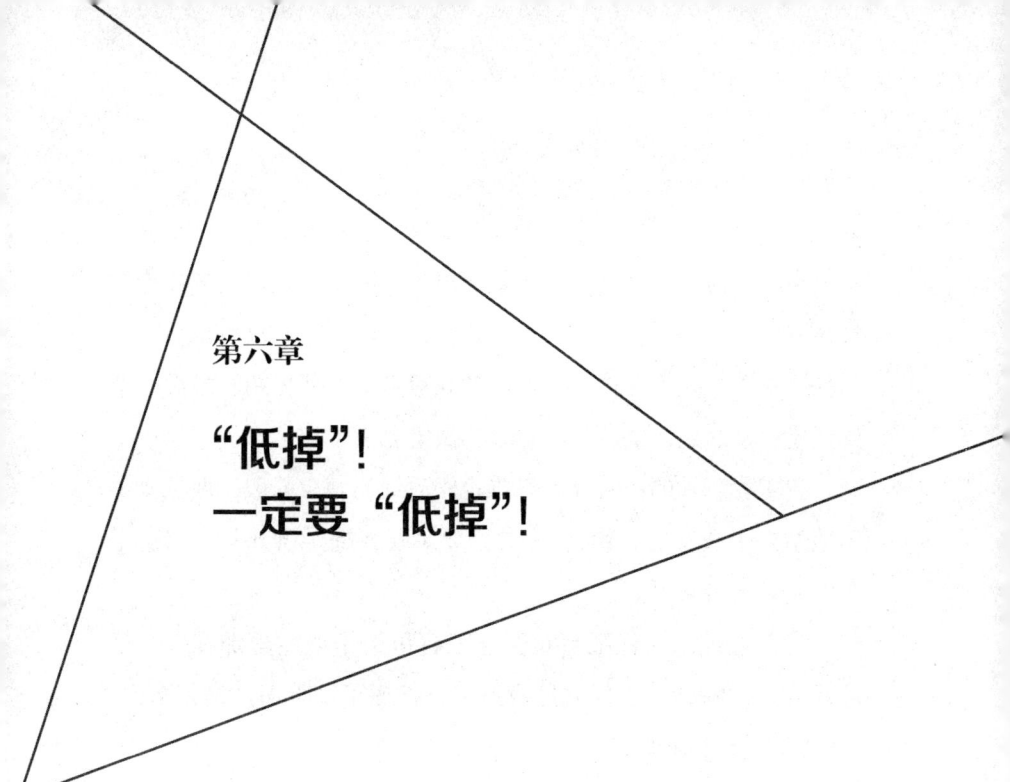

"低掉"!
一定要"低掉"!

出门,何队正站在走廊边望着窗外,叼着烟发呆。见我走到身边,便递了支烟给我。两人一口一口地吸着烟,没有说话。

26

出门，何队正站在走廊边望着窗外，叼着烟发呆。见我走到身边，便递了支烟给我。两人一口一口地吸着烟，没有说话。等到香烟和空气融为一体时，何队冲我点点头，便去招呼最后一个见到建伟哥的人，也就是刘司令，做笔录去了。

我望着窗外的小月牙，思维也跟着缺胳膊少腿般。西瓜冷不丁地站到了我旁边，说："邵波，要不要找梅子聊几句，那小丫头录完笔录出来了。"

我缓过神来，往吧台走去。吧台里梅子居然坐那在哭，好像死的是她啥亲人一般。见我过来，忙擦了擦眼泪，站起来说："邵波哥，有啥事吗？"

我点点头，坐在吧台前的椅子上："梅子，把你最后见到建伟哥的情况说一下吧。"

梅子"嗯"了一声。

当时一点半左右，梅子正坐在吧台犯瞌睡，楼梯上动静就大了起来，站起来一看，是建雄被莎姐扶着，建伟被刘司令背着，醉醺醺地上了楼。莎姐和刘司令要梅子开了两个房间，各自把自己肩负的那一两百斤冰冻肉扶进了房间。没招呼梅子做啥，都各自关了门。梅子也落个清闲，回到吧台。

刚坐下没十分钟，就听见刘司令在喊："梅子！下去拿条热毛巾上来。"

梅子应了，下楼拿了个热毛巾去到建伟哥房间。刘司令在门口接着，进去给建伟擦脸去了。小丫头在门口站了半分钟吧，便见刘司令走了出来，说："让建伟哥好好睡一觉，这酒喝得太凶了。"然后出了门，房间里的建伟哥睡得应该很死，梅子清晰地听见建伟迷迷糊糊中，还出了一口长长的气，最后以嘴唇在鼾声结尾的那一记"嘟嘟"声后收工。

刘司令冲梅子嘿嘿笑笑，说："建伟哥这呼噜也怪恐怖的。"

两人一起笑笑，各自回了各自的岗位。

整个经过也就这么简单。然后梅子很肯定地说：在建伟哥睡了后，一直到我们一起发现建伟哥尸体的四点出头，中间的这两三个小时里，绝对没有任何人在走廊上走动。因为两个老板都在五楼的客房里过夜，小丫头梅子不敢偷懒，一直很清醒地坐在吧台里，玩游戏机俄罗斯方块，整个五楼都风平浪静，没有一点点响动。

听完梅子的话，我心里暗暗想了想：一点半到四点，这中间房间里到底发生了什么呢？又或者说：一点半到我们逮到瘦猴的两点半，这中间又是否是瘦猴作案的时间呢？

天蒙蒙亮，建伟哥的尸体便搬上了楼下的车。伤口只有心脏位置的那致命一刀，和刘科的死法相同，只是这次没有留下那柄凶器。我们场子里几个人，包括建雄哥，一起目送着建伟哥的尸体被何队、黑猫他们带走。

然后回到房间补个觉，八戒和小军他们也回来了。哥几个挤挤睡下，可能连着死了两个大活人的缘故吧，难得的是咱这群荷尔蒙旺盛的家伙，没有东扯一句西扯一句。我脑子里也乱乱的，天马行空地想了一会，没有个中心点，最后在八戒快乐的鼾声中，也昏昏睡去！

27

睡到下午起来，火龙城外的世界依然风和日丽，并没有因为建伟哥的离开人世而阴雨绵绵。哥几个的心情也并没有变得沉重。

沉重的是建雄，明显地憔悴了很多。下午快四点时，建雄哥要服务员叫我下楼，我出了火龙城大门，就看见他靠着建伟的皇冠车，正望着天。见我下来，便说："邵波，有人叫我过去一趟，你跟我一起过去聊聊呗！"

我点了头，没有问是去见谁，跟着他上了本属于建伟哥的皇冠。建雄哥比较高大，坐在副驾驶的位置上，把座位往后面狠狠地一移，然后说："去海都水汇。"

海都水汇是我们 X 城最高档的桑拿城，所谓的最高档，就是说你安安稳稳地洗个澡，也是三百多一个人，这在1993、1994年，属于天价的消费，咱场子里的服务员一个月忙死忙活端茶倒水，赚那么两三百的工资，还不够去那洗个澡。建雄哥一直没吭声，我也没敢提建伟的案子，到车停到水汇楼下，我正要下车，建雄哥才开腔："邵波，你觉得我哥走了，我能帮他打理好这个摊子吗？"

我说："场子已经进入正轨了，再说场子里本来就是你管着，不存在接不接班吧？"

建伟哥叹了口气，说："一个火龙城叫什么摊子，我怕接的是火龙城背后的这一个摊子。"说完下了车。

我跟在建雄后面往水汇二楼走去。看着建雄的背影，我发现之前每天像打着鸡血一般、昂首挺胸的汉子，今天变得苍老了很多，或者说，那个锋芒外露的中年人，终于内敛了很多。心情便也跟着沉重起来。

我突然想到个问题：建伟哥的离奇死亡，最大的受益人，不就是我面前这个高大的汉子，为了利益，父子相残的案例我们都见过不少，亲兄弟呢？

想到这里，我有点发毛起来，面前的背影似乎陌生了很多。但自己又转念：不太可能，建雄哥和建伟虽然都四十几了，但经济上却是一直没分家的，这一点我早就知道，那么，建雄完全没必要害建伟。

或者，是我太过敏感吧。

我俩直接进了水汇，没有换衣服，建雄就带着我往三楼的包房走去。

我们进的是海都水汇最豪华的V168房，建雄小心翼翼地敲了两下门，里面一个女孩子喊道："谁啊？"

建雄答："是我啊，建雄。"

门开了，开门的是古倩。我们那天在海都水汇见面时，我依然还是和整个X城人民一样，抬着头称呼她为古大小姐——因为她是古市长唯一的女儿。古大小姐有一米七二的身高，以前读书时是搞体育的，项目是划橡皮艇，参加过某年的大学生运动会，得了个奖杯，还拿了个国家二级运动员的小本本。

古大小姐看到建雄的第一句话就是："建雄哥！建伟哥那事是真的？"

建雄"嗯"了一声，带着我进到房间里。古市长穿着水汇发的短衣短裤，正坐在窗户边上发呆，见我们进到房间，冲我们点点头，然后问我："你就是邵波吧？大邵的儿子？"

我说："是！古伯伯您好。"

古牧，X市市长，另外一个身份便是我们火龙城的股东。

古市长递了两支烟给我俩，招呼我们坐下，冲建雄说："建雄啊！人死不能复生，该难过的要难过，但一个男人，该肩负的东西，还是要肩负的。"

建雄忙点头，说："以后还要古市长多多教诲。"

古市长叹了口气，说："唉！建伟和我这么多年的好兄弟，上午胡秘书告诉我这事，我一下就懵了，咱兄弟俩的这一大摊子，以后就全得指望你打理了。"

建雄把手里的烟狠狠地吸了一口，再狠狠地点了下头，说："古市长您放心，我哥以前能给您老张罗好的事，建雄我也一样会张罗得好好的。"

古市长点点头，然后转过头来对我说："邵波，以前大邵是咱X市刑侦第一好手，啥案子都能破掉，现在建伟这案子，就交给你了！"

我苦笑道："古伯伯，不是有钟大队他们在紧锣密鼓地破吗？人也逮到了啊。"

古市长说："如果是那个贼干的，自然是结案了，可又是谁指使那小鬼害的建伟呢？邵波，我觉得应该没那么简单吧。再说，由钟大队他们插手这个案子，刘科又是公务员，建伟和我的关系你也知道，似乎不太好让他们大张旗鼓地破案吧。"

我只能点点头，说："古伯伯，我尽量吧。"

一直没吭声的建雄插上一句："邵波，把这个案子给破了，后面的人你给我挖出来，建雄哥我拿十万出来，算给你的感谢！"

我忙说："不用不用，我一定尽力！"

古市长接话道："我看就这样定了吧，那十万，算我们火龙城的，拿出真相，给建伟建雄你们兄弟俩出了这口怨气。"

我只能应了。然后，古市长对着古倩使了个眼色，古倩忙站起来，叫我跟她去外面修脚。我忙跟着橡皮艇女郎往外走。

28

出了包间，古倩眼睛便发亮起来，和在她爸面前那规规矩矩的模样判若两人。先是对我很是官方地握手，然后眼睛闪啊闪的，说："嘿！咱一中的校草，今儿个咱算正式认识了。"

我自嘲地笑笑，说："那都是一群孩子吵着玩的。"

两个人便去到大厅里，躺在沙发上，叫了两个足疗的丫头过来。古倩便开始要我讲前一晚的那些破事。市长千金发话，自然只能详细地说来。说到八戒卡在空调洞里那一段，古大小姐笑得快岔过气去，说："这胖子还挺逗哦！"然后非得要我晚上叫上八戒和小军一起吃饭，要结识这两位大英雄。

修完脚，古倩便去房间给她爹说了声，还拿出了建雄哥的车钥匙，我载着大小姐一车开到火龙城斜对面的饭店，开了个包房，给八戒打了个呼机，要他和小军过来吃饭。

八戒和小军还没进屋，就听见他俩在走廊上拌嘴。小军在狠骂："死胖子！"

进到房间，一见到古倩，八戒就来劲了，说："嘿！咱邵波哥一下午工夫，就给咱在哪拣了个这么如花似玉的嫂子过来。"

小军认识古倩，忙对着八戒说："少胡说，这是古大小姐，你再胡说，小心古大小姐安排几个武警，今晚就带你去祭天。"

古倩便乐了，似乎这两人很对她胃口般，说："祭天倒不用，弄个空调洞把你塞进去倒还是可以。"

大家都哈哈笑了，仿佛前一晚发生的案子，和我们的世界完全无关一般。大家一起嘻嘻哈哈，说着一些没有边际的话。说到得意处，古倩居然抓着我胳膊，笑得前仰后合的，而抓我胳膊的手，还真有把力气。

吃完饭，古倩的电话响了，古倩抱着那硕大的大哥大，又变得很是严肃起来，说："行！行！我一会儿就回来。"

接完电话，古倩抢着买了单，然后说要回去，她单位领导——国土局的邓局长要她去开个小会。我问："要不要我开建雄的车送你？"

古倩说："不用！邓局长派了司机过来接我！"

四个人一起下了楼，车很快就过来了。临上车那一会，古倩居然把我拉到旁边，贼眉鼠眼地冲我说："晚上等我爸妈他们睡了，咱去海边游泳呗！"

我也笑笑说："行，反正到时候你过来找我就是了！"

古小姐上车，绝尘而去。八戒一愣一愣地对我说："不错啊！邵波，这丫头这架势是看上你了！"

我笑笑，说："少来！"然后一扭头问小军："你真的不准备回去了？还耗在我们这。"

小军说："我下午回去了一趟啊！和我爸吵了一架，东西都收拾了一麻袋出来，放在五楼房间里。"

八戒说："小军还说要辞职，加盟我们火龙城内保部，为维护世界和平献出短暂的一生。"

我笑着说："小军，你真来咱火龙城，我立马要小妹姐给你安排个副职，你去当个妈咪助理，也不枉你这么多年来学到的一身武艺。"

八戒说："就是就是，小军你就当咱火龙城的慰安夫就是了。"

三个人嘻嘻哈哈地到了大门口才安静下来，毕竟火龙城出了这么个大事，太嬉皮笑脸也不好。在一楼我没看到刘司令，便问当班的保安："你们司令呢？"

保安说："他刚吃完饭，说要回宿舍补个觉。"

我要八戒和小军先上去，独自往宿舍走去。说实话，我还是希望能把这案子给破了，不管是为了建雄也好，为了古市长也好。又或者，是为了那十万块奖励。

29

进到刘司令在宿舍三楼那个单间时，刘司令躺在那张乱糟糟的床上，右手食指正在鼻孔里探索着什么。这孙子也是搞笑，躺在床上，还戴着那顶橘黄色的保安帽。见我进来，忙爬起来，哭丧着脸说："邵波，你咋过来了？"

我说："过来看看，和你聊聊昨晚的事。"

刘司令站起来，说："我先给你倒杯水吧！"说完便往一楼跑。

我自顾自找了个凳子坐下。这是一个8平方米不到的单间，墙上很不协调地贴着一张当时还大红大紫的伊能静的相片。床上被子和床单错综复杂地纠结在一起。一旁的床头柜上，放了七八本破旧的小说，封面上都是刀光剑影，这一切都可以看出，它们的主人是个豪爽的汉子。

唯一和房间的凌乱不相称的是，我凳子一旁的地上，很规矩地摆着一个很新的笔记本，上面一支钢笔也摆得很是端正。我好奇地拿起笔记本，翻到第一页，只见上面潦草地写着几个字。

"低掉！一定要低掉！"

丫的，连刘司令都知道做人要低调……

我笑了笑，翻到第二页看里面都写了些啥！居然都是摘抄的一排排价格表：龙凤宝剑——98元；青龙偃月刀——168元；五郎八卦棍——128元……看第一页还只能说为刘司令的另类爱好感到诡异，到第二页时见有几个武器，就看得为刘司令的智商担忧起来：血滴子——58元；梅花镖——18元；玄铁软甲——388元……

每隔两三页，还有摘抄了汇款账户的资料与地址。这些兵器谱邮购在当年的著名杂志——故事会上，基本上每一期都有黑压压的几页，也难得刘司令这种忠实的粉丝会这么用心地捧场。

正自个在乐着，翻到第七八页，猛地看到其中一行字的后面画了个五角星：峨眉刺——48元一对！看到这，我倒吸了一口冷气，忙把本子往后迅速翻了翻，在后面还看到有一个武器后面画了五角星，居然是流星锤——68元。

正看着，楼梯上传来刘司令上楼的脚步声，我忙把本子放到地上。

刘司令端着两个冒着热气的大茶缸进了屋，递了一杯到我手上，另外一杯自己端着。他很是激动地对我说："邵波！你说那瘦猴咋就这么狠，这几天跑到我们火龙城连杀两人，不就想偷点东西啊？有必要下这么狠的手吗？"

我喝了口茶，说："你怎么认定建伟也是这瘦猴杀的呢？"

刘司令目瞪口呆，半晌回过神来，说："不是他是谁啊？现场都被你们哥几个逮到了！"

我摇头，说："应该没这么简单，建伟哥死的房间，这瘦猴怎么能进去呢?"

刘司令露出比较高深的表情,很是神秘地对我说:"这不明摆着吗?二楼一号房外面有水管,那条水管一直通到楼顶,建伟哥死的五楼一号房,不正好也是在那位置。"

我说:"司令啊!二楼一号房是有个空调洞在水管旁边,五楼的一号房,那水管旁边可是没有窗户的哦。"

刘司令严肃起来,用很权威的语气对我说:"邵波,虽然你是警察出身,可是有些江湖上的事,你就没有老哥我懂了!轻功你听说过没有?"

见我摇头,刘司令又继续不厌其烦地说道:"那飞檐走壁的飞贼你总听说过呗,人家那是从小就练过的,这瘦猴应该还只是江湖上的小人物,从水管飞到侧墙上的功夫却应该还是有的,如果真正的高手来了,不要说只是飞这么几米远,就算是直接从一楼跳到五楼的窗户边上,都应该不是难事。"

听到这,我开始为刘司令这迷迷糊糊的下半生担心起来,可见他一副虔诚的模样,也不好打击他,只能随口问上一句:"司令你认识过这种高手?"

刘司令左右看了看,然后凑近我小声地说:"当然认识了,以前我混江湖时,在火车上就遇到过一个白胡子老头,他私底下告诉我,他可以飞。凌波微步知道不?"

见我还是摇头,刘司令又继续:"那老头就是凌波微步的第十八代传人,别说跳个五层楼了,在水面上慢悠悠地走路对他来说都是小卡斯。"

司令顿了顿:"哦!小卡斯就是英文的小意思。"

我只能恍然大悟地点点头,露出好学的表情问道:"那老头的功夫你亲眼见过？"

刘司令叹了口气："唉！当年我还年轻，不懂得珍惜机遇，当时那老头只要我掏五十块钱就收我为徒，我那时候傻，再说也没那么多钱，把机会错过了，现在回想起来后悔死了。"

我凑过去："你就不怕是个老骗子骗你钱的？"

"去！去！"刘司令激动起来，"人家那么厉害的武林高手，会骗我五十块钱？人家随便飞到银行里，就可以提几十万的现钱来，人家要我拿钱出来，是看我是不是诚心的！邵波……你还年轻，有些东西你还不懂……以后你慢慢就知道了……"

听刘司令胡说了一通，我脑袋被搅得像一麻袋糨糊一般。一看表，已经快八点了，忙站起来说："好了好了，司令，不和你讨论你们圈子里的事了，还要去场子里看看，你继续睡会吧！"

刘司令跟着我往外走，说："我也要过去看看，你管内，我管外，火龙城没了建伟哥，还不是要靠我们兄弟维持好这秩序？"

往场子里走时，一路上还给我说："这练轻功，可不是一朝一夕的功夫，要每天坚持，背个铲子在地上挖个坑，然后跳进去，又跳出来，每一次跳进去，就拿铲子挖深一点，这样每天起码要上下跳三百次，坑便越挖越深，功夫也就越来越高，坚持个十年，这地球吸引力对咱就没啥用处了。"

我不吱声地听着，暗地里骂道：连续挖个十年，地球都被你挖了个对开，你直接跳到月球上去，地球吸引力对你肯定没用咯。

司令眉飞色舞，到了火龙城一楼还孜孜不倦，跟着我往楼上走，一边继续着他的轻功知识普及讲座。我只能提醒他一句：

"司令，你不是还要去一楼看看吗？"

刘司令才回过神来，说："对对！我还要去一楼看看。"说完扭头往一楼走。

我叫住他："刘司令，还问你个你们武林中的事。你们那些高手用的宝剑啊！飞刀啊！都是在什么地方打造的？"

刘司令愣了下，说："都是些住在山里面的高人打造的啊！这些咱就不方便和你说了！毕竟你不是江湖上的人。"

说完回过头，往一楼走去，也就是那回头的一瞬间，刘司令双眼真如武侠小说里描写的人物一般，闪出一道犀利来。

刘司令……

峨眉刺……

会轻功的白胡子老头……

江湖……

30

场子里风调雨顺，客人们酒照喝，歌照唱……小妹姐带着一群群的小姐们，依然愉快地穿梭在各个包房里。我手下的几个黑西装，也依然在 KTV 走廊与小姐房里四处乱穿。我在小姐房找到八戒和小军，两个孙子一人叼根烟，正给阿童木她们几个丫头表演吐烟圈。到我进来那一会，八戒很是快乐地指着小军说："咱吐的还不行！咱老大小军哥能吐出心形的烟圈来，不信你让他脱了裤子，递根烟插他屁眼里，小军哥一提气，一放气，保证是个心形的烟圈。"

群女笑得乱颤。

小军先看到我，站起来说："邵波，你去哪里了，这么久才上来。"

我说:"我学轻功去了,赶明儿我学会了,带你们飞到银行去提现金。"

然后我对八戒说:"把表哥和棒棒叫到五楼去,昨晚的事我还没给他俩算账!"

八戒愉快地应着,出了门,我招呼小军跟我上五楼,小军依依不舍地看了群女一眼,跟我屁股后面往楼上走。

我俩一人躺上一个床,叼上烟胡乱抽着。正聊着,还没聊到任何重点,门便开了,八戒、表哥和郑棒棒进来了。

表哥和棒棒见我在房里躺着,忙嬉皮笑脸地掏出烟来,说:"邵波哥!你抽烟!"

我故作严肃地说:"少来这一套,昨晚你俩闹的那一出,还挺风光吗!"

棒棒忙说:"哪里哪里!还不是多亏了小军哥给咱出头。"

表哥也赶紧说:"就是啊!还不是多亏小军哥飞舞的菜刀?"

一想到小军昨晚的菜刀模样,我自己也忍不住笑了,边笑边骂道:"以后你俩再闯祸,别怪我不客气。"

表哥给我把烟点上,说:"不会了!昨晚不是喝醉酒了才胡闹的吗?以后少喝,喝醉了我宁愿去爬水管,也不会找人打架了?"

爬水管?小军一把坐起来,冲表哥说:"表哥!难道你也会瘦猴那绝活?"

表哥愣了下,然后说:"开玩笑的,我会爬水管,那不跟着瘦猴去做贼了!还要来做啥内保啊?"

我听着,没有吭声。低头又注意看表哥的鞋,前两天穿的那双皮鞋又已经换成了他习惯穿的黑色布鞋，鞋底雪白雪白的，应该是双新鞋，而且……是非常新，应该穿了不到两天。

我心里留了个底，和哥几个胡乱说了几句玩笑话，然后招呼八戒、棒棒和小军去楼下看看，表哥也跟着往外走，我把他叫住，说："表哥，你留下来，我给你说个事！"

八戒他们出了门，表哥一屁股坐到我面前的沙发上，说："邵波哥，有啥任务要安排？"

我故意淡淡地笑着，说："表哥，你鞋很新啊。"

表哥立马变了脸色，但还是世故地笑着说："是啊！昨天新买的，这鞋穿着晦气，昨晚又是挨打，又是进局子，又是碰到死人，明天就扔了，买双新的去。"

我嗯了一声，说："表哥，你觉得爬水管穿你这种布鞋能不能上？"

表哥呼地站起来，结巴了起来："邵波哥！你不能乱说啊！昨晚我和哥几个都是在一起的，你不会是怀疑我啥吧？"

我心里把表哥有问题的猜测肯定了下来，慢悠悠地说："昨晚倒没啥，可刘科死的那晚呢？"

表哥重重地坐了下去，低着头狠狠吸了几口烟。我也不吱声，看着他。半晌，表哥抬起头来，说："邵波！表哥我大你几岁，但心里啥事都还是把你当个头在看。表哥我三十出头了，以前年轻时候也不懂事，年纪大了，有老有小的，一路走过来也不容易，有些事，今儿个我也给你明说吧！但你必须相信我，杀人我是怎么都做不出的，下面给你说的这事，句句都是实话。"

我点点头，说："兄弟，有啥你说得了，老弟我有分寸的。"

原来，表哥年轻时居然也是个贼，而且也是个飞贼，翻墙爬梁,是个好手。刘科出事那晚,表哥和家里人喝了半斤白酒,喝得醉醺醺的,屁颠屁颠地往火龙城赶。因为走的是小路,便一路往火龙城后墙走了过去。到一楼,表哥抬头看着那条水管,当年做贼的灵感一下就上来了,也是借着酒劲,表哥从裤子上摘下皮带,三下两下就从水管往二楼爬去。

目的吧!表哥是这么说的:压根就没有目的,就是看到那水管,瞅着那空调洞里黑乎乎的,应该没有客人在了,想来个神不知鬼不觉地潜伏到二楼,给场子里的小姐和服务员上演个大变活人,然后胡吹几句:"我就刚刚进到一号房的啊!你们难道没看见?"

表哥爬到了二楼,具体他用那一根皮带怎么把空调固定住再推了出去,他也没有细说,我也没问。只是到空调放到墙边,表哥往包房里一瞅,当时冷汗就出来了。只见刘科已经倒在血泊里,人应该还没断气,眼睛正对着表哥,胸口的血冒着泡泡往外淌,刘科嘴巴努力想发出啥声响,却发不出来。

表哥没有多想,立马把空调拖回了空调洞,然后迅速滑到一楼,往家里跑去。

说完这些,表哥反而很坦然地望着我:"邵波!这些我知道说了你也不一定相信,但这却是表哥我那晚做的和看到的,咱也没别的办法证明啥!这么说吧!如果我所说的,有半句假话,让我老婆孩子,现在就一把火全部烧死。"

我听着,没有吭声。表哥对他媳妇和那才一岁半的儿子,我所知道的,不只是爱,而完全是宁愿自己死,也要那娘俩过得快乐。再者,表哥也没有任何理由要杀刘科,杀建伟的手法和杀刘科的手法完全一样,而建伟哥死的那几个小时,表哥正在外面上演武斗。

尽管如此,对表哥话的虚虚实实,我还是有一些怀疑。沉默了一会,我对表哥说:"表哥,这事我就先不过问了,你好好回忆下,当时你看到刘科时,还有啥发现没?"

表哥听我这么一说,神情松懈了一点,又低着头想了想,然后说道:"发现倒没啥,只是我爬到二楼,准备移开空调时,好像听见隔间里那榻榻米响了一下,声音不大,但我也不能确定!你知道的啊!我好来上那么一口,喝迷糊了,啥感官都有点失调。"

我应了一声,招呼表哥出去,然后立马拿起电话打到二楼,问:"八戒在不在小姐房?要他赶紧来接电话。"

服务员忙叫八戒接了电话。我对八戒说:"表哥现在下来了,你给我看着这孙子,如果他往火龙城外面走,立马给我按到地上。"

八戒胖归胖,但做事还是有一套,听我这么说,也没多问,在电话那头居然直接打着哈哈,说了一句:"没烟抽你继续忍忍,我要服务员给你买去。"

我"嗯"了一声……表哥应该已经到了二楼,而那时,应该正好到了八戒身边……

第七章

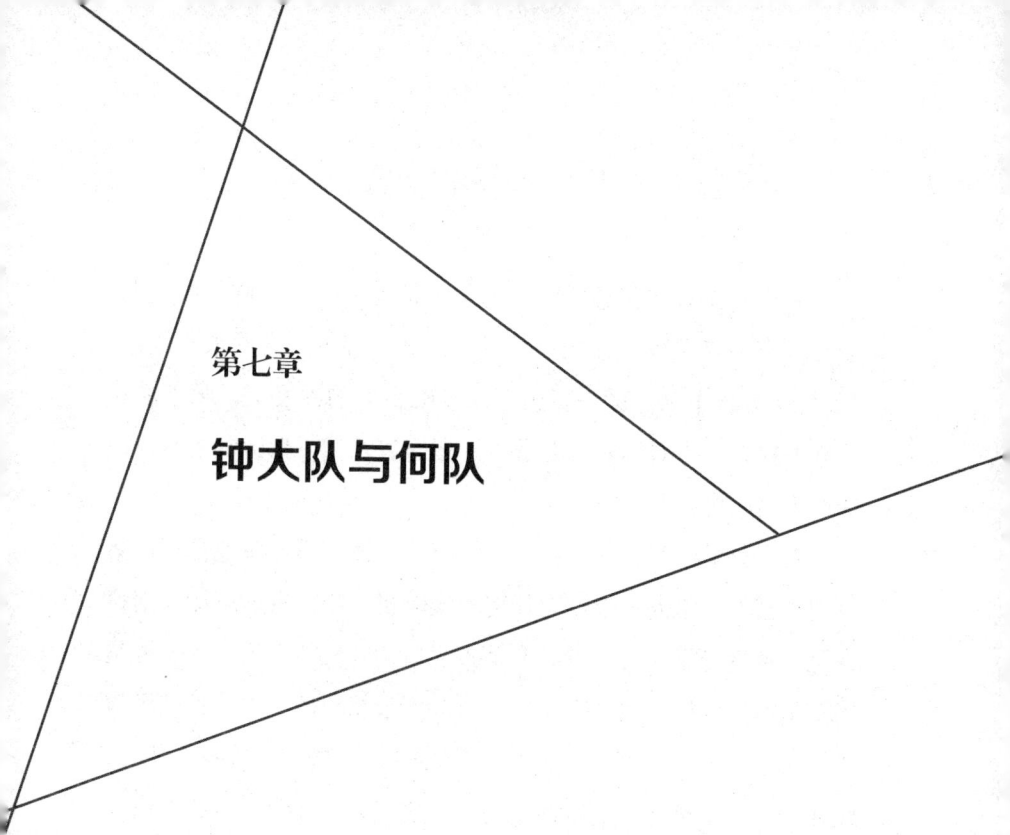

钟大队与何队

表哥并没有如我意料中的匆匆忙忙地离开火龙城,事实上,他并没有一点要离开火龙城的意思。

31

表哥并没有如我意料中的匆匆忙忙地离开火龙城，事实上，他并没有一点要离开火龙城的意思。那天晚上，据后来八戒说："表哥从五楼下来，就一直坐在二楼吧台前的沙发上，叼着烟看人来人往，一直看到客人都散去。还拖着八戒说自己要戒酒，说这酒不是啥好东西！"

对表哥的怀疑，便到此为止。其一，建伟哥被刺他没有作案时间；其二，杀刘科他没有任何作案动机，唯一有的可能是刘科看见他翻进场子，可也没必要杀人灭口，随便找个借口，就说是场子里检查空调，也可以忽悠刘科。而最重要的一点是：已经被我知道了刘科死的时候，他从后墙翻进了二楼。在被我知情后，他并没有立马离开火龙城远走高飞，这点完全证明了他的清白。

尽管如此，对表哥这个人，我还是心里留了个底。再观察吧！毕竟我已经不是刑警了。我想要找出凶手，但不需要得到太多真相。

快凌晨一点时，场子里也冷清下来。哥几个都上了五楼，这几天事太多，也难得一晚上风平浪静，都乖乖地去房间里看电视、讨论国家大事和场子里命案了。我叫上八戒和小军，说："咱去一号房还看看吧。"

两人跟我进了一号房。这一次我径直走到一号房隔间的榻榻米前。尽管表哥不能肯定当时听到的声响，但过去瞅瞅，总不会错。

我用手在榻榻米的木板上敲了敲，可以肯定里面是空心！然后我拿出一把钥匙，插到木板之间的小缝里，把木板一块块往上挑。一块……两块……三块……挑到最左边倒数第三块木板时，木板真的被我挑得往上翘了起来。八戒和小军见状，忙上前用指甲抠住，往上一抬，那一长条木板居然被挑了起来，而再往左的另外两块木板，也直接被抬了起来。一个宽四十公分，长一米四五的黑洞显现了出来。

三个人都愣在那里，看着那洞，陷入了沉默。榻榻米有近两尺高，通过这个洞，完全可以让一个成年男性钻进去，并在里面宽敞地躺下。也就是说：如果有人在刘科他们进入包房前，就躺在里面，再到客人都走了后，钻出来杀了刘科，重新又躲进洞里，完全有可能。并且，因为之前谁也没有注意榻榻米，那么，凶手在刘科尸体被抬走后，甚至在咱这种娱乐场所里最为清淡的次日上午，钻出来，瞅个机会，大摇大摆地离开火龙城，也完全有可能。

想到这，我心里开始有点发毛，为这个洞的发现，并且可以肯定：凶手并不是从窗口进到房间的，而是事先就躲在包房里的。可又一个问题出现了——他是如何未卜先知地断定刘科会喝醉呢？又或者，就算事先有同伙故意灌醉刘科，可刘科会不会留在包房里休息，也并不是定数啊？

我们互相看着对方，都没有说话。八戒和小军也表情严肃，估计脑子里也和我一样，想着同样的问题。

三个人正互相瞪着，一号房门打开了，居然是古倩，嬉皮笑脸地冲了进来，说："嘿！我上楼一问你们三位大哥在哪儿？全场子人都知道你们在这一号房里破案哦！"

见古倩进来，八戒和小军忙伸手把那三条木板重新盖上。我也忙转过去迎着古倩，拦住她望向隔间的目光："古大小姐，你还真这么半夜跑出来了？"

古倩说："可不！我等我家老爷子睡着了才跑出来的，谁让我们有死约定呢？"

八戒从隔间里探出头来，说："古大小姐，你不会真要这么大半夜去海边游泳吧？"

古倩说："去啊！要不我还提个袋子干吗？"

八戒吐吐舌头，说："古大小姐，您老真疯狂！"

小军也从隔间里出来，说："我和八戒就不当电灯泡了，你和邵波去鸳鸯戏水吧！"

古倩脸就红了，对小军扬起了拳头，说："别胡说，人家邵波是不是有女朋友咱都还不知道，让人家女朋友听着你这胡话，可就饶不了我了！"

八戒说："我可以证明！邵波没有女朋友，他除了和小妹姐关系好一点，也就没啥愿意说几句话的异性了！"

"小妹姐是谁？"古倩一下紧张了起来。

八戒说："小妹姐就是咱小妹姐啊！你想认识下也可以，不过她年纪可以做邵波的妈罢了。"

32

建雄哥的车钥匙还在我手上，我去到吧台，没有给建雄打电话，只打给了莎姐，问她建雄哥晚上还要不要用车，莎姐说："不用，建雄哥都已经睡了！"然后叮嘱我，如果要把车开出去，别开远了，路上也小心点。

我装上古倩、八戒和小军，一行四人，浩浩荡荡地在半夜快两点时往海滩开去。

到海滩已经两点了。远处的灯塔闪啊闪的，偶尔经过的船憨厚地发出长鸣声。八戒和小军两个很是兴奋，先下了车，迅速地脱得剩条裤衩（那年代还不流行泳裤，都是一条底裤闯天下，女性也就穿个小背心，一条球裤之类的短裤下水，也就是说，那年月在海滩看到的风光，很是原生态。泳衣能拦住该拦住的东西不暴露，也坦然地暴露着该暴露的性感。而那年月女性游泳的小背心和球裤，却是时不时可以让你看到啥迷人的风光，甚至包括白色的背心湿了后的风光……），然后两人不知是有意还是无意地打闹着，如两个孩子般，奔向了大海。

海风轻轻吹来，吹到我脸上，也吹过古倩的脸庞。古倩扭头看着我，微微笑着，说："好舒服的海风啊！"

我也扭头看向古倩，风把她的长发掠起，露出她雪白的颈子，我清楚地看到，她右边的耳垂下方，有一颗小小的黑痣。我也微微地笑，望着古倩的眼睛，说："确实好舒服的风！"

我俩靠着车门，并排站着，看着远处在海水里快活着的两条美男鱼。古倩对我说："邵波，你知不知道很多人都羡慕你？"

我便愣了，说："我有啥好羡慕的啊？"

古倩笑笑，望着远处的海，说："市政府里那么多干部家庭的孩子，和你我年纪相仿的不少吧，也都进了政府部门上班。几年下来，一个个风华正茂的孩子，都被报纸和大茶杯给毒害得老去了，那种滋味，你应该懂吧！"

我淡淡笑笑，说："我还真不懂！至少，你们得到了安逸的生活啊！我没法和你们比的。"

"安逸？"古倩扭过头来看了我一眼，又望回远处的海，喃喃地说："我们只是井底之蛙的安逸，而你，得到的是滚滚红尘的洒脱。"

"洒脱吗?"我也扭过头去,望着侧面的古倩。

古倩没有看我,继续喃喃地,如自言自语般说道:"我愿抛弃我那舒适的鸟笼,化为滚滚红尘中的一颗飞沙,随风……飘就飘吧!"

说完,古倩扭头,古灵精怪地笑笑,说:"这是我写的小诗,不错吧!"

我淡淡笑笑,说:"不错!"

而我身边的古倩,居然一转身,站到我面前,脸和我的脸只隔上几十公分的距离,说:"要不,你带着我一起滚滚红尘吧!"

我再次愣住。真正认识她,也就这么几个小时,而这丫头这举动,让我很是受宠一般。

之前我们一干政府部门的子女,玩笑中时不时有一句话:想火箭速度往上走,待嫁的古大小姐在向你招手。

而这时,很明显在对我示好的——这面前的古倩,却是这么真实地站在我面前。我甚至可以肯定,我只要一伸手,就能搂住她的腰,然后……

很可怕的是,我居然脸红了;傻傻地,我把脸往古倩脸上蹭去,我的嘴唇对上了古倩的嘴唇,古倩嘴角往上扬着,闭上了眼睛……

说时迟,那时快,在那千钧一发之际,海水中八戒一声大吼,让我俩从激情中冷静下来。只听见八戒在大喊道:"快看!快看!飞机!"

他娘的,确实有飞机……

观摩完飞机,古倩脱了白色的衬衣和短裙,里面居然已经是准备好了的小背心和球裤。我俩沿着八戒和小军的脚印,在他俩战斗过的海域,快乐地游着。

说实话,年轻真好。那些年月里,人像上了发条的铁皮青蛙,精力多得用不完,一晚上不睡,第二天还能正常上班和耍玩。搁在现在——快二十年后的今天,就上周吧,我和小军、八戒以及另外一个朋友,打个扑克打到凌晨六点,胡子都长得像个野人且不说,一晚上红牛喝了差不多一箱,出茶馆看着太阳,居然还都犯起恶心来。身体已经不是当年那不用上油的齿轮了。

33

我们快四点上的车,回到火龙城。上到五楼开了个房间,各自冲冲洗洗。

这一晚上,古倩对我很好,或者说叫很暧昧。到她洗完澡,便也说要回去了,补个觉,还要上班。我送她到市委大院,临走时古倩把头凑到我耳边,轻声说了一句:"和你在一起觉得很开心。"然后笑得像个疯婆子一样,似乎得到了啥天大的好处般,提着那湿漉漉的衣服,下车往自家楼跑了过去。

开车回火龙城的路上,我居然也掩不住地,内心感觉似乎甜甜的,像个初尝爱果的小孩。

那天睡到中午就被叫醒,建雄组织咱几个经理开了个会,无非是对于建伟哥的不幸进行了官方的宣布与通知,然后要大家不用人心惶惶,照常好好工作就是了。

开完会建雄还叫我聊了一些,还是围绕建伟哥的死,胡乱说了些没中心的话。

也就是这些没中心的话,让我从前晚的甜蜜印记中降落到了地面。下到二楼,我便给何队打了个传呼,想打听打听何队那边案子进展的情况。

何队很快就回了电话,声音很是激动一般,听我问一句:"案子怎么样?"他就在电话那头火气大了起来,说:"还能怎么样?结案了啊!邵波,你说咱分局怎么能这样办案?那天抓的那瘦猴现在植物人了,居然就说这案子破了,罪犯畏罪自杀,今天就要咱交结案报告了!"

我一听,也愣住了,追问道:"那钟大队怎么说?"

何队还是嗓门大大的,震得我耳膜发颤:"他?他能怎么说?他和咱分局大老板还不是穿一条裤子,大老板找他聊了半个小时,他就火急火燎地要黑猫写结案报告。我和黑猫说这案子是不是还要再看看,你猜他怎么说?他说看什么看?要你们咋做就咋做!"

我沉默下来,电话那头何队也没了声音,只是呼呼地喘着粗气。

半晌,何队语气又平和了下来,说:"邵波,晚上我和钟大队,还有黑猫去老地方吃饭,你到时候也过去吧!看钟大队给咱一个什么说法!"

我应了声。

放下话筒,我再次径直往一号房走去,但那个下午,居然一号房里有客人在。

我坐在一楼大堂里胡乱抽烟,胡乱想了想。看来,今晚还要在一号房里好好研究一二了。

到晚饭时,何队给我发了我们常去的饭店包房号到我的传呼上,我出门叫了个摩托车。

在饭店大门口我碰到了钟大队，钟大队说："邵波你咋过来了？"

我说："何队要我过来的。"

钟大队说："过来一起聊下也好，也都清晰一下这结果。"

两人便进了包房，里面何队皱着眉，叼根烟看我们进房，便把头扭到一边，不看钟大队。

钟大队很直白地对何队说："老何，这案子结了就结了，咱也算尽力了，能这样交了这份差事，你还要怎么样呢？"

何队才把脸转过来："钟队，凶手是不是还在逍遥咱先不说，你就自己捧着良心说说，这案子推到医院里躺着的那位身上，是不是草率了点？"

钟大队说："谁说是推在他身上的啊？你去看看那瘦猴的档案，三进宫，盗窃、抢劫、故意伤害！出狱也才三个月，案发时间、地点都对得上，还逮了个现场。怎么能说是推到他身上呢？"

何队声音大了起来："那作案动机呢？"

钟大队脸色也不好看起来："作案动机你等他活过来自己去问就是了，入室盗窃被人发现，杀人灭口。"

何队听了挥了挥手，直接喊起钟大队的名字来："钟宇！你都这样把案子定了下来，咱有啥好说的。我就想问问你，这样结案你对不对得起你进警队发的誓言，对不对得起你头上戴着的国徽！"

这话似乎刺痛了钟大队的神经，钟大队像个泄气的皮球一般，往凳子上狠狠靠了上去，然后语气温和下来，说："老何，我进刑警队时就是跟的你，你是我师父，可你知不知道为什么这么多年了，你还是个副，我却已经早升了正科吗？还不是因为你这坏毛病，钻牛角尖，认死理。不止这一次，上次那碎尸的，那老婆都已经招了，你非得要较劲说她一个女人，怎么有力气把那个一两百斤的男人给碎了，结果呢？你查了半个月，拖着结不了案，最后得到的结论还不是那女人用了个锯条。老何，有时候把心放宽点，咱只是打份工，上个班，没必要较劲太多。"

何队听了，脸色就变了，忽地站起来，冲着钟大队手一挥："行了行了！姓钟的，你少废话了，昨天早上新来实习的那小伙，你给他说的那话，我真应该拿个录音机给你录下来，你冠冕堂皇地不是对人家说了吗——做刑警，就是要让每一个违反了法律的都绳之以法，让每一个守法的人，都不被罪犯们伤害到。反正，这案子有我何俊伦在的一天，我就要查到底。"

钟大队脸色难看起来，狠狠地吸了几口烟，然后站起来往门口走，临到门口了扭过头来，对着何队和黑猫说："还有个事忘记给你们说了，明天去云南抓毒贩刘伟明，分局派了我们三个过去，你俩今晚准备下，这趟差有点危险，明早我们就出发，火龙城这案子就给小马他们弄了。"

钟大队又对着我点了点头，说："邵波，你陪何队他们好好吃，老哥我有点不舒服，先走了。"说完钟大队一转身，往包房外走去。

看着钟大队往外去了，何队还是呼呼地生着气，自言自语一般说："行！行！我何俊伦就是这么不懂变通，就是这么不会来事！明天去云南，等到我们从云南回来，这案子早到档案库了！"

黑猫安慰道："何队，钟大队也是有苦衷的啊！上头对这案子的意思，全局里都知道。"

何队说："有苦衷？有苦衷就不要穿这套警服！"

说完一扭头，对我说："邵波，今晚咱好好来一口，反正老哥我认死理，我不懂变通，今晚咱就好好变通一次，不喝醉就不走。"

34

那晚是我最后一次看到钟大队和何队。写这个文字，虽然上了一些色彩，但每次打到"钟大队"和"何队"这几个字时，心里还是隐隐地难受。这个世界对英雄是如何定义，没有权威的条文，就算有，我也并不知晓。但在我脑海里，浩气长存的，却永远是钟大队和何队。

钟大队一米八五，脸上坑坑洼洼，但仪表依然堂堂。回忆中，他昂首挺胸的模样，大踏步的步子，始终让我觉得，我只是他身后的小跟班。钟大队以前是邮电局保卫科的，30出头时调到市局，进了刑警队，从一个普通的小刑警，一直干到刑警队大队长。X市连环抢劫杀人案的凶手刘大彪，就是他一个人徒手擒拿。钟大队离开这个世界时，才41岁，从警刚好十年。

何队一米七六，戴个眼镜，瘦瘦高高，篮球打得很棒。从民警做起，一直做到副大队长，在副职上一干就是7年。工作任劳任怨，用他自己的话来说："对得起良心，对得起金色盾牌，就算哪天死了，也终归坦荡过了。"

两人的尸体是在云南火化的，黑猫和后来赶过去的一位副局，坐着火车，捧回两个骨灰盒。灵堂设在分局院里，所以我只能远远地瞻仰。我想象不出那么两个活生生的、大块头的汉子，那么小小的两个盒子怎么能够盛下。

那趟云南之行，抓捕毒贩刘伟明，非常顺利。盯梢两天，确定了大毒贩的位置，协同当地公安，一网打尽。三人很是开心，开着车，带着唯一一个需要回X城结案的犯人，往回开。

还没出昆明市，路边就遇到一起首饰店的劫案。钟大队和何队要黑猫在车里看着犯人，他俩拔出枪，下车冲入了现场。进去后，就再也没有出来。何队是被一枪打中了头部，子弹从左眼穿了进去，后脑出来，遗物里那副黑边的眼镜，镜片是碎的，沾满了血。

钟大队是被那六个劫匪活活打死的，大腿和右手各中了一枪，然后劫匪把钟大队劫持了当人质，和警方对峙于现场。劫匪对着外围的公安穷凶极恶地吼着："不答应我们条件，我们就宰了这个干部。"

话音没落，就听见钟大队大吼道："直接冲进来干死他们就是了，人质已经死了，就我一个，你们不用管。"

警方冲入现场看到钟大队时，只能依稀分辨出血泊中的那一身警服，钟大队鼻孔、耳朵、嘴里，都是血，送到医院抢救，却早已停止了呼吸。在场的包括云南公安厅的某些领导，全部都摘下大盖帽，对着钟大队的尸体敬礼。

两人走的时候，钟大队是二级警督，工资三百二十七；何队是一级警督，工资三百八（何队工龄长）。那时候猪肉三块一斤，孩子的学杂费四十几块一学期。在外面下趟馆子，有个五六十，可以吃顿大饱饭。两人被追封为烈士，家属一人体恤了三千五百块钱，和一个材质不过是个铁片的奖章。

那年月的公安，没有很厚实的背景，没有捞外快的渠道。闲的时候，一周有三两天还能回家睡个囫囵觉，遇上有案子，半个月没进过家门。那般玩命，家底却始终是拮据的。当然，也有打趣的话是：从来不用自己买衣服裤子和鞋，局里逢年过节也能发些米啊油的，公安家庭里的半大孩子，也早早地穿上的是警裤改的裤子，蹬着局里发的厚底皮鞋。

钟大队的妻子后来过得很艰难。一个人拉扯着两个孩子，1994年在单位下岗时，单位也没有考虑她的丈夫曾经为这个世界付出过什么。1997年郊区纳入市区时，钟大队的那一捧骨灰所埋葬的地方，也推为了平地。据说那年，嫂子带着两个才十六七岁的孩子，跪在分局门口嗷嗷大哭，分局一把手亲自下来，把他们扶进办公室。然后全局凑钱，给钟大队在市殡仪馆的后山上买了个小格子，树了块碑。

一直到千禧年吧，嫂子家情况才好点。和我父亲有过节的那位，当时已经在省厅了，他并没有忘记钟大队，也没有忘记嫂子他们的艰难。那年他给嫂子打去电话，说："你家大的我记得现在应该也快大学毕业了吧，毕业后让他拿着学校的介绍信直接来省厅找我。"

至此，钟大队的家属才算得到了个好的结果，也算让九泉下的钟大队能够欣慰。

而何队的妻子，在何队离开这个世界不到半年时，就风风光光地嫁给了市外贸局的某位———一个也是丧妻的公务员。何队的儿子，也从那以后，被改了姓。

多希望，那孩子会永远记得自己的父亲，是一位真正的英雄；也希望，那孩子在长大后，会骄傲地跟人说：我姓何！

35

那晚回到火龙城已经九点多了,带着一身酒气,直接到房间里躺下,呼呼睡了几个小时,居然又是被人叫醒。我迷迷瞪瞪睁开眼睛,居然又是古倩,正趴在床边露出那副很是得意且天真的表情。她身后是八戒和小军,估摸是这两个坏胚把古倩带上楼的。见我醒了,便说:"得!人给你交了一个活的,咱俩就回避下,表哥他们还在宵夜摊上等我们喝酒呢!"

说完很贱地笑着,往外走。

我坐起来,冲着他俩喝道:"给我留下,现在几点了?"

古倩说:"现在两点了,要不我怎么能跑出来?"

我冲古倩笑笑,然后对八戒和小军说:"一号房没客人了吧?跟我进去办点正事!"

古倩一听我说起一号房,便来了兴趣,说:"去找线索吗?也带我过去看看,见识见识吧!"

我说:"你就在这看一会电视吧!我们忙完正事了再过来陪你玩。"

古倩就急了,说:"谁要你们陪了,你邵波觉得我过来找你就是为了要你们陪我玩?要陪我玩的人多了去了。"

一听这话,我就有点来火了,冲她说:"古大小姐,那你找那多了去的人玩去,咱不稀罕你个啥!"

古倩立马嘴角开始发颤,哆嗦了几下,似乎想说些啥,还没开口,眼睛居然就红了,忽地站起来,就往外面跑去。

小军和八戒连忙拦住她,说:"邵波不是刚睡醒吗?迷迷糊糊的还不是很清醒,胡说了啥你这么计较干嘛呢?"

我也觉得自己那话说重了，可当着小军和八戒，又似乎拉不下这面子，见他俩在安慰古倩，便站起来说："行了行了，带你一起去一号房看个小秘密总好了吧。"

古倩破涕为笑，还对着八戒和小军做了个鬼脸，好像奸计得逞一般。

一行四人，下楼往一号房走去。

我们又把那三块木板移开，下面依然是黑乎乎的洞口。古倩站旁边也不多事，看着表情严肃的我们仨。

八戒说："我钻进去看看里面的情况吧。"

我笑道："就你这块头，咱得再撬开三块板，我进去吧。"说完，我先是伸手进去，拿打火机照了照里面，里面除了有几颗老鼠屎外，空空荡荡的，而再往靠墙的里面就看不清了。

我伸腿往里面跨，古倩却在后面拉着我胳膊说了句："小心点！"

我嗯了一声，弯腰钻了进去，往靠墙那一边爬了过去。基本上是刚往那边爬，也刚把打火机打开的一瞬间，进入我视线的，居然是墙上一个新糊上去的痕迹。我往里再爬了两步，便可以触摸到那块新的痕迹。我用手一抠，直接抠了一坨下来，一捏，那玩意在我手里便化为了粉末——这不是水泥，是新糊上去却又已经干了的面粉。

这时火机灭了，再打也打不着，应该是烧化了里面的啥玩意。我冲外面的八戒他们喊道："扔火机进来。"

小军就在外面问："有啥发现吗？"然后扔了个火机给我。

我没有应他，把火机打着，然后对着那新糊上的面粉墙用力一掌推了上去，哗啦啦地，一个一肩宽的窟窿便显现在我面前。

我吸了口冷气,把火机伸进去看了看,居然是从一楼可以一直通到楼顶的一个烟道。扑鼻而来的也是一股很恶心的油腻的气味。

我忙爬出了榻榻米,狠狠地喘了两口气,给他们说了在里面的发现,他们也都探头往里面看,但黑乎乎的,看不出个究竟。

八戒便跑出去找了个手电筒过来,照到了那个黑洞。洞不大,但一个不是很粗壮的人钻进去,再钻出来的大小还是够的。

小军便脱衣服,说:"我下去看看吧!"

我对他摇摇手,说:"还是我进去吧,你肩太宽,恐怕钻不进去。"

小军对我露出个看大猩猩的表情,说:"我还觉得你肩比我宽呢!"

一旁的古倩说话了:"要不我来试试?"

八戒说:"那可不行,你古大小姐金枝玉叶,万一里面躲了七八个色狼,等你下去,一人摸上你一把,咱可担当不起。"

古倩笑了,说:"死胖子,少来,好说歹说我也是省大学生橡皮艇队的运动员,国家二级呢!"

说完便往里面钻。我也没拦,只是跟着她后面进去,说:"那你小心点。"

古倩很是轻松地以腿先进洞,然后一点点往里爬,我在后面给她打着手电,到她两腿全部进到洞里,准备把腰也移进去时,我小声说了一句:"小心点。"

古倩冲我笑笑,然后双肘撑地,继续把身子往里放。我跟着往前面移。估摸着古倩要整个身子往下跳了,却见她又停住在那里,然后冷不丁地、不合时宜地对我说:"邵波,我喜欢你。"说完，没等我反应过来，便从我手里接过手电，松手跳了下去。

然后就听见古倩"哎呀"一声。我便急了，三下两下也往那小洞里钻，居然也钻了进去，然后我用双腿探探左右，两条腿都可以够着两边，便用双腿顶着左右，身子一用力，整个人就进了烟道，并直接用双手左右支撑住，免得掉下去，压着古倩。

还没往下移，下面手电便照了上来，古倩在下面笑着说："看来你也还紧张我咯。"

一听她还在笑着，我便松了口气，用手脚支撑替换着，往下慢慢移去。上面洞里就探出八戒巨大的脑袋，说："没啥事吧？"

那一会，我也到了地面，抬头看上面的八戒，手电筒照着那颗圆乎乎的脑袋，显得很是诡异和好笑。我应了声："都没事！"

八戒便笑得很是得意，说："我看着你俩这么挤着站在这小黑格子里，感觉像两根在烟盒里的香烟一样，真好玩。"

古倩也笑了，说："要不你也下来挤挤？"

八戒吐吐舌头。

我把手电晃下来，看我们脚部的墙壁，果然有一个一模一样的刚糊上去的洞，显现在我们脚底，我用鞋对着那洞踹去，洞上糊的面粉便开始掉落。我又连着踹了几脚，可很无奈的是，我和古倩两人挤在一起，脚踹不开，使不上劲。

正郁闷中，上面的八戒又说话了："喂！楼下的两位，要不我们玩个中奖游戏吧，我现在闭上眼睛吐口水，看吐中你们两个中的哪一个。"

我和古倩扬着头骂八戒："你试试！等咱出去了弄不死你。"

八戒说："你们还敢威胁我，得！我现在出去把小军灭了口，把这洞给你们糊上，你们就在里面冒充杨过和杨大姑妈得了！"

古倩说:"行啊!我无所谓呢!反正我每天都像这样,关在这么个笼子里。"

我又看了看下面,然后对八戒说:"你现在下到一楼,这位置应该是厨房,你看看在外面能不能把这洞给弄开。"

八戒应了一声:"好嘞!"便灵活地消失在我们的视线中。

世界一下安静下来,只剩下我和古倩面对面地挤着。古倩脸上沾着黑乎乎的一块烟灰,但表情还是很得意,说:"我们现在完完全全是相依为命了。"

我笑笑,说:"算是吧。"

然后古倩表情又认真了,说:"邵波,其实我刚和八戒说的是真的,我每天就像这样,生活在一个这么大的小格子里,手脚都伸不直,就这么压抑地过着。"

"那你可以选择换个方式生活啊。"我说。

"换个方式?"古倩的神色黯淡下来,"邵波!就像你们经常叫我的——古大小姐,谁让我是古大小姐呢?"

我不知道怎么应对,两人又都沉默了下来。

烟道里还是很呛的气味,然后就是我身上的酒味,再然后就是古倩呼吸的味道,扑到我脸上。我终于没有忍住,伸出手,把面前的古倩给抱了个满怀,古倩顺从地也往我身上靠了上来,手电便掉到了地上。依稀感觉我胸前,古倩脸对着的位置,湿漉漉起来。我便扶起古倩的脸,这丫头脸上黑乎乎的,居然还真挂了两行泪。我轻声地喊了一声:"古倩!"

古倩轻声地应了,然后我吻上了古倩的嘴唇!

这时脚下稀稀拉拉地有了响动,八戒的声音在脚底那洞外传来:"好兄弟!好妹子!别害怕!八戒叔叔和小军哥救你们来咯!"

多言:

　　前段时间看电视,现场拍抓捕某个在家睡觉的危险分子。镜头前一马当先的是手持手枪的现场总指挥——某位副局,只见副局表情严肃地上了楼,双手持枪,对天上举着,然后在房门外的楼梯处,动作灵活地一把靠上了墙,貌似是给后面的战友让出道来,实际上明眼人一看就知道是:有危险!你们后面的上。

　　年代似乎确实不同了,当年那些比歹徒更玩命的热血警察们,是不是也终于铅华逝去了呢?

　　就像钟大队和何队的故事,搁在这个年代,是不是背后会被人骂傻呢?

　　有时候我在想:当年踩着自行车上班的钟大队、何队,如果一直活着,那么到今时今日,又是否还是那般伟岸的身影呢?

　　崔健有首歌,歌词最后一句:不是我不明白,这世界变化快!

第八章

古 倩

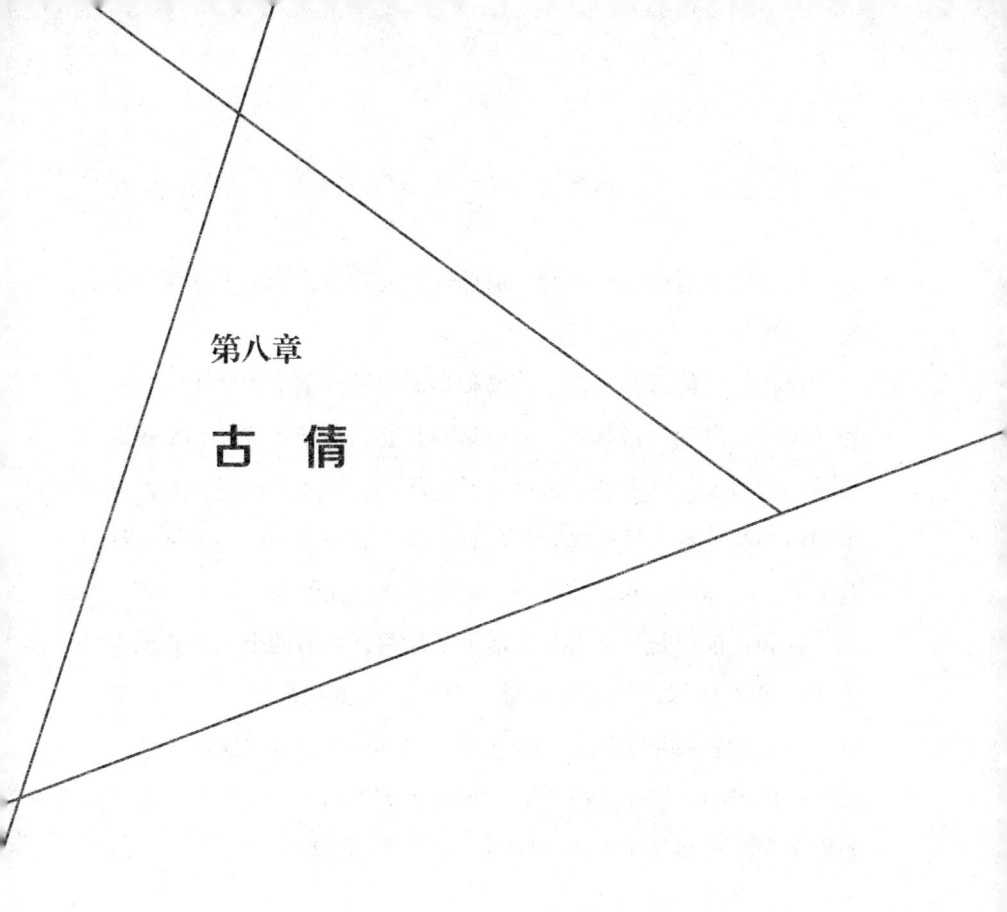

脚边的洞通往厨房厕所。那孙子比较狡猾,洞是在厕所一个装一次性饭盒的木柜子后面。

36

脚边的洞通往厨房厕所。那孙子比较狡猾，洞是在厕所一个装一次性饭盒的木柜子后面。

让我们觉得可惜的是：八戒和小军找前台拿了餐厅钥匙打开餐厅门时，发现一楼有一个窗户是洞开的。开始八戒和小军还以为是忘记关了。到发现厨房里厕所亮着灯，两人才回过神来，再跑到窗户往外看，外面鬼影都没有一个。而拦住洞的柜子是被移开了的，一桶已经调好的水泥，正端正地放在外面。

我和古倩很是辛苦与狼狈地出了那洞，然后四个人对着那半桶水泥抽着冷气。很明显的是，凶手正准备把最后一道工序完成，毕竟面粉糊的，迟早会被发现。八戒就说了："这孙子这些天也没消停啊，堵住这两个洞，和面都应该和了一身汗吧，今天来用水泥给外面再糊上，估计明天就应该来刷粉了。"

我点点头。

古倩指着移开的柜子下面露出一个角的黑乎乎的东西，说："那啥啊？"

小军伸手拖出一个黑色的塑料袋，里面居然是一件帆布雨衣，戴帽子的那种，上面有很重的油烟味。

小军看了看我，看了看八戒，说："这案子也不复杂了啊？他娘的，我们直接冲进一楼，还可以和这凶手打个照面。"

我冲他点点头，把柜子重新推回去。外面有脚步声传过来，回头一看，居然是门口的保安小菜皮，小菜皮冲我们说："几位大哥这是在干吗啊？邵波哥你这一身黑的，维修厕所啊？"

八戒瞪眼："维修个屁，没你啥事，出去吧！"

小菜皮见我们表情都挺严肃，便吐吐舌头，说："那有啥需要咱的招呼一声，我和刘司令都在门口值班呢！"

"刘司令也值夜班？"我一扭头。

"可不是吗？"小菜皮说："和我一班的闹肚子，今天刘司令给他替替，一直在外面的椅子上打盹呢！"

我点点头，挥挥手要小菜皮出去了，然后对八戒说："你在这把窗户关好，到处看看，小军你和我上五楼一号房去。"

古倩掺和道："那我呢？我做啥？"

我冲她笑笑："你跟我们上五楼，我开个房间给你洗澡去。"

古倩暧昧地笑了，跟着我、小军上了五楼。

我拿了我的一件T恤和短裤给她，要服务员开了个房间，安排她进去了。然后我和小军径直去往建伟哥死的五楼一号房。

房间里的床已经搬走了，新床还没送过来，房间里显得阴森森也空荡荡的，我俩走到大概也是烟道的位置，居然是整整齐齐的一面墙，没有一丝有窟窿的痕迹。我和小军不死心，怕因为是光线暗，又拿手电对着墙上仔细看了个遍，还是没有任何发现。

小军用手敲敲那墙，说："邵波，里面是空的哦。"

我说："废话！可是没洞，也不能证明啥啊？"

两人出了一号房，我脱了那件满是油烟味的T恤，和小军站走廊上的窗户边抽烟。先都沉默了一会，貌似都在思考些啥。然后我一扭头问小军："你这架势难道真的不准备上班了，天天在这耗着。"

小军吐了一口烟，说："邵波，和你直说吧，没出这事我就想停薪留职了，在机关上这班上得没有一点劲，看着那群看报纸的老男人，总想着难道自己一辈子就这个样子不成。"

"那你出来了准备干些啥呢？真来我这里做内保？我这里都是些啥鸟你都看到了的。"

小军叹口气，说："都啥鸟呢？起码都是些痛快说笑，痛快骂人的人啊！再说，你不也一样是在这吗？"

我摇摇头，说："我不同，我的情况你是知道的，有选择的话，我不会来过这种生活的。"

小军扭过头来看着我眼睛，说："邵波，其实我想去深圳，一个男人，在咱这年纪不闯荡一把，以后老了想英雄一把都没机会了。"

我望向身边这汉子，他双眼里居然闪出的是我刚毕业，刚从警时的那种富有激情的眼光。小军继续道："邵波，咱都是有过血性的男人，你现在过得很消极，我也看得出来，但既然已经走到这一步了，为啥不搏一把，追求一把呢？"

身后古倩走了过来，也插上一句："就是啊，邵波，你已经没有那么多东西捆绑住你了，为啥就不干脆放开自己，好好搏一把呢？"

我扭头看看古倩，又看看小军。就是在火龙城五楼这个夜晚，我突然豁达了一般：既然已经从警队出来了，那为何不放开包袱呢？塞翁失马，或者，这就是我命中的注定，注定我应该能轰烈一把呢？

37

八戒愣头愣脑地跑上五楼，说："邵波，烟道的事要不要现在跟建雄哥说一下。"

我想了想，说："先不说吧。"

原因有二：第一，咱只是发现了凶手进入现场的路，也就是发现了另外一个犯罪现场，但凶手是谁，还完全没有端倪；另外一点是，我始终觉得刘科和建伟被杀，凶手的作案动机是有关联的，而这关联，链条上居然是有建雄的。

我顿了顿，往给古倩开的那房间走了进去，他们仨也跟了进去，然后我点了支烟，对八戒说："下午睡醒了，你去看看去大兴安岭旁边的一个叫五岭屯的地方怎么走，我们明天后天过那边去看看！"

八戒问："去这个地方看啥？"

我觉得也没必要瞒他们几个了，咬咬牙，说："刘科和咱场子唯一的关联就是，在那地方，他和建雄一起插过队。"

小军露出很是惊讶的表情，说："你的意思是建雄……"

我摇摇头，说："那倒应该不是，但有些东西，也不方便问某些当事人，问了，似乎也不太好吧！"

古倩吐吐舌头，说："我知道，这叫打草惊蛇！邵波，我也跟你们一起去呗！"

我瞪眼，说："咱是去办事，又不是过去玩！"

小军说："那我也去吧！"

我又对小军瞪眼，说："你那一个星期假不是要到了？就算你真要从单位出来，也办好手续再说。"

小军便来气了，说："不去拉倒，好像谁待见去一样。"

八戒嬉皮笑脸地打圆场，说："邵波的意思是去多了人不好查事！对吧！邵波，古大小姐不是说了吗？叫打草惊蛇。"

小军说："打你的头！"

说完两人便扭头说睡觉去。我也跟着往外走，古倩穿着我的大T恤，大短裤，在我后面大傻妞一样，说："邵波，你就把我一个人扔这？万一凶手冲进来把我也杀了怎么办？"

小军和八戒听了，贼眉鼠眼地笑，抢先几步出门，把门关了，八戒肥大的脑袋，在门见缝的瞬间，还抛过来一个猥琐的微笑。

我便顿住，转过身看着古倩。古倩反而不好意思起来，说："你也一身的油烟，进去洗洗吧！"

我"嗯"了一声，好像招呼我赶紧去洗掉一身臭汗的是自己媳妇一般，进了卫生间。我贪婪地吸着卫生间里古倩留下的香味，觉得男性荷尔蒙在蠢蠢欲动。把水调到冷水，我一头钻了进去。

也是因为这冷水，把当时那风花雪月的感性打压了下去。我理性的思维在骨子里对我叫骂道："邵波，你真当自己是个白马王子了不成，你只是一个管着几个流氓的公安队伍清退人员。"

洗着洗着，我居然垂下了头来。不想承认却在那摆着的事实是：古大小姐，我配不上。

没穿上衣，穿好牛仔裤，我开门走出去。古倩正坐在床上，手里抱着枕头，盘腿坐着，见我出来，对我微微笑笑。说实话，古倩长得确实不错，高高的鼻梁，浓浓的睫毛，整个人唯一的败笔就是肩稍微宽了点，平时她都是穿着职业装，还看不太出，这会穿着我那宽宽的T恤，反而明显了点。我必须承认，我很想走上前去，搂着这温暖的身体，就像在烟道里一样。这身体软软的，似乎无骨般，那呼吸的味道，有一种牛奶般的香味。

只能说我的理性，再次把我打败。我冲古倩笑笑，说："好了，澡也洗了，我回房间了！"

一扭头，我扭开了门锁，身后古倩又喊了一声我的名字，我一咬牙，大踏步出了门。

这个世界满是美好，但并不是每个人都有权利享用，如果说，为了得到这美好，就要剥夺本应该幸福的一切，那么，这不是对这份美好的呵护，而只能说是自私的霸占罢了。俗世里男男女女在花前月下，麻痹了他们的只是那一会的风花和雪月。为了那一会的快乐，何必呢？有些好，是要放在心里慢慢回想的；有些心，是不能随意装入自己怀里的。

那天下午，吧台的小服务员递了个纸条给我，说："这是昨晚你签单的那房间里的女孩子留给你的。"我拆开来，是古倩留下的一封信。

邵波：

　　从看见你，我就有点喜欢你。我也不知道是为什么，可能是因为你本来是和我同一个世界的人，但你离开了这个世界，去了另外一个世界。你去到的那个世界，有我憧憬着的一切，但我没有权利去罢了。

　　邵波，每天我都穿着职业装，坐在办公室，或站在我爸身边。我是我的世界里最好的乖乖女，或者说，是某些人安排下的道路上的明日之星。我可以装得很高傲，或者装得很正经，可是骨子里，我还只是个毕业不久的小女孩。我很希望通宵达旦地在外面疯，很希望不考虑后果地在街上跑。可是，邵波！我很压抑。

　　我喜欢你！喜欢和你在一起。才两天，可是你却完全吸引了我。或者，在你眼里，我只是学舌的笼中小鸟，只是个任性的古大小姐。但在你身边，我却觉得我只是个期待着爱情的小女孩罢了。

邵波，我喜欢闻你身上的气味……我是学汉语言文学的。中文系的女孩子，都这么多愁善感，都这么感性！而你，给我的感觉是理性到有一种很强的磁性……不写了，不写了！或许，我感性的文字，在理性的你眼里，不过是天真与幼稚罢了。

你的衣服我穿走了，过两天给你送过来。今晚我也不会再跑过来找你了！尽管我想进入你的世界，可你，还是残忍地推开了我！

古倩

看完信，心里酸酸的！

一首老歌里的一句歌词吧：我热爱这个世界，但绝不能骄纵了她！

38

我把古倩的信折好，放到了我钱包里。内心如何，没必要太多记载。

揣着这点心思，我去莎姐房间找到了建雄，跟他说我要去一趟外地。建雄问："都这时候，你跑去外地干吗？场子里还出事怎么办？"

见他这么说，我迟疑了一下，说："是为了建伟哥的案子。"

建雄一听，忙站起来，说："有啥线索了？"

我摇摇头，说："建雄哥，暂时还只是有点端倪，到有好消息了再告诉你吧。"

莎姐就在旁边说:"有啥就说呗!看把你哥急得。"

建雄打断了她:"邵波不说肯定有他的原因,也好,八字没有一撇,还是先不要说吧,免得有些东西知道的人多了,反而影响了邵波的安排。"

莎姐苦笑一下,说:"难不成我和你也都是外人了不成。"

我忙说道:"那倒不是这意思,只是有些事还只是我瞎猜的结果,真正有大的发现还不是第一时间告诉你们。"

建雄就扭头过来问我:"要不要我拿点钱给你,你带几个人过去?"

我说:"哥,建伟哥在世的时候对我邵波也很是不错,这一点点费用让我自己掏吧,也算尽点心。人的话,我就带着八戒过去。"

建雄点点头。莎姐却似乎还要说点什么,嘴角动了动,没吱声。

我下了楼,在大门口拉条凳子坐着,初秋的太阳暖暖的,照在身上感觉很是惬意。一个人坐着,那些男欢女爱的臆想的烦恼,统统抛却,想想这案子,也似乎是挺好的一项脑力运动。

正想着,刘司令从宿舍方向屁颠屁颠过来了,依旧是很猥琐的表情。看到我,还是千年如一日地露出个腼腆的笑,凑我跟前神秘兮兮地说:"邵波,听说你明天要去外地破案?"

我斜眼看他:"好小子,消息挺灵通的啊?"

刘司令便得意扬扬地笑,说:"我是谁啊!咱火龙城的外围保护神,咱哥俩就是火龙城的擎天柱,场子里有啥事我能不知道的。"

我心里咯噔了一下，我明天要去外地的事，一共就八戒、小军、建雄、莎姐和古倩五个人知道。八戒和小军直接去火车站给我打听五岭屯和买票去了。古倩早走了，她也不可能和场子里其他人有交道。那……我明天要去外地的事，就只有建雄和莎姐有可能告诉刘司令。应该是莎姐说的，毕竟她和刘司令是亲兄妹。可是，这事也犯不着这么积极地通知刘司令啊！

这点起疑，更坚定了我要去趟五岭屯的信心。

刘司令见我皱着眉没说话，便讪讪地笑，说："邵波，咋了？有啥发现对你老大哥都不肯说了？来！说来听听，哥帮你分析分析。"

我冲他笑笑，说："没啥发现，只是这些天这么多事，闹得心烦，找个理由出去转转罢了。"

刘司令露出一切了如指掌的表情，说："哦！我知道了，是要带这两天跟你好上的那姑娘出去玩玩吧！"

"嘿！老特务你还啥都打听到了哦！"

正说到这，一辆红旗车在门口停下，车窗打开，一个小眼镜探出头来，冲穿着保安制服的刘司令说："喂！这个兄弟，你们场子里有个叫邵波的，麻烦你帮我叫下来一下。"

刘司令瞟我一眼，见我没反应，便说："你谁啊？找咱邵经理干吗的啊？"

小眼镜便没好气地白了刘司令一眼，说："就说是他高中同学过来找他，把他叫下来。"

我同学？我横竖看着这孙子都不认识，如果说是小学同学，还有可能，高中同学几年能变得认不出，还是有点难。我便站起来，说："我好像没你这么个同学吧？"

小眼镜愣了下，然后阴着脸，手伸到后面拿了包东西，冲我一扔，骂道："老子才没你这种人渣同学呢！"

我火大了，探手过去要扯他头发。小眼镜忙往后一闪。副驾驶那边坐的人就骂道："嘿！还有点脾气嘞！"拉开车门下来个比八戒都肥大的胖子。刘司令见这架势，忙上前抱住我往后拖，嘴里絮絮叨叨地说："邵波，算了，在自己场子门口别闹！"

小眼镜也下了车。小眼镜长得也还端正，个也不矮，和先下来的那胖子两个一胖一瘦像说相声的一样，站我面前。小眼镜就说话了："姓邵的，咱也不是过来和你找茬打架，就是告诉你一声，我是古倩的未婚夫，我们元旦就要结婚了。你小子癞蛤蟆想吃天鹅肉，也别想得太放肆了，要不捏死你像捏死个蚂蚁一样。"

我脑门直接感觉像充血要爆炸了，对着这小眼镜就要扑上去。刘司令可能是因为看着他们开的车是红旗吧——那年月开红旗的都是高干！便抱得我紧紧的，还一边骂旁边傻站着的另外一个保安："还傻站着干吗？还不过来扯着你邵波哥。"

正被刘司令折磨得要疯了的分上，只听见小眼镜他们身后的汽车被人敲得砰砰的响。小眼镜和那胖子一扭头，看到八戒和小军瞪着眼看着他俩。小军那沙包大的拳头，还在车顶上不依不饶地捶着。

小眼镜更激动了："嘿！你们知不知道这是哪里的车？也不看看车牌！"

八戒阴阳怪气地说："车牌我看了啊！不就是个鲁O吗？这年月挂这种假牌出来讨打的小孩咱看多了。"

小眼镜身旁的胖子愣了愣，犹豫了一下，然后好像下了啥决心一样，冲着八戒和小军就冲了过去，好像要现身表演搏斗了一般。

小军也迎了上前，然后一个箭步跨到胖子旁边，另外一个脚一钩，把胖子钩倒在地上。八戒往前一步，然后一个大象腿像是无意地踩到那胖子手掌上，还弯腰说道："兄弟，怎么这么不小心摔到地上了，来！哥扶你起来。"

小眼镜慌了，说："你们是要干嘛？反了！反了！你们知道我爸是谁吗？"

39

正说到这，我们身后就传来建雄哥的声音："都是在干吗？都给我住手！"

一扭头，只见建雄和莎姐走出了大门。

小眼镜就来劲了，说："建雄啊！你这养的打手还一个比一个厉害啊！要不我给我爸说下，看他怎么个说法。"

建雄没理他，瞪了一眼八戒和小军。八戒忙把脚移开。然后建雄冲我说："带你的人先上去。"

我那时也解气不少，对着八戒和小军一挥手，说："来！跟我上去！"

身后听见建雄冲着小眼镜在说话："沈公子，你跑来我们火龙城撒什么野来了？"

我们仨到了五楼没过十分钟吧，建雄和莎姐、刘司令就进了我们的房间。进门建雄就说道："刘司令你拖邵波干吗？直接把那孙子狠狠地来上一顿才解气。"说完，把开始时小眼镜扔给我的袋子递给了我。

我翻开一看，居然是我昨晚给古情换的那套衣服。愣了愣，便问建雄:"刚才那人是谁啊?"

建雄没好气地说:"以前省政协沈秘书的儿子,沈秘书中年得子,养得这么傻乎乎的。现在老头退二线了,调回老家来了,就把这宝贝疙瘩也带了过来,在市委里做个啥主任什么的,搞不清楚。"

小军便说:"那也不是很高的一个高干啊?"

建雄嗯了一声,说:"可这沈公子把自个当个高干啊,说不了几句话便把他家老爷子搬出来。"说到这里,建雄便盯着我,说:"邵波,古大小姐的事是怎么回事?人家古市长是沈秘书的老下属,古倩和这沈公子虽然还没啥事,但两个领导可是在一直撮合,你别搅到里面去哦。"

八戒便插嘴了:"建雄哥,这点咱可以作证,是古大小姐自己主动来找邵波的。"

建雄白了八戒一眼,说:"人家古大小姐会主动来咱这地方?少忽悠我了。"

八戒委屈地嘀咕道:"真是这样。"

建雄扭头对我说:"邵波,就算是,也断了吧!人家官场上的事,复杂着呢,少搅和进去最好!你还年轻,跟着哥我好好干几年,以后大把好姑娘多了去。"

刘司令也在旁边人五人六地插上一句:"就是啊!邵波,老哥哥我过来人,啥都知道!好姑娘到处都是,我看小妹姐下面就有好多个姑娘长得挺不错的,也都看见你就笑眯眯的。"

莎姐冲刘司令一挥手,说:"够了够了!你这一扯又扯到哪一出了!"

建雄便笑了!这些天一直紧锁的眉头,稍微舒展开来。

然后莎姐把手包打开，掏出一叠钱来，说："邵波，这是建雄哥要我给你拿的五千块钱，你这趟出去要花的。"

我忙一摆手，说："不了，不了！我自己还有钱。"

建雄瞪我："少来！不拿就是跟哥我见外，哥以后要你帮忙的地方还多，你跟我见外，以后我怎么好意思要你帮我做事啊！"

说完又看了看小军和八戒，继续说道："等你们这趟回来，我还带你们仨去趟山西，我哥在那边还有两个矿，我要过去看看，不早早弄好这一个大摊子，老板会骂咯。"

八戒满脸问号："建雄哥！你还有啥老板啊？"

我说："该你知道的以后自然会让你知道，问这么多干吗？"

建雄淡淡笑笑，说："就是！邵波，我看你这两个弟兄都很不错，以后有啥好处，都带上他俩，咱兄弟几个真正做点事情出来。"

建雄哥说成这样，我也不好意思再推却，伸手从莎姐手里接过那一叠钱。无意中看到，刘司令站在莎姐背后，盯着我手里的那叠钱，吞了一口口水。

从房间里出来，小军便问我："我看建雄、莎姐还有刘司令都挺好的啊！你查他们干吗？"

我愣了愣，扭头看了他一眼，说："就是好奇！不行吗？"

八戒很严肃地对小军说道："有些事，该你知道以后你自然会知道的，问这么多想讨打啊？"

我听着也嘿嘿笑了。八戒又吱声了："奶奶的，古倩那么个好姑娘，咋就跟个这样的小四眼要结婚了呢！"

小军嘀咕道："就是啊！忒不配了吧！"

我没吭声，一甩手把古倩穿过的那套衣服，扔进了一旁的垃圾桶。

40

票是买的第二天上午十点的，八戒给我讲解了快五分钟，才让我懂了五岭屯具体的位置，包括先到沈阳，然后转什么汽车，又要转什么拖拉机，最后转啥马车之类的。我听了，对八戒说："那咱俩今天早点睡，明天上午就过去坐马车呗！"

然后我把表哥和郑棒棒叫了过来，叮嘱他们，这几天我不在场子里，要他们灵活点之类的。两人快乐地应了，还说保证这几天不喝酒就是了。

说要早点睡，可华灯初上，场子里热闹起来，我还是楼上楼下四处转了起来。站在二楼走廊上和小妹姐正说着话时，冷不丁看见八戒拿着传呼机，急匆匆地跑到吧台复机。也不知道是和谁在磨叽，贼眉鼠眼地还冲我这方向偷偷地看，说了有快十分钟。

我便觉得有啥问题，往吧台走去。八戒又贼眉鼠眼地抬头一看，见我向他走了过去，忙低头快速说了两句，啪地放下了话筒。

我冲八戒瞪眼，说："躲这给谁讲电话讲这么久啊！背着我说我坏话吧？你讲这么久电话，我就后背痒了这么久。"

八戒便露出腼腆的笑，说："没啥没啥！就是我初恋的女同学找我说说话，她说她特想我！"

我也笑了，说："你个孙子不是只读了小学四年级吗？还弄出个初恋的女同学了。"

八戒很不服气："咋了！只读了四年级就不能初恋吗？我发

育得早不行啊！"

大家都哈哈地笑，然后八戒说："反正没啥秘密，明天你就知道了！"

寻思着八戒也不像有翻云覆雨的阴谋计划的人，再说，凭我对八戒的了解，他也不会真有啥事瞒着我。所以说，人啊！可以有防人之心，但也不能完全把自己的心眼给堵死，身边有些人，对他选择放开，便把自己全部放开就是了，一辈子，总要有几个能承载你信任的人啊！要不一辈子有啥意思呢？正如我和八戒、小军，这么多年下来，能一直有这么铁的交情，也是因为对彼此都算完完全全地放开了所有的胸怀。

那晚场子里客人散去，我便到我们睡觉的房间里躺下。表哥、棒棒、西瓜、龙虾他们几个也都上来了，稀稀拉拉聊了几句。八戒和小军最后上来，两人进门时表情很是要好，整得好像两人刚喝了血酒，结拜为了异姓兄弟，将来的日子就要同心协力，一起吃屎一般。

胡乱说了几句，我一扭头，睡了。

迷迷糊糊地，耳边居然又听见古倩在叫我，我寻思着这丫头不是说了今晚不过来的吗？怎么又跑了出来？又一想到下午小眼镜过来演的那一出，便感觉愤愤，索性装作没听见。然后，古倩居然掀开我盖的毯子，钻了进来，还在我耳朵边上轻轻吹气。我终于控制不住，想着：拼了吧！

一翻身，狠狠地朝她热乎乎的身体搂了上去。

八戒的怪叫声就响了起来："哥！你干嘛？你放尊重点！"

惊醒过来，原来是个梦，我枕边的八戒已经吓得翻身到了地上，然后双手护着那条上面印着樱桃小丸子的花裤衩，可怜巴巴地看着我。

睡旁边床的小军和西瓜也醒了，哈哈地笑，见我一脸狐疑，便说："外面那几个草包打牌，我们只能今晚挤着睡咯。"

我应了声，也不好意思起来，冲八戒嘿嘿一笑，说："春梦……春梦……兄弟！你懂的！"

八戒睡意正酣，见我并不是要强行侵犯他那几百斤的身体，便也放下心来，没多话，又上床一翻身，继续打上了呼噜。

到早上我却是被八戒吵醒的，只听见八戒惊天动地的一声惨叫："哎呀我的妈啊！"

我被吓得忽地坐了起来。旁边床的小军和西瓜也忙起来了。只见八戒一双虎目，布满了眼屎和伤感，对着我们，另外一个手伸到屁股的位置，在那大惊小怪。

小军乐了："咋了！八戒！邵波真把你给办了？"

八戒说："他奶奶的，他昨晚居然遗精遗到我裤子上了……"

都乐得不行，我忙往自己裤衩上一看，还真遗了！

多言：

其实对于犯罪现场这个名词的解释，之前也略微提了一下，并不是单纯地说就是凶案现场或案发现场。因为犯罪分子准备犯罪、实施犯罪与处理罪证的过程，一般不可能在一个时间、一个地点完成，而往往是几个时间、几个地点陆续完成的。这样，便形成了若干个发展阶段的几处现场；犯罪分子进入与逃离有关场所的路线，也是犯罪现场的范围。

就像咱这个案子：中心现场是刘科和建伟死的房间，而我们所发现的后墙水管、烟道以及一楼厕所墙上的洞，都叫做外围现场。外围现场的定义是：与中心现场起到关联的地带与场所。

还有一种划分现场类型的方法，也是大家看侦探剧里经常提到的：第一现场——所谓的第一第二现场，是以犯罪分子活动的先后顺序来划分的。这点比较容易理解。我的老师当年上课说到这里，举的例子就很是有代表性，并且有点冷幽默。该老刑警说：比如碎尸案吧！罪犯碎尸为五百块，分别扔到五百个地方，于是，这案子的现场就有五百零一个现场，其中第一现场是杀人碎尸的，其他五百个现场就按顺序，从第二现场开始排队，一直排到第五百零一个现场，后者就是抛尸现场罢了。

当然，对于犯罪现场的类型还有其他几种划分方法，如有无遭到破坏而产生的原始现场或变动现场；因现场所处的空间而划分的露天现场或室内现场；由案件性质而划分的杀人现场、盗窃现场等。这里不多记载，真正有兴趣的朋友，可以怀着一颗求知的心灵，一路小跑，到附近的图书馆。

毕竟写这个文字的今时今日，我也毕业了若干年了，能记得的，也就这么多罢了！

第九章

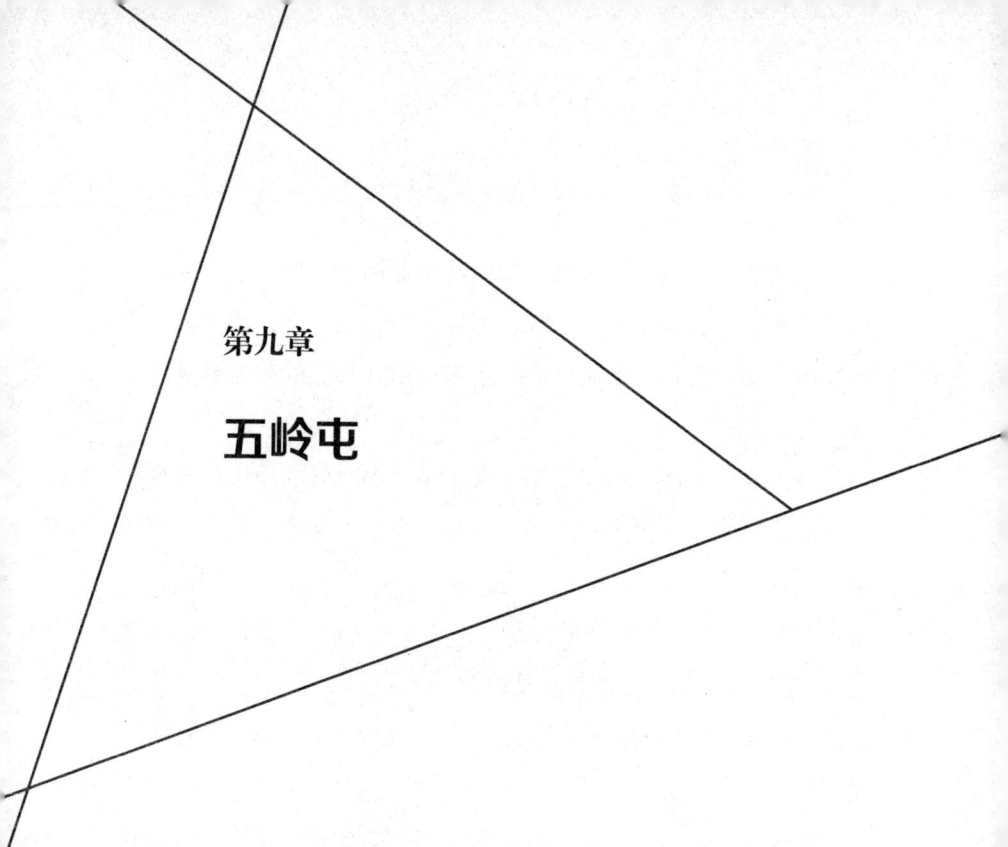

五岭屯

和八戒整理了几件衣服,我们基本上都住在场子里,换洗的也都有几套在房间里。所以说,男人出门就是方便,两个人的东西加到一起,也就一个旅行袋,还包括怕九月底的东北有点冷而带上的外套。

41

和八戒整理了几件衣服,我们基本上都住在场子里,换洗的也都有几套在房间里。所以说,男人出门就是方便,两个人的东西加到一起,也就一个旅行袋,还包括怕九月底的东北有点冷而带上的外套。

两人吃了早饭,便叫了车去火车站。那时候的国庆前夕没有现在这么热闹,满世界的人也还没有习惯到处瞎窜。我们顺利地通过检票口,上了去沈阳的火车。一看票,居然是两个下铺,我便说八戒:"这一千多公里,路上二三十个小时(那时候还没提速),怎么不买两个中铺,方便睡觉。"

八戒露出比较神秘的笑容,说:"没事!到时候找人换就是了。"

我便觉得八戒整了啥阴谋一般,左思右想也想不出他要阴我个啥。半响,我突然对着八戒一瞪眼:"你不会是给小军也买了张票,这孙子现在躲在车上什么地方,等车启动了再跑出来吧。"

正说到这里,火车就呜呜鬼叫起来,宣布如果我的这个假设成立的话,马上就可以兑现了。

果然兑现了!走廊那边小军提个旅行包,笑得很是快乐地朝我走过来。见这孙子还是跟上了,我也没嘀咕啥了,有小军,本就可以帮上很多,只是不希望因为我们这档子事,影响他的工作罢了。

而让我变了脸色的是:小军背后一个长头发的脑袋探了出来,冲我嘻嘻笑!居然是古倩。

我便冲八戒来火了:"你是把这趟当出去旅游了吧?"

八戒依然对我嘻嘻笑，说："哥！你都知道的啊！官大一级压死人，何况人家是古大小姐啊。"

　　小军和古倩已经走到我身边了。我没好气地一扭头，坐在窗户边上点了支烟，看风景去了。

　　小军看了我一眼，扭头对古倩说："看啊！他这表情和我说的一样吧！别急，顶多半个小时，他又嬉皮笑脸了！"

　　古倩嘻嘻笑，把手里的旅行箱递给小军往货架上放，自己一屁股坐我旁边，说："喂！不会真生我气了吧！"

　　我没吭声！古倩就伸手来挽我，说："行了！行了，昨天沈文章来找过你的事我都听说了，他就是个神经病！"

　　我把手一甩，对她说："谁和你计较那小四眼的事了！咱去办正事你跟着来干吗？"

　　古倩愣了一下，估计这丫头很少被人这么对待过。我又扭过了头去，她愣愣地坐那。半响，小军说话了："邵波！够了哦！人家古倩对你够好了，你别这么蹬鼻子上脸的。"

　　八戒也说道："就是啊！你又不是不喜欢人家，半夜还喊她名字，动手动脚的。"

　　我有点难堪，但还是没吭声！小军的声音在身后又响起："古倩！哭啥啊！"我一扭头，见古倩真的坐我旁边，眼泪在往下淌。被小军这么一说，她更加沸腾了，忽地站起来，一边抹眼泪，一边往走廊旁边跑去，引得旁边的人都好奇地看了过来。

　　我站起来，冲好事的围观群众说了句："看什么看！"然后追了过去。背后听见八戒在对小军说："好了！好了！等会儿过来就又好上了！"

　　我追到车厢中间，在背后拉住了古倩的胳膊。古倩停下来，脸还是背对着我，肩膀一耸一耸的。我心软下来，谁叫我也无法自持，打内心深处还是和她一样，喜欢与在乎对方呢！

我嘴角抽动了几下，可又不知道该说些什么话来哄她。憋了半天，挤出一句："你和那小四眼不是真准备结婚吧？"

古倩转过头来，脸上哭得稀里糊涂的，说："你才和他结婚呢！我搭都不搭理他的。"

我又傻乎乎地愣了愣，挤出一句："哦！那就好吧！"

古倩很大声地说："邵波！你的意思是如果我和他没任何关系，你就会喜欢我吗？"

我像个二傻子一样，不知道怎么回答。便没说话，点了点头。

古倩骂了一句："你坏死了！"然后一把抱着我腰，把头贴到我胸口上。

我双手抬了抬，又放下，最后终于鼓起勇气，一把抱住了她。

身后突然探出一只蹄子来，敲我肩膀："喂！小兄弟！查票！"

42

我俩在过道上搂着，说了有半个小时的话吧。古倩对我说了前一天发生的事：

那天早上，古倩回到家，才刚开门，就看见她爸和她妈坐在客厅。见古倩回来，古市长就发火了："一整个晚上，你个姑娘家的，去了哪里？手机也不带，我和你妈担心了一晚上。"

古倩低着头不吭声，往自己房间走。古市长追过来，说：

"你这是穿的什么人的衣服？一宿不回来，回来还穿着男人的衣服！你个丫头疯了吧！"

古倩还是不吭声，自顾自把我的衣裤换了。古市长气得呼呼喘气，按着胸口说："行！行！你要把我这做老子的活活气死吧。"

古倩妈就在旁边插嘴："古倩，你给你爸解释一下啊！他急得一晚上没睡！"

说到这，只见古市长按着胸口，转身往沙发上踉踉跄跄走了过去，然后一屁股坐上去，对着古倩妈招手："快给我拿药。"

古倩见这个架势，也急了，忙跑到沙发边，蹲在古市长身边，说："爸！你别激动！我就只是和朋友出去玩了会。"

古市长接过老伴递来的药和水，咕噜噜喝了。也不瞅古倩，闭着眼睛养了养，半响才睁开眼睛，对古倩说："和朋友玩，怎么玩得衣服裤子都换了！"

古倩说："我摔了一跤，衣服都弄脏了，才换下来的。"说完从袋子里拿出自己脏乎乎的衣裤，给古市长看。

古市长看了，尽管心里还满是狐疑，但也没发火了。叹了口气，说："唉！你女孩子大了，我也不可能事事都管着你。你和小沈合不来我也知道，自己找我也赞同，但一个女孩子家的，还没结婚，就一晚上不回来，回来还穿着男人的衣服，你要做爸的我怎么想！"

古倩便摇着古市长的腿，说："爸……我这么大了，自己有分寸的。"

古倩妈就在一旁问："是个啥男孩子啊？说出来看我们认不认识。"

古倩红了脸,说:"爸认识的,爸和他爸爸关系还不错。"

古市长来了兴趣,说:"谁啊?哪个单位的?是咱市政府大院的还是其他啥单位家的孩子啊。"

古倩脸就更红了,小声说道:"就是邵波,你见过的。"

古市长一听,一下站了起来:"你疯了?就那个被单位开除的小流氓?大邵都要登报跟他断绝父子关系的孩子?"

古倩说:"他又不是故意犯的错误,你们机关里的人都知道他那档子事啊。"

古市长倔强地说道:"照你这么说,过失杀人的就不是杀人犯咯?出狱了档案里还要写上没有被劳动改造过哦!坏人就是坏人,定性在那里的。"

古倩跟他爸拧上了:"那你就不坏了,你一身的光辉,私底下又是开夜总会,又是开黑煤矿,人家年纪轻,犯个小错误就非得一棍子打死了。"

说完古倩冲回到房间,换了职业装,便出门去了单位。

然后到下午才听说沈文章到火龙城演的那一出。到晚上回家,古倩又和她爸吵了几句。古市长赶着去广州开半个月会,也没机会多吵吵,就在昨晚走了。而古倩又给早就和她狼狈为奸、串通起来要一起上火车的八戒通了电话,给她妈撒谎说闹得心情不好,回学校找以前的导师聊聊,请了几天假。然后收拾了东西,今天和小军集合上的火车。

听她说完这些,我心里更不是滋味。我毕竟是个干部家庭里长大的孩子,从小有点骄傲,有点自负。而现在呢?

我最大的痛就是被分局开除,被父亲赶出家门。我可以麻痹自己,假装自己和一干俗世里的人不同,可骨子里的自卑与悔恨，是刻骨的。甚至，听古倩说完这些，我居然还像个懦弱的人一般，脑海里回荡着：如果这般那般……我和古倩就会那般这般的话语来。

有没有可能呢？

如果我还是分局的小警察，我和古倩这样偶然地认识，然后偶然地相爱，再然后偶然地让她爸知道了，再然后偶然地她爸和我爸聊了聊……最后……

命运就是由那么多的分岔路组合成的：如果我还是分局的小警察，我和我之前的那个她，现在可能已经结婚了。那么，也不可能有和古倩的这一切。偶然地遇见，然后认识。我笑着称呼她一声："古大小姐。"她笑着称呼我一声："邵干部。"

或许，那样更好……最起码，不会让我和她两个人，在之后的那些年月里，受那么多的折磨。

恍恍惚惚地，我明白了：我其实已经爱上了这个才结识几天的女人。她……敢爱敢恨，敢于与自己的命运做斗争；而我，每天昂着一颗貌似坚强与自信的头颅，却装着一颗敏感与懦弱的心。

爱就爱吧！既然，这爱已经轰轰烈烈地来了，那就轰轰烈烈地开始吧。

我用力搂住了古倩，把头伸到她的肩膀上。无论将要面对什么，就通通面对吧。

43

我们在餐车吃了顿中饭，晚饭吃的是盒饭。这么多年以来，我始终佩服铁路上的快餐车，无论刮风下雨，电闪雷鸣，他们始终能做出一盒盒貌似是三天前做好的饭菜，尤其那个荷包蛋。前几天看一个电视购物，所谓的韩国高科技煎锅，不用放油就可以煎鸡蛋，我恍然大悟，估计这科技咱铁道部的同胞们很多年前就已经掌握，十几年前，就能在饭盒里放一个没一丝油星的荷包蛋，也煞是诡异。

吃完晚饭，便是睡觉。古倩坐我睡的下铺旁边，又和我低声说了很多话，说沈文章是个二，再拿我做比较，觉得我邵波就是对她胃口；又说她单位同事谁谁谁，给她算命，算出她这辈子的爱情，注定无法风平浪静，但结果还是一马平川。我没发表意见，抓着她的手扳来扳去的，感觉也挺甜蜜的。

然后各自睡了，睡到第二天上午起来，没吃东西，坐一起玩了一会扑克。火车便到了沈阳。我们没有休息，吃了点东西，就直接上了去五岭屯所在的H县的长途车，一直坐到下午五点，才到了那小县城，找了县城里最好的宾馆住下。那年代很多宾馆都有三人房，我们开了两间，一间单人的给古倩住，一间三人的，我们仨睡下。八戒和小军开玩笑，说我应该和古倩睡一个房间，但那个年代的人，没有现在这么随便。再说，我和古倩似乎也都没准备发展得那么快，尤其，当着外人的面。

第二天早上起来，我们便向宾馆的服务员打听，去五岭屯要去哪里坐车，居然问了好几个人之后，才有一个搞清洁的阿姨告诉我们，去五岭屯还真只有坐马车。该阿姨很热情地指手画脚说了很久，让我们知道在什么地方可以找到马车，阿姨还告诉我们价格："包车过去是三十，按人头算是五块一个。"

找了过去，居然那儿就一驾马车，而且那马也不知道是马还是驴。那大爷还厚道，说："今儿个大爷我也懒得等客了，送你们四个过去,你们给二十块钱就可以了。"

我们上了大爷的马车。大爷甩开鞭子,大喝一声:"好嘞!走咯!驾!"

马车迅速启动,朝我们的目的地奔去。

一路风光如过眼云烟,迅速消失在我们身后,马车走了有快两个小时吧,两车道的公路便成了小路。大爷把车停在一棵大树下,说:"到了。"

我们给了钱,又和大爷打听回去怎么联系他。大爷说:"你们回去就找这屯里的老刘呗!他会送你们的。"

说完驾着车扬长而去。

我们四个愣了愣,便往屯里走。

屯一马平川,可以一眼看清就那么几十个房子,凌乱地摆在那。一旁的墙上画着醒目的标语:一人结扎,全家光荣!说明在这屯上,计划生育的开展,也经历了轰轰烈烈的一幕。

行到村口,便遇见一个半大孩子,手里拿个大饭瓢,坐在一口井边舀了水在喝,身边稀稀拉拉地是跑来跑去的几头猪。按理说,不该这样放猪的,因为猪不听使唤,喜欢乱窜,而且好破坏庄稼。而这半大小子带领下的这几头猪,却很是听话,也不到处乱跑,都瞪着一双细小的眼睛,看这半大小子的脸色行事。

八戒和这孩子搭腔了:"喂!这小兄弟,我们是到你们这里搞科研的,你能不能帮我们找户人家,给安排我们住几天啊?"

半大孩子打量了我们几眼,说:"你们是城里来的科学家吧?去年也有几个戴眼镜的,说是什么大学研究山上什么杉木的,不会是和你们一起的吧?"

八戒接话道:"就是一起的,我们就是研究那些的。"

小孩说:"上次村长还给他们说了,要他们以后派几个年纪轻的来,那几个大伯上山路都爬不动,啥树都没看到几棵,是不是他们回去就要你们过来的啊?前些天村长还在说呢,说科学家一直没见过来了,是不是咱这没啥科学给他们研究呢!"

八戒一辈子没和科学搭上啥来往,这一会感觉能冒充上科学家,很是激动,说:"就是我们了,你看看要你们村长咋安排我们住下呗,要住几天,在你们这里采集些东西。"

小孩便说:"没问题啊!和上次一样,住我家就是了!那孙伯伯他们没和你们说过,来就找我家住吗?"

小军接话道:"说了!说了!老孙他们还说,你叫小……小什么来着啊?"

"小来!"小孩高兴地提醒道。

小军做恍然状,一拍脑袋,说:"就是!小来!你看我这记性。"

小来便热情地一招手,对着群猪一个挥手,说:"小的们,走嘞,带着科学家进村咯!"

我们四个伪科学家便借着那几位爬不动山的老头们的光,顺利地进了村。

村子不大,都是泥砖盖的房子,当时我们以为是因为这村子生得远,村民都穷的缘故。待了几天后才知道,这地的人民风不但淳朴,而且非常闲散,也就是很懒。反正靠着小兴安岭,每年种一季地,懒的就这一季地都省了。家里揭不开锅了,就叫上邻居两三号人,进一趟山。或是抓点活的,比如天上飞的,地上跑的;或是捡点死的,比如摘点果子,捞点山货。然后带到镇上县上换了钱,又可以躺炕上逍遥一些日子。

也是因为懒吧，所以传说中的采参客，或猎户，该屯都没有。

我们进到小来家里，小来他妈便兴高采烈地端茶倒水，要我们坐下，说："几位科学家来了就别客气，客气的话，给咱五岭屯传个不好的名声出去，村长会骂咱的。"然后要小来去报告村长。

我们喝着茶，正和小来他妈刘大姐瞎扯，门外就热闹了，几个小脑袋挂着大鼻涕，伸在门边冲我们笑。过了一会，一个大嗓门从门外传来："这都是些啥倒霉孩子啊？围在这干甚啊？"

只见一个精壮的老头推开围观的小孩，走了进来。

这就是刘村长。这世界上很多人，与你擦肩而过，甚至同行了很远，多年后，回想起他的容貌来，却很模糊。但在我这一二十年的记忆中，刘村长当时迈步进来对我微笑的样子，却根深蒂固。领导会见元首的微笑挂在他黑乎乎的脸上，一件青色的西装像小马哥的风衣一样披着，里面一件依稀是白色或灰色的衬衣。而最为诡异的是，衬衣扣得紧紧的，领口处居然别了一只花袜子。

刘村长很官方地上前来和我们握手，说："你们都是老孙同志派来的吧？"

我们忙点头。刘村长便说："到了咱五岭屯不用客套啥，就像在自己家里一样，想去谁家睡就去谁家睡。"说到这，才瞅见古倩一个女孩子也在，便意识到说错话了，补充道："女同志就跟着小来他妈睡，反正小来爹这些天又上山了。"

我们点头，说："咱过来打扰大家，真不好意思，顶多待个两三天就走了。"

互相官方地客套，随意地聊了聊。

到午饭点时，小来妈热了点馒头，拿到院子里，我们一人就着一根葱，和刘村长共进了午餐。

吃完饭，刘村长便问："要不要今天下午就上山转转。"

我们那时候也都年轻，虽然到五岭屯有正经事，但往远看看那巍巍的群山，便都有点激动起来，纷纷点头，表示工作最重要，一刻都不能得闲，今下午就要上山，研究杉木去。

44

刘村长先是要小来去叫唤那个谁，还有谁过来陪我们去，后来可能他又觉得有啥不妥，说："算了算了！还是我自己带小邵同志他们去吧。"

八戒就有点心痒痒，问："村长，您这有啥猎枪没？我们在城里长大的，没玩过那玩意。"

刘村长吸着自己卷的烟，烟灰四处飞舞，说道："这个容易，鸟铳一人来一把还是没问题的。"说完要小来去这个谁家里，那个谁家里，背几杆鸟铳过来。

小来就出去了，过了十来分钟，便背了四杆长鸟铳过来。刘村长每人发了一支给我们，包括古倩也有一支。小军拨拉了几下手里的鸟铳，说："村长，你自己不用吗？"

只见刘村长拍拍自己的腰间，说："我有我自己的武器，其他都不需要的。"

说完便一挥手，说："小兄弟们，来！带你们上山。"

我们像四个民兵一样，背着一支支像扫把一样的鸟铳，跟着刘村长往远处的山上走去。一路上，刘村长熟练地教我们怎么使用鸟铳。我们也胡乱对着天空中的假想敌给来了几枪。刘村长便开始吹牛，说："当年小日本来到咱这，要教我们学日本话，我们全村都不肯学，那几个小日本就冲我们八哥八哥地叫唤。我爷爷他们就把鸟铳提了出来，小日本原来也怕死，扭头就跑，以后再也没来过。"

我听了和古倩对视一笑，人家小日本在东三省当年忙的事情多，怎么有空来你们这山高皇帝远的地方折腾。就这么一边说着，一边走着，到下午两点多，居然就上了山。

刘村长当时年纪应该奔六十了吧，可腿脚还是好使，带着我们在山上胡乱转悠。我们也落了个不用记路，反正看他那模样，也是个山路通。其间有遇到山鸡之类的，我们也摸出鸟铳来了几下，但都没打中，就算是曾经当过兵的小军，拿着这鸟铳也找不到北。

刘村长说："你们打不中是自然的，每一个鸟铳，都只有他们自己的主人用得好，怎么说呢？准心是偏上还是偏下，这要玩了很多年才知道。"

古倩把手里的鸟铳往刘村长手里递，说："要不你给咱表演表演。"

刘村长又笑了，很是高深地说："要看老哥哥我来一手吗？行！我今儿个就给你们这些娃娃见识见识。"

说完把他的西装掀开，居然从裤腰带处拿出一把弹弓来。

弹弓不大，当然，也没有小孩子玩的那般细小，手柄是用铁打造的，上面的皮筋黑乎乎的，有点厚度。刘村长左右看看，在地上摸出一个小石块来，再抬起头来，四处瞎看。

野物们可能是有了警觉，没了踪影。最后找了很久，居然只看到前面的树上有一条毛虫在爬。刘村长便指给我们看，距离大概有二十米的模样，咱都有点看不清。只见刘村长半眯着眼睛瞄了一会，嘴里喊了一句："着！"

石块呼地飞了出去，往毛虫冲杀了上去。让刘村长比较狼狈的是，石块在毛虫身边着陆，没打中。

刘村长自嘲地笑笑，说："老咯老咯！不比当年了。"

但还是把我们惊呆了，因为那石块居然弹进了树干，而且和小毛虫只相差两公分的距离。这要是拿来打人，估计一个眼睛就直接没了。

一下午瞎逛完了。到六点多，我们便往山下走。路上我寻思也要做点正经事了，便递了根烟给刘村长，问道："村长，你们屯出去打工的多不多？"

刘村长一扬脸，说："没人出去打工啊？咱这里的孩子们过得都多么舒服，要出去遭那么多罪干嘛啊？"

听他回答得这么肯定，反而是我有点慌了，不会是大老远跑过来，找错了地吧。我忙追问道："你再想想！也不是年纪小的小伙子、小姑娘，就是三四十岁的，有没有不在家，到外地去了的。"

刘司令吐了口烟，想了想，然后肯定地说："没有！我们屯里绝对没有人出去过。"

我便有点茫然，看刘村长那表情，也不像是要隐瞒啥！

古倩在一旁问道："那二十年前，你们这屯有没有来过知青啊？"

刘村长便乐了："咱当年那么进步的屯，怎么会没有过知青呢，而且还来了不少呢！我想想哦！ 1966 年来了四个，1968 年又来了三个,哦!还有两个女的,都和你这么俊。这几个都是待到1972年走的吧。然后1973年又来了五个,那五个来了没几天,就有三个说要去内蒙,自己带了行李没吱声就跑了,不知道是不是在路上就死了。还剩下两个小年轻,一直待到1976年才回去。"

我忙问道:"那最后这两个年轻的,你还记得他们叫什么吗?"

刘村长又吐口烟,陷入沉思状,说道:"后面那两个我还真没啥印象,他们一直住山上,只记得一个有点个头,还有一个很是瘦小。"

我和小军对视一眼,想着这和建雄、刘科倒是外形上吻合。建雄高大,刘科瘦小。

正说到这,天便开始变脸了,一下阴了下来,居然隐隐有了轰隆声。

刘村长脸色就变了,说:"惨了!咋今儿个遇到暴雨啊?"

八戒也望望天,说:"应该没这么快吧!我们赶紧点,应该还可以赶回屯里吧。"

刘村长挥手,说:"如果只是我们自己村里几个,还可以冒险赶一下,带着你们,我可担当不起,来!带你们找地方避避先,这雷一开始,那么高的树都能劈开,还是有危险的。"

说完刘村长一转身,带着我们急匆匆地往旁边小路上奔了过去。

天还真的一下就黑了,豆大的雨落了下来。所幸刘村长路熟,没走十分钟,居然就带着我们到了一个山洞,往里面钻了进去。

洞不小,里面很腥臊,见古倩掩着鼻子,刘村长就笑,说:

"没事的！丫头，是屯子里几个老爷们破坏的，没事都来这里躲雨。"

说到这，刘村长一扭头，对我说："你们刚才问的那两个知青，那时候就是在这么一个洞里住了几年，还多亏了老刘头他们家给照顾着。"说完又一愣："嘿！你看我这记性，咱村是有出去了的，就住这山里的老刘头那一个丫头，一个儿子。都出去十几年了，一直没回过！唉！也是苦命的一家人啊。"

我们四个一下就来了兴趣，忙给刘村长殷勤地上烟。小军还从洞里面堆着的柴火堆里搬下一点，点上火，围坐着要刘村长讲讲这苦命一家子的事。

45

1972年年底，当时还不是村长的刘村长，是村长家儿子。山高皇帝远的山沟沟里，这唯一的行政职务本也不存在选举产生，就是村长死了，儿子就顶上。那天，老刘村长去县里开会，开完会回来都是半夜了，领回来了五个年轻孩子，说是新安排过来插队的。直接带回了自己家，炕上一挤，就睡下了。

刘村长当时很是积极，和这些个小年轻们很处得来，带着上山上转悠啊，弹点野鸡啥的烤着吃啊，很快就和他们有了交情。可惜的是其中有三个，留了封信就偷偷走了，说是要到更需要他们的地方去发挥作用，往风口浪尖的草原去了。

就剩下俩，名字刘村长叽歪了半天，说得很是含糊，只说记得那瘦小的和自己是本家。

在刘村长家过了1973年初的那个年，两个知青就提出来，要搬到山上去住，要去革命最需要的地方，帮看山的老刘头看山。

老刘头家两个孩子，一个叫刘德壮（估计就是刘司令吧），女娃叫刘翠姑（这名字让我们觉得和有点风韵的莎姐有了一定的距离）。当时刘德壮二十出头，刘翠姑才十七八。而老刘头之所以带着俩孩子住山里面，原因是他媳妇一个人上山采药，就那么不见了人影，老刘头不肯死心，硬生生地在山里找了个山洞住下，还说："活要见人，死也要见尸，多久找不到，咱一家子就多久在山上耗着。"

老刘头一家和俩知青在山上一待就是三年。老刘头在1976年死的，据说是得了啥病吧！然后俩知青也是在老刘头死后半年走的。而老刘头的俩孩子，在知青走了后没过多久，也离开了五岭屯，从此没了音讯。

刘村长说完这些，又从小军手里接过一支烟，说道：

"听说呢！刘翠姑这女娃和那俩知青都挺好的。翠姑那时候长得也俊，天天在山里跑，还白白净净的。老刘头那时候也希望翠姑和俩知青里谁好上，要知道，这些知青总是要回去的，不可能一直在我们这耗着。到时候把翠姑带回到城里，也算给孩子她妈九泉之下有了个合眼的名目。后来也是挺复杂的吧！翠姑还是没有和知青好，要知道，最后那半年就他们四个住在山上，发生了啥咱也不知道！最后又都走了，就好像咱屯子里没有过这些人一样。"

古倩认真地听着，问道："那翠姑他们走的时候，你们村里人都不知道吗？"

"那倒也还是通知了，最后走的那晚，他们还在她姑姑家住了几宿，就是你们这两天要住的小来家啊！小来的奶奶是翠姑的亲姑姑。"

"那也没和小来她们家说些啥?"古倩打破沙锅地问着。

"啥都没说啊,反正俩兄妹都是苦大仇深的样子走的。我爹后来追过去问过他俩为啥要走!好像刘翠姑只说了一句:城里的人都是畜生!"

说完这句,刘村长便不好意思地笑笑,说:"这话是翠姑说的,那丫头脾气倔,玩笑话来着!"

那晚的雨一直就没停,雷也轰轰的。我们围着那火聊了很久,都是听刘村长说这山里的一些事,山神啊!黄大仙啊之类的。我们也听得很是带劲。让我再次又来了兴趣的是刘村长居然提到说:"老刘头那儿子就有点诡异,是属黄鼠狼的。"

我连忙打听为啥叫属黄鼠狼?刘村长便说:"来!我带你们见识见识德壮的绝活。"说完就往洞里面走去。

我们四个便跟着。只见进到里面,刘村长把那堆柴火移开,里面居然有一个一肩宽的小洞显现了出来。刘村长往里面一指,说:"你们猜这洞通到哪里?"

我们便露出好学的表情,迎合老头的讲解。刘村长又得意地笑,说:"这个洞和附近另外三个山洞是通的,刘德壮在山上那些年,别的本事没,就这到处挖洞是有一套,几年下来,居然把他们家住的山洞,俩知青住的山洞,还有这上山来的村民休息的山洞全部给挖通了。这些还只是我们知道的,我们不知道的还不晓得这孩子挖了多少。前些天村口的铁娃他们在山上看到个树洞,里面居然也有个应该是人挖出来的洞,弄不好也是德壮干的。"

听到这,我们四个都互相间使了个眼色。既然在这山上都能折腾出这么多洞来,那在一个区区的火龙城,刘德壮同志会不会闲不住，继续挖呢？

小军忙对刘村长问道："村长，这刘德壮和刘翠姑还有没有相片留下来，或者那俩知青有没有相片？"

刘村长挠挠后脑勺，说："我爹做村长做到1982年，都没机会照张相，还别说老刘头这俩可怜孩子了！至于那俩知青吧！我倒有点印象，好像我们家有一张他们五个知青一起过来拍的照片，赶明儿我回去翻出来给你看看。"

聊到快十点，刘村长指挥我们搬出洞里放的干稻草，在地上铺了两块。一块长的是咱四个男的睡，一块短的是给古倩睡。到躺下，古倩又红着脸说她一个人睡害怕，惹得刘村长哈哈笑。我也很是不好意思，当着刘村长和八戒、小军的面，拨了一些草到古倩身边，一起睡下。

临睡前，刘村长故意打趣道："你们这小两口，我看挺配的，要不刘叔叔我给你们张罗下，明天就在咱这五岭屯里办了得了！哈哈哈！"

多言：

因为刘村长的绝技，所以之后这些年我一直留意弹弓这玩意。也翻了一些书，当然，现在有了百度更加方便。而得出的结论是：我们把弹弓和小孩子的玩意去混同是错误的。弹弓居然从远古开始，就是人类狩猎的重要工具。

古代称呼为"弓"的狩猎工具，自然就是弓箭，这点无需置疑；而古代称呼为"射"的狩猎工具，很让人意外的是，答案居然就是弹弓。两者不同的是，弓威力比较大，主要用于战争，而射的威力较小，主要用于狩猎，并且主要是用于打些兔子、山鸡之类的小玩意儿。

而比较搞笑的是，神话中的二郎神，武器大家都知道是一把三尖两刃枪、一柄斩魔剑、一架金弓。实际上这位大神的那个叫银弹金弓的武器，居然就是一把弹弓。所以很多现代的小说和影视作品里，二郎神拿着三尖刀，背着宝剑和弓箭的造型，属于扯淡。实际情况是，二郎爷爷腰带上是和刘村长一般，挂着个弹弓罢了，造型便一下子平民化了很多。由此可以推断，他的哮天犬，也很有可能不是大家认为的一条黑色的毛色发亮的德牧之类的猛犬，那么，二郎爷爷的哮天犬到底是条如何平民化的狗呢？

据已离世的古史专家张政烺老先生考证，哮天犬的原型居然是佛教里的财神毗沙门天王的二子独健身边的神鼠。

于是乎，拿着弹弓，牵着一只大老鼠，在云里雾里上天入地的二郎神，形象越发诡异起来。

第十章

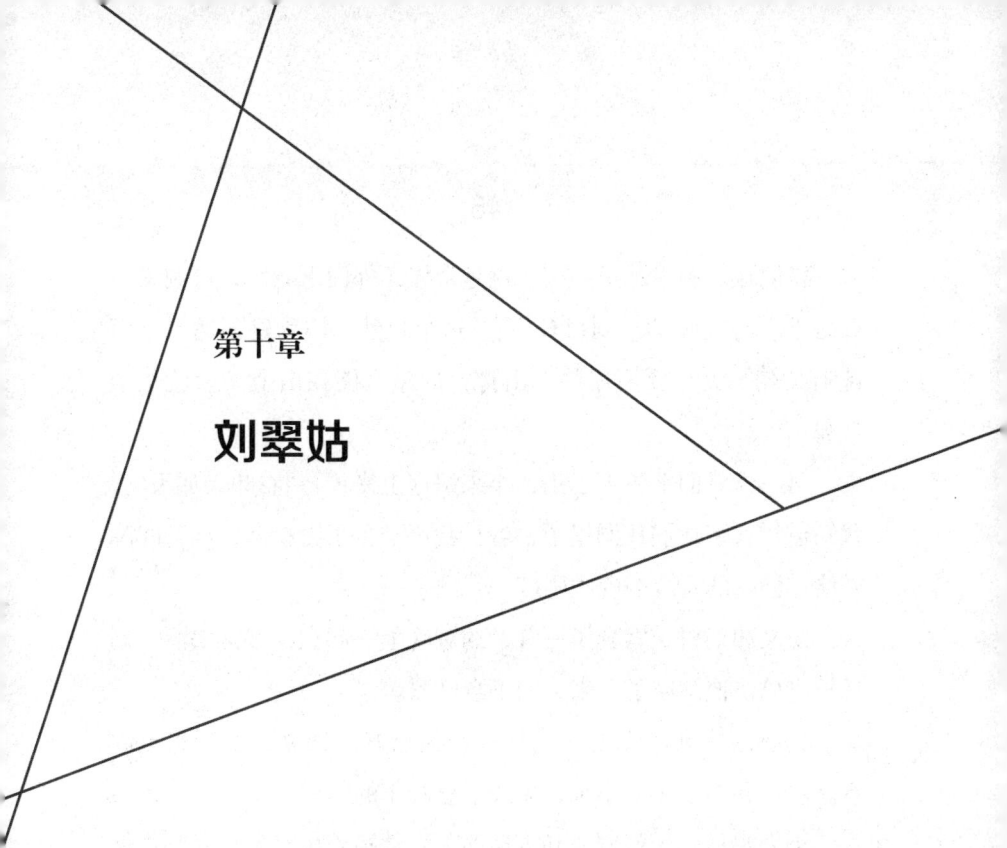

刘翠姑

我们在山洞里睡了一宿。也是奇怪,外面下着雨,可洞里一直是干干与暖暖的。刘村长说:"这个自然,因为这洞通风,而且咱又烧了火,要不那些上山打猎的怎么能在山上一待就是半月呢?"

46

我们在山洞里睡了一宿。也是奇怪,外面下着雨,可洞里一直是干干与暖暖的。刘村长说:"这个自然,因为这洞通风,而且咱又烧了火,要不那些上山打猎的怎么能在山上一待就是半月呢?"

第二天我们上午下了山,小来妈迎上来说:"看昨天那天气,就知道村长带你们住洞里了,看!我都准备了野猪肉,准备昨晚弄给你们吃的,改今晚吃呗。"

便又和刘村长客套了一气,约着晚上一起在小来家喝酒。刘村长也愉快地答应了下来,回了自己家。

我要八戒和小军上一趟镇上,买点好酒回来,也算尽点心意。八戒和小军叫上小来,去找屯里赶车的师傅去了。

小来妈见屋里就剩我和古倩两人,估摸着她也看出我和古倩关系比较亲密。找了个借口,跑邻居家唠嗑去了。

反而我和古倩很不好意思,在屋里互相对视着,觉得很是尴尬。然后搬了两条凳子,把院子门开着,坐院子里聊上了。

古倩路上也听我说了建雄他们四个之前的事,再加上刘村长昨晚又海阔天空地闲扯,脑子里也有了个所以然来。便问我:"邵波,你现在是不是怀疑杀刘科的就是刘司令啊?"

我点了点头,说:"有这个怀疑!"

古倩便问:"之前不是听你说,刘科死的那一会,刘司令他们几个保安一直在和你们厨房里的师父们喝酒吗?总不会他能变个身,又上趟楼吧。"

我说:"变身倒不会,不过刘司令那晚喝醉了,王胖子说刘司令跑去厕所吐了很久,我想这时间应该够他上个楼,把人事不省的刘科杀了吧。"

古倩点点头,双手枕在自己膝盖上,托着下巴,眼睛闪啊闪地看着我。

我顿了顿,一时有一种如大侦探的错觉,继续说道:"假设吧,刘司令正喝着酒,在外面值班的保安们肯定也站不住,没事就进来瞎聊几句,就说到了刘科还一个人在包房里醒酒。然后刘司令便带着几分酒气,去到厕所,从早已经挖开的洞里跑了上去,再从榻榻米里钻出来,把刘科杀了,然后又下楼,重新回到一楼饭桌上,整个过程不是很完美吗?"

古倩又点点头,眼神中居然放出一种敬佩的光来,想了想,再问道:"那建伟哥呢?你们不是说五楼一号房没有洞吗?那建伟哥又是怎么死的呢?"

我摇摇头,说:"所以现在还是没一点头绪啊!除非真出现这么一种可能,就是刘科和建伟不是一个凶手,而完全是两个不同的凶手干的。"我顿了顿,又吸了口烟,说:"甚至,我们现在对刘司令的怀疑与推断都是我们自己的臆想,并不是事实!所以说这案子并不简单,要找出刘科和建雄,包括刘司令、莎姐他们曾经有过的关联最重要。"

"就算有关联也扯不到建伟身上啊?"古倩仰着脸。

"怎么说呢?刑侦,讲究一个大胆的假设。古倩,你有没有想过,刘科和建伟两个人的死,都有一个受益人——建雄。当然,刘科充其量只算建雄半个情敌,但刘科唯一和咱火龙城扯得上边的,也就是因为他这半个情敌的身份。"

"你的意思是你在怀疑建雄哥?"

我笑了笑，说道："真相没有出来前，我谁都怀疑，甚至包括我自己身边的人。"

古倩若有所思地点点头，然后大煞风景地蹦出一句："那你有没有怀疑我啊？"

我哈哈笑，伸手在她头上摸了摸，说："你还别说，也可能哦。"

古倩也笑了，说道："邵波，我发现你思考的样子特帅！像个神棍一样。"

我没接她这玩笑话，又继续扯到案子上："古倩，你觉得，建伟哥的死，是有预谋的，还是偶发的？"

"我怎么知道呢？我又不是神探。"古倩把一个手放下，另一个手还是托着下巴，歪头看着我。

既然说开了这案子，我也忍不住想把很多一直以来的猜测，全盘找个人倒出来："古倩，我一直有个这样的假想，就是凶手一直以来所做的准备，目的都是在建伟。而杀刘科的动机，就是我这趟来五岭屯要找的。但是我觉得，杀刘科应该是偶发的，因为没人能预知那晚刘科会来火龙城，也不知道刘科会喝醉酒一个人留下。又回到之前那个假设——凶手压根就是两个人，那我们还是可以认为杀刘科的是做贼的那瘦猴，可是，一楼和二楼相通的烟道，又是为了谁而准备的呢？不可能是为了到二楼偷点东西再拿回到一楼。有机会半夜进到一楼厨房的，要光明正大地进二楼一号房也能很顺利啊。于是，就得出两个结论。"我顿了顿，"当然，这结论还是假设，第一个结论是凶手杀建伟，或者可能是想杀场子里其他的某一个人，这一点是一直有预谋的，并早就做好了前期工作，把烟道打通了，方便他在场子里来去自如。而第二个结论是刘科的死是偶发的,甚至还可以假设他是被做贼的杀的,那么,刘科的死便是建伟被杀的一剂催化剂,让这一直预谋的凶手忍不住了,所以才在刘科死了没几天,就对建伟哥动手了。"

古倩若有所思,说道:"邵波,你离开警队确实是可惜了!哦!你这些没和你们刑警队的人说过吗?"

"呵呵!有啥好说的!我现在只是个保安,不是警察了!再说,现在破案都讲究证据,可以大胆推理,但也要细心取证。"

古倩便说出了一句让我在之后很多年月里,处理经手的那么多案子都能够得心应手的道理:"正如你自己说的啊!你已经不是警察了,那你还要取证去证明凶手干嘛呢?你需要维护的只是真相,但不需要被条条框框套死了啊!"

这话让我好像开窍般。诚然,我已经不是警察了,我可以不用按照之前的很多被固化的程序来破案,而可以完全唯心地来分析案件,破解案件!

想到这,我远眺着前面的山峰,陷入了沉思。

47

八戒和小军下午才回来,两个人嘴边都泛着油光,证明俩孙子回到镇上,带着小来好好吃了一顿,提回的也不是啥好酒,但比起五岭屯百姓们囤积的散酒来,还是上了一个档次。

下午刚过四点,刘村长便领着他的大儿子刘家富屁颠屁颠地过来了,还是别着那个袜子,很是诡异的模样。刘家富长得和他爹像一个模子套出来的,谈吐举止也已经隐隐透着未来本屯首席长官的气质,差别是没有系袜子,西裤下面穿着一双硕大的旅游鞋。

几个人就在院子里开始聊天,无非还是听刘村长说自己这么多年来治理本村的那些伟大举措。小来妈端茶倒水,忙来忙去,让我觉得意外的是,古倩居然也一直在帮手,包括后来小来妈下厨房切菜烧饭,她居然也跟着在忙,帮烧火啊什么的。让我觉得如果真有某天,能和她有未来,不用担心她是个娇娇女,家务一概不会之类的。

聊到六点多吧,小来妈便叫我们进去吃饭,我和小军、八戒、刘村长父子上炕坐下。我招呼小来妈和小来也过来吃饭,刘村长说:"女人和小孩不用上桌的,他们夹点菜去外面吃就是了,别影响我们大老爷们聊正事。"说完看了看古倩,又说道:"小古姑娘,我没说你,你来老哥哥旁边坐,你是科学人,不和她们一样的。"

古倩笑笑,说:"没事!我和小来妈她们一起吃就是了!正好和小来妈还聊聊。"说完对我使了个眼色。我倒没琢磨出她这眼色是啥意思,就见她端着碗,找小来和小来妈去了。

八戒他们一共带回五瓶白酒,我们正好五个人,刘村长便做出指示,一人一瓶,不许帮忙。我和八戒有点傻眼,我俩都是半斤的量,小军问题倒不大。我俩忙推辞,说:"咱喝不完这么多,喝完一整瓶,可不得把我俩给送医院去。"

刘村长说:"小邵同志,你可别给老哥哥我装哦!就你俩这块头,我看起码都是一斤半的量。这样吧!咱不急,慢慢来,实在搞不完,我和我这龟儿子再帮你们喝掉点。"

结果喝到了晚上十点,把那五瓶弄完了,还要小来去刘村长家里,提了三瓶过来。我和八戒一人喝了有七两吧,就着野味吃着，也没喝得大醉，感觉很是过瘾。小军喝得比我俩多了半斤，红光满面的，很是兴奋。而让我们吃点咋舌的是，刘村长和他儿子，一人起码喝了有两斤半，居然没事人一样，说话都不带大舌头的。

八戒冲刘村长父子伸出大拇指来："村长！海量！海量！你们这东北汉子喝酒，真让我们开了眼界。"

刘村长得意地笑，说："我们这都只是一般，咱屯里喝酒最厉害的，就是给你们昨晚聊起的那老刘头的儿子刘德壮。那年村尾刘文化端了个狼窝，拿去镇上卖了个好价钱，钱还没拿热，就遇到个邻村的老头，用糠皮自己酿了几十斤土酒，在镇上卖。刘文化一咬牙，把那几十斤酒全部拉了回来，叫上我爹和我，还有老刘头爷俩，我们喝到半夜。五个人愣是喝了快二十斤，一人起码是四斤的量，你猜怎的？我们四个全趴下了，就老刘头那儿子，没事人一样，还把我们几个一个个抗回了家，最后背着他爹当晚还回了山上去住。"

听到这，我心里咯噔了一下：如果刘德壮真的就是刘司令，那他和王胖子喝酒喝醉，有没有可能呢？

山洞和烟道里的洞……

醉得吐了一身倒在凳子上的刘司令……

笔记本上画了五角星的峨眉刺……

会轻功的白胡子老头……

隐隐约约地，我感觉刘司令身上的疑点在一点点放大。

到刘村长他们回去，都快十点半了。小来妈给我们烧了热水，说："你们城里人讲究，都要洗个脚才睡觉，以前孙科学他们来的时候，都喜欢这样。"

我们欢欢喜喜地泡了个脚,一起在炕上躺下。男女的分界线是小来和小来妈。我和古倩被安排睡在这一串人的两头,临睡前,古倩冲我探探头,又扔了个很是异样的眼神过来。我依然没懂啥意思,合眼睡下,也是因为酒精的缘故,我枕着八戒的鼾声,迅速进入了梦乡。

迷迷糊糊中,耳边居然又听见古倩很小声地叫唤我的名字:"邵波!邵波!"

以为又是春梦来袭,翻了个身,然后这梦中的古倩居然摇我肩膀,我睁开眼,见古倩蹲在炕边,冲我挤眉弄眼。

我正要发问,古倩却对我做出个别出声的手势,然后神秘兮兮地指了指外面。

我会意,蹑手蹑脚地起来,跟着她往院子里走去。

48

月色皎洁,五岭屯的空气,吸到鼻孔里能明显感觉到氧气被身体狠狠地吸收着。多年后的现在,生活在深圳的我,依然怀恋那清新的感觉。

古倩往里面睡着的大伙看了看,然后一把抱住我腰,说:"邵波!你看你要怎么感谢我?"

我莫名其妙,说:"咋了?是要我表扬你给咱菜里放多了盐?"

古倩便笑,说:"要感谢我给你这案子又找到个突破口。"

我来了兴趣,问道:"有啥发现?"

古倩露出很了不起的表情,不吱声了,淡淡笑着看着我。我便也笑了,在她脸上啄了一口:"有啥快说,别学八戒一样卖关子。"

古倩表情很是神秘，指了指里面，说："我今天跟小来妈扯谈，听小来妈说，小来爸居然不是个男人！"

"啥意思？"我一听可愣了。

古倩继续说道："听小来妈说啊！小来爸小时候就被狼啃过，没了那玩意，能活下来都是命大。小来妈家兄弟又多，给小来爸家换女人成亲，把小来妈换到了没那玩意的小来爸。不过小来妈说了，多亏自己还算命好，小来他爸除了没那玩意，性子啊，脾气啊啥都好！嫁给他算女人一辈子都修不来的福气。"

我听到这，还真惊呆了："那小来咋来的呢？"

古倩更得意了，说道："我当时也是这么问的啊！小来妈便偷偷告诉我，说反正大丫头你们也只是在这随便呆几天，告诉你们也没啥！小来不是她们两口子生的，而是她一个表妹离开五岭屯时留下的。"

古倩顿了顿："我当时也没敢追问这表妹是谁？只是昨天刘村长不是说了吗？刘翠姑的姑姑就是小来她奶奶。那小来妈和刘翠姑不就是表姐妹吗？而离开了五岭屯的就只有刘翠姑和刘德壮两个，那是不是就说明小来就是刘翠姑的孩子呢？"

我听着古倩的推论，点了点头："那，那小来他爸会是谁呢？说老刘头死了后过了半年两个知青就走了，再然后就是老刘头俩孩子也走了。老刘头一家就和两个知青住山上，那会不会是……"

古倩接过我的话："会不会是刘翠姑和俩知青中的某一个生的小来呢？"

我们便都沉默下来，互相看着。

身后就有人说话了:"没错,小来是翠姑和一个知青生的。"

一扭头,居然是小来妈冷不丁站在我们身后,目光忧伤地说。

我和古倩愣住了,不知道小来妈是什么时候出来的,又是听到了我们说的哪一段开始的。小来妈叹了口气,转身在堂屋里提了三条凳子,拿到了院里来,说:"大兄弟,大妹子,你们都坐呗。"

我俩尴尬地坐下。小来妈也坐下,抬头望了望月亮,说道:"翠姑和德壮兄弟走了有十七年了,我其实一直也在想,这人啊!走了就走了,这么多年也总要有个信回来啊!是死是活,总要有个话回来。可他们倒好,那么一走,就好像这天地里没有过他俩一样。孩子他亲爹可以千错万错,可孩子自己没错啊,翠姑就不知道怎么能狠得下这心,真的就这样撒手不管呢?"

小来妈叹口气,继续说道:"其实昨天你们一过来,我就觉得你们和孙科学他们应该不是一起的,我居然还有种感觉,觉得是翠姑和德壮让你们回来看看孩子的,要知道,咱屯里外面来的人少,也很少有外面的人待见来我们这土沟沟里转的。你们就和大姐说句实话,你们是不是认识我那大妹子和兄弟,你们有啥为难的,大姐我也不会问你们啥,就只要你们告诉我,我那大妹子和大兄弟现在过得还好不好?在外面是不是受着苦了,还是遭了罪。"

我很尴尬,只得回答道:"他们现在过得都挺好的。"

"那就好,那就好!"小来妈边说边点着头,两行眼泪就掉了下来:"我那妹子命不好,性子又倔,从小就啥事都不和人说,在屯里也就和我这姐还能说上几句。你们知道我那大伯是怎么死的吗？"

古倩接话道："怎么死的？"

"唉！"小来妈又叹了口气，"大伯是被翠姑那事活活气死的。"

"翠姑的啥事？"我问道。

小来妈顿了顿，说道："那年是1976年吧，还没到过年。翠姑在山上老犯恶心，老是要吐。我大伯便要领她下来看大夫。翠姑死活不肯，后来架不住她爹，便下来了。就住我们家，我那时候也刚跟我家那死鬼成亲，成了亲，可还是三天两头在娘家呆着。听说翠姑和大伯下来了，便也回了家。那天大夫去邻村给人看病去了，我妈以前是帮人接生的，看着翠姑那样子，总觉得有啥不对。便找翠姑私底下说了很久，然后出来给我大伯说，翠姑是有了！

我大伯性子也急，当时就变了脸色，拿着鞋底就追着翠姑打。我那妹子也不吭声，就站一边滴眼泪，一边冲着她爹看着。我大伯抽了几下，便捂着胸口，往地上倒了。当时全家人都傻眼了，我爹和我哥他们赶紧掐人中，灌凉水。翠姑自己也慌了，跪在地上冲她爹哭，还说："爹，你别吓我！翠姑我是个坏丫头，翠姑我不听话。"

一边说，小来妈自己那眼泪也一边往地上滴了下来："一家人折腾了很久，可我大伯就那么眼睁睁地看着看着，没了气。我爹他们抬着他往镇上赶。到镇上时，医生说已经来晚了，还说死因就是因为我大伯心眼小，一口气给堵死的。"

"后来一家人给大伯安排了丧事，对外没人敢说翠姑怀了的这事。我二伯他们几个把翠姑和德壮兄弟狠狠骂了一顿，然后逼翠姑说是不是山上两个知青里哪一个犊子把她祸害的。我那妹子还是不吭声，都拿她没办法。过了几天，他俩兄妹就上山了。"

"我大伯死了不久,那两个知青就接了信,回了城。走的时候,德壮一个人帮他们拎行李送出去的。所以说我那大兄弟窝囊啊,都那样了,还没脸没皮的,跟着那两个知青屁股后面笑。翠姑一直没下山。我们都知道,是因为肚子应该显了。于是我和我妈跟着德壮兄弟上了趟山,才知道那几个月,她一直用布条把肚子给拴着,连那俩知青可能都不知道她怀了的事。我妈当时一看这架势,觉得也不是个事,就和翠姑说,要翠姑自个在山上把这娃生下来,然后摸个晚上送到我们家,正好我家那死鬼本来就不能生娃,对外面就说是邻村生了养不活送的。"

"又过了两个月,翠姑和德壮就真的瞅了个晚上下了山,抱来了小来。然后第二天两个人就说要去外面看看。当时一家人也没拦他们,想着就当让翠姑出去走走,散散心吧。唉!谁知道这一走,就是十七年了,小来多大,他们就走了多少年。"

说完这些,小来妈已经泣不成声。

我和古倩也沉默了起来。那若干年前的岁月里,那若干年的大山上,到底发生过什么呢?而这段故事里的人们,又是不是在我们的世界里鲜活着的莎姐和刘司令呢?而那两个不负责任的知青,又是不是就是建雄和刘科呢?

49

第二天一大早,刘村长又过来了,依然别着那只袜子,整齐的二八分的小分头,可以清晰地分辨出刚刚还打了点水,梳得很是仔细。八戒迎了上去,说:"老哥!你这分头是不是数清楚划过去的啊?"

刘村长笑着说:"你们不是说要看那几个知青的相片吗?我

媳妇还真找出来了。"

说完从贴身的衬衣口袋里，掏出一张泛黄的相片递了过来。小军忙接着，一下没管住嘴巴，说："嘿！还真是建雄哥和刘科在里面呢！"

刘村长便问："你们认识？"

八戒忙说道："小军说的是另外一码子事，刚才我们在聊我们研究所的事。"

刘村长点点头。我从小军手里接过相片，古倩也忙探头过来看。只见背景应该是在一个照相馆里，前排坐着三个瘦瘦的半大孩子，后排两个真是建雄和刘科。尽管相片里的人，都还满脸稚气，但可以肯定的是，那两个一人手里抓着一本语录的孩子，是刘科和建雄。

我和古倩对视了一下，无意中看到小来妈正望着我们，眼神中是很复杂的样子。

刘村长完成了送相片的任务，便整了整衣领，说："小邵同志，你们自己还在这研究研究。早上镇上有同志过来，通知我过去开会，我要赶过去，明天才回。"

顿了顿，刘村长再次官方地伸出手，说："反正有啥事，你们找我家那孩子带你们上山就是了！"

握完手，刘村长出门开会去了。出门那会，我才注意到，他手里还拿着个笔记本，西装口袋里还别着支笔。

我们四个便在院子里小声嘀咕起来，围绕着手里的那张相片。那时小来赶着猪出了门，就小来妈在屋里。见我们嘀咕着，小来妈便走了出来，说："你们几个进来坐会吧！大姐我有话对你们说。"

八戒和小军忙警觉地看着我，我冲他们说："没啥！小来妈已经知道我们过来是为了建雄他们的事。"

四个人跟着小来妈进了屋，坐下。小来妈进里屋翻了一会，然后拿着个塑料袋包着的东西出来，说："小邵同志，你们不说，我也不问你们，反正也猜得到，要不就是翠姑自己，要不就是小来他亲爹，要你们过来看看小来的。这东西你们拿着，回去拿给翠姑吧，就说小来现在啥都好，咱也把他当自己亲生的看待。如果她，或者小来他亲爹要把小来带走，我们就算舍不得，也只能由着你们带走，毕竟是翠姑她自己身上的肉，割不掉的。"

古倩忙插嘴道："那倒没有，只要小来现在好就行！"

小来妈见我们不是要来带走小来的，便舒了一口气，说："那就是翠姑和小来他亲爹要你们过来看看他的咯？"

我点点头，说："等小来还大点了再说，我们过来，也只是顺便来帮人家看看孩子还好不好的。"

小来妈追问道："是翠姑要你们来的？还是小来他亲爹要你们来的？"

我和古倩一起回答出了两个不同的答案。我说的是翠姑，古倩说的是他爹。

便都是一愣。八戒嘻嘻地笑，说道："其实我们就是他们两口子要我们过来的。"

"啊！"小来妈露出不解的表情："你们的意思是翠姑现在和小来他亲爹在一起。"

我只好点点头，说："是的，他们现在过得很好！只是又生了个儿子，城里不准生两个，所以不敢把小来接过去。"

小来妈忙点头，说："就是就是！咱这五岭屯生两个都要罚款，你们城里肯定弄得更加厉害，听说生了两个，还要被单位开除。翠姑他们肯定是怕被单位开除，所以不敢接小来。嗯！肯定是这样的。再说，小来在我这里，翠姑也自然是放心的。"

我们忙说："是的是的！"

对淳朴的人撒谎，尽管会让自己觉得内疚，但能让这么位善良的女人放下心里一块积压了十几年的石头，也算是做了一件好事吧。

在五岭屯我们还住了一晚，就回了沈阳。小来妈给我们的那塑料袋里，是一件那个年代的中山装，不过有修剪的痕迹，看那款式，应该是用来改成了包孩子的。我们四个看着，都一致认为，这应该就是当年翠姑包着孩子下山的衣服，而那上面缝的针线，应该就是那苦难的岁月里，那位倔强的母亲，心碎的痕迹。

曲折而又悲情的故事，并不是电视电影的杜撰。真实的世界里，到处都是让人心酸的片段。万千众生，在浮世里纠葛，又埋葬了多少让人一生难忘的苦涩呢？阳光下扬着脸笑着的脸庞，在不为人知的背后，又曾经有过什么样的过去呢？

还是那句话：这个世界，到处都住满了有故事的人！

50

我们在沈阳还住了一晚。跑县城里可以牛哄哄地找所谓最好的宾馆，但在沈阳，我们还是只敢乖乖找个一般的招待所。古情问我是不是钱不多？她说她身上还有点钱。我冲她挥手，说："再没钱，住招待所的钱咱还是不缺，只是觉得没必要浪费。"

招待所里没三人房，便开了两个双人房。八戒和小军也没打趣咱俩，但我还是像模像样地把自己的衣物放到他俩的房间里。

然后找了个羊排馆狠狠来了一顿肉,吃得感觉身上都有一股子羊骚味。抹完嘴出来,八戒就说:"明天的火车,今儿个下午咱去哪里转转呢?"

小军很是老江湖地说:"人家都一对了,还要跟我们一起转吗?"

古倩对他的话进行了更正:"咱可以统一行动,分头行事就是了啊!"

四个人便开始讨论,最后决定去沈阳故宫转转,毕竟有文化底蕴的东西,看起来也还赏心悦目。那年代,本山大叔还没有砸三个亿到棋盘山。沈阳的标志性旅游点,还是沈阳故宫和那几个埋老头老太太的陵。选择性少,自然容易决断。

我们坐车到了西华门,一起买了票。进去后八戒和小军就要分开行动,因为门口有好几个身材高挑,也挺漂亮的东北大姑娘在问:要不要导游?

八戒和小军油腔滑调地和两个长得挺不错的女孩子谈好了导游的价钱,兴高采烈地往故宫深处去了,约好五点半门口集合。我和古倩看着他们走远。古倩说:"邵波,你现在是不是很后悔让我跟着过来吧!要不然,这会你也和八戒小军一样,叫上个东北大妞腻歪去了?"

我笑笑,说:"没啥啊!反正漂亮的被他俩给叫走了,剩下的这些都比不上你,也算没亏啥的。"

古倩便得意,挽着我手,往里面走去。走了几步,古倩问我:"你觉得刘翠姑和她哥会不会真就是莎姐和你们那刘司令?"

我点点头,说:"应该是了!"

"那刘翠姑的孩子肯定就是建雄哥的了啊?"古倩仰着脸,

睫毛长长的，模样很是好看。

我吞了口口水，说："按理说应该是，不过如果是他俩的，为啥不接过去呢？以建雄的条件，不会说怕负担不起小来啊。"

古倩推断："可能是怕建雄他老婆知道吧！"

我说："建雄那老婆？建雄才懒得理睬呢。要不是建伟哥一直不准建雄离婚，建雄早就离了。以前建雄还跟我说过，说不是看在孩子分上，早八百年就离了。而实际上不离的主要原因，也还是建伟哥不同意。"

古倩皱着眉头："那岂不是说，建伟哥死了，建雄就敢离婚了，就可以没有顾忌地和莎姐在一起了。"

我听了这话，心里也一下抖了抖。这个利害关系我怎么就一直没想到呢？据说莎姐跟了建雄很多年，那莎姐是不是也一直想要这个名分呢？而这个名分前最大的障碍，不就是建伟哥吗？对莎姐的怀疑，越来越清晰起来。而结合刘司令一直体现出来的疑点，一个完全符合逻辑的作案动机，慢慢透明地摆在了我们面前。

古倩继续说道："不过有一个问题还是解释不出，为啥莎姐和建雄一直以来，不肯把小来接走。两个人的亲骨肉啊，怎么舍得呢？"

我站住了，表情严肃起来，古倩也停下，看着我。半响，我问古倩："你记不记得刘大姐说建雄和刘科走了后，她上山看到翠姑一直把肚子捆上，不给别人看到。而山上当时所谓的别人，就只有建雄和刘科，也就是说，小来的亲爹是不知道有小来的，甚至不知道当年翠姑是怀了孩子的。"

古倩神色也凝重起来："难道你的意思是，翠姑肚子里的孩子，不是那两个知青的？而是……天啊！邵波，你别吓我，那时候山上可是除了建雄和刘科以外，就只有翠姑她爸和她哥啊！"

脑海里一片混乱。我强行把思维整了整。以前是听说过，在很多偏远的山区，因为女丁少，有亲妹妹跟着亲哥哥过的传言。但毕竟都是新社会了，这种蹊跷的事应该不会真实地发生吧。

古倩愣了愣，然后那小脑袋瓜说出了这么一套推理："邵波，用你的话来说，是不是又可以出现两个可能。第一个是真如我们这么想的，翠姑的孩子是……是身边的人的。可是，还有第二个可能，就是翠姑怀了孩子，想瞒住的不是建雄和刘科两个人，而只是两人其中的一个。另一个自然就是孩子的亲爹了。"

我被她再次开解出来："是哦！我的古大小姐这推断确实有点道理。假设吧，孩子是翠姑和建雄的，可翠姑不敢让刘科知道，觉得难为情，便一直绑着肚子。而一二十年后，依然追着莎姐的刘科，在当年身边只有翠姑一个女性的环境里，肯定也是翠姑的追求者。甚至，二十年前，他和建雄就是情敌也说不清。"

"那孩子呢？都已经回城了，也过了这么久了，为啥不接孩子呢？"古倩反问道。

我顿了顿："古倩，现在有一点可以肯定，不管是翠姑和山上四个男人中的哪一个有了这孩子，我觉得，建雄和刘科可能都不知道有这个孩子。"

两人都一头雾水，游玩起来也少了很多滋味，都钻进了牛角尖，老是在想这个情况。最后我们研究出来的最可怕的结果是：孩子很可能是翠姑和她亲哥的。

只是对于这个结果，都不敢往现实中的莎姐和刘司令身上套。

感觉很是诡异，很是恶心一般。

那晚八戒和小军带着那俩东北大妞和我们一起吃的饭。饭后他们又闹哄哄地说去哪里逛夜市去了。我和古倩回了招待所。

晚上有很多可以记载，但也懒得记载。很多事，化为笔墨是龌龊，记在心里，便是神圣。没必要大肆宣扬罢了。其实，人也是个奇怪的动物，都喜欢尖着耳朵，到处去洞悉别人在某些深夜的故事，而自己所经历的故事，又总觉得和一干俗人不同，自己的就不是低俗的动物行为，而是高尚的精神结合。

第十一章

莎 姐

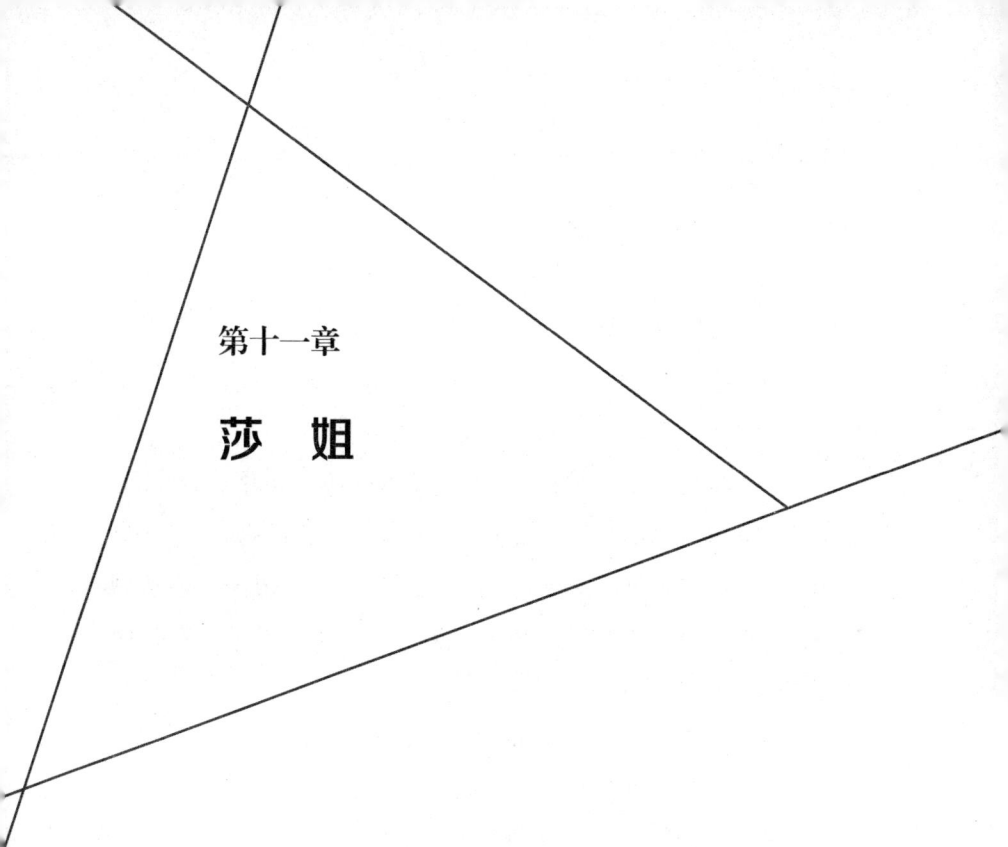

我们第二天睡到快十点起床,给八戒他们房间打电话,居然是个女人接的电话,说胖子在洗手间。我和古倩就讨论八戒和小军两人这一晚是什么情况。

51

我们第二天睡到快十点起床，给八戒他们房间打电话，居然是个女人接的电话，说胖子在洗手间。我和古倩就讨论八戒和小军两人这一晚是什么情况。过了一会，八戒回了电话过来，说小军又开了个房，和另一位东北大姐交流感情去了。

我和古倩乐了，说看着小军能这么玩个一夜情还很有可能，想不到八戒居然也把那位大姐弄到手了。到一起下去退了房，行李寄存后去吃午饭时，一路上，那俩东北大姐还和小军、八戒卿卿我我，很是腻歪的样子。饭局上居然还约了啥时候去咱X城玩之类的。

下午三点多的火车，俩东北大姐送我们到了火车站，和八戒、小军一副难舍难分的样子，尤其和八戒好上的那姑娘，还抓着八戒的手撒娇，说："人家舍不得你吗！"

八戒咧着大嘴说："我也舍不得你啊！可要知道，我们搞安全工作的，所做的工作都是以国家为重，我留了我的呼机号给你都是违反纪律的，回单位还可能被单位处分呢！那古话怎么说的来着，两情若是长久时，又岂在日日夜夜！"

大姐忙更正："是朝朝暮暮！"

我和古倩暗笑，火车站外上演了两出惊天动地的爱恋。上车后，古倩问八戒："死胖子，你给人家说是做安全工作的，不会是冒充自己是啥007吧！"

八戒乐了："不是我先说的，是小军说咱是做安全工作的，来沈阳执行任务。还给那俩姑娘说邵波是咱首长，说你是女特工，外号眼镜蛇！"

古倩也乐了:"那你们自己又是什么外号呢?"

小军说:"八戒给自己安的外号是浪里白条,大名刘德壮!给我安的外号是金手指,大名建雄!"

古倩笑得捂着肚子在下铺上抽筋。八戒正色起来,说:"咱这趟过来摸他们几个的关系,这摸来摸去,也没摸出啥啊!和我们来之前知道的事没啥区别,就是确定了他们四个以前认识罢了。那基本上没收获啊。"

我应了声,因为从五岭屯回沈阳的路上,我也把我和古倩在那晚和刘大姐聊的话,说给他们听了,于是我扭头问小军和八戒:"说说你们的看法呗!"

小军愣了愣,说:"昨晚我想了一整晚⋯⋯"

八戒打岔道:"你想了一整晚?"

大家又呵呵笑,小军自己也挺不好意思地笑笑,挥手道:"少打岔,反正昨晚我也想了想,觉得这刘翠姑和当时山上的建雄和刘科肯定是扯不清的,我的看法是可能十多年前,两个人就为翠姑的事闹得很不愉快。"

我正色道:"说说你的设想呗!"

小军顿了顿:"我觉得当时山上的俩知青可能都想和翠姑好,可翠姑又应该是和建雄好了,有了那孩子,刘科便会很不愉快。要知道,那年月的人比现在的人高尚,所以为了不伤害到刘科,翠姑和建雄就把有孩子的事瞒着,怕刘科受不了。"

八戒打断道:"那总不可能一瞒就瞒十几年,而且还要为了瞒住刘科,把孩子都不要了吧。"

小军便愣了,站那不说话,露出思考状。八戒便笑,说道:"所以说你昨晚肯定是太忙了,没啥时间考虑这些。我来说说我的看法吧。"

八戒看了我一眼,继续道:"刘大姐不是说了,老刘头一直想撮合翠姑和俩知青里的某一个好上啊?总不可能是想两个都做自己女婿吧,一起三年多,肯定有其中的一个是老刘头最想撮合的,我想应该是建雄吧!建雄那么高高大大的,自然招老人家喜欢。于是我觉得,翠姑怀上的很有可能不是老刘头想要撮合的那一位的孩子,而是另一个的孩子,所以才打死都不肯说出来。"

古倩插嘴道:"你的意思是孩子是刘科的?"

八戒点头。

四个人都沉默了下来,觉得八戒这看法可能性很大。半响,我抬头说道:"我们各种设想围绕出来的一个问题的重点,都是在翠姑——也就是莎姐身上。那最想让刘科死的岂不是莎姐?动机就是因为小来是她和刘科的,怕这事到哪天包不住,被刘科说给建雄听了?"

大伙都点点头。

我便把我和古倩讨论的结果说了出来——孩子会不会压根就不是俩知青的。

听完我们这假设,八戒和小军都吐吐舌头,说:"那这玩笑可开得太大了吧。"

在火车上那些时间就围绕着十几年前山上的故事一直讨论着,也没讨论出啥结果来。聊到最后,我们可以肯定的是:刘科被杀,肯定是和莎姐扯得上关系的,因为小来的缘故。可是当时山上发生的是什么,却始终还只能是猜测,不能定论。

第二天下午我们回到了 X 城。古倩和小军各自回了家,我和八戒坐车往火龙城去。没想到的是,就这么几天,火龙城里因为我的事，正热闹得不行！

52

刚到门口，值班的俩保安就远远地看见了我俩，很激动地迎上来，说："邵波哥！你总算回来了，赶紧去楼上找建雄哥，他发了话，看见你就要你第一时间上去，你这篓子可给捅大了。"

我便问："啥篓子啊？"

保安就说："那天差点和你打起来的那小四眼，前几天带了帮人过来，往一楼一站，指名道姓要建雄哥把你交出来。建雄哥当时不在，正好你那兄弟表哥在一楼，便和那帮人吵了几句，打了起来，现在人还在医院呢！"

我听着就愣了，呼呼地往楼上跑，问建雄哥在哪个房间里猫着，然后直接开门进去了。

里面就建雄一个人靠在床上看电视，见我进来，一屁股坐了起来，瞪着一双大眼睛看着我，说："邵波，你这几天是不是真带着古大小姐一起出去了？"

我点点头！建雄就来了脾气："怎么我跟你说的话你就不能听呢？什么女人不好找，你去追古大小姐干吗呢？"

我没吭声，建雄顿了顿："我先放着你和古大小姐的事，慢慢和你来扯，沈公子带人来砸场的事你知道了吧？"

我点点头。建雄很是气愤地说道："这小屁孩，真把咱 X 城当成他自己家了！你现在就去安排下，把这小畜生修理一顿，有啥事我来顶着，不行就拿表哥在医院里的事给他扯，他想弄得大点，我就给他弄大点。"

我还是没吭声。门响了，建雄喊道："进来！"

进来的居然是西瓜、龙虾、郑棒棒、八戒四个人。西瓜一进来就说道:"邵波哥!咱兄弟虽然都在火龙城扎根了,可也都是在社会上待过的,这口气咱真不能就这么算了!"

我心里估摸着建雄肯定在前两天表哥出事后,就和他们说了要等我回来再看怎么办。我还是不吭声,龙虾也说道:"邵波!那天晚上我们从医院出来,就想去找这小眼镜,表哥那样子你没看见,这群小屁孩真的下手太毒了。"

我问道:"这沈公子带来的都是些什么人?"

龙虾说:"来的就是那群所谓的太子党!父母有个把是做官的,没事骑个摩托车在街上装逼的那些个小鬼。"

"哦!"我应了声。

几个人就都看着我,包括建雄也都看着我。我隐隐地觉得有啥不对,为啥建雄因为这么个事也这么激动呢?按理说,有他和古市长的关系,不应该想要我们去动古市长相中的未来女婿沈公子啊?

沉默了好一会,我心里来了个主意。一抬头,我对龙虾说:"龙虾!你出去放个风,就说我邵波回来了,这两天就要约沈公子好好地来上一架。"

龙虾激动地应了。然后我扭头,对着建雄哥说:"哥!我现在就去安排下,这口气怎么样都不能丢!"

建雄快意地点了点头。

我领着龙虾他们几个出了门,回到我们房间。然后郑棒棒便问我:"要不要多叫点人一起过去。"

我说:"不用!我有安排,你们跟我等着看那小四眼怎么个结果就是了。"

说完我要八戒跟我进到里面，给他做了一些安排。然后要龙虾放个话出去："今晚十二点，市体育场，你沈公子不敢来的就是咱孙子，而且，重点是今儿个咱来个械斗！"

　　在1993年那个年代，打架是有约地方这么个打法的，那时候的人没现在的人这么精。那时候还有单挑，现在逮着你落单就是你活该。而那时候的约场子，都是死约会，是双方都确定下来，到那固定地方热热闹闹地来上一架的。不过话又说回来，约好了地方的群架到最后一般是打不起来的，这边的这个认识你那边的那个，这怎么打嘛？结局是如武侠小说里那般给来上一出："不打不相识！原来都是自家兄弟"的剧情，很是恶心罢了。

　　而我现在要龙虾放话出去约沈公子他们，以那孙子好面子的性子，自然是要到的，到了后，那一切便……

53

　　我给八戒的所谓安排，是因为八戒有个表弟，也是个喜欢在外面生事的家伙。早在上个月，这孙子犯浑也犯得找对了枪口，人家消防队的一群新兵在周末晚上出门宵夜，被他撞上了。他瞅着人家都说着普通话，就以为是一群来X城出差的外地人，借着点酒气，又当着刚认识的小姑娘，便冲消防兵们瞪眼，骂人家声音大了，是不是要讨打。

　　这表弟自然就讨到了打，多亏当时还有个小班长之类的军官在，见打得差不多了，便说："行了！收队了！"

　　一干小兵们便住了手。其实消防兵和武警在地方上还算很乖很有纪律的，可再有纪律也总是兵，怕过谁呢？总的原则是：人不犯我我不犯人！人若犯我，我就把你打疼。而八戒这位表弟也是自己找打，怨不了谁的。

谁知道这表弟挨了打还分不清形势，觉得自己表哥八戒——X城最大的KTV里看场的，自然能翻手云，覆手雨。便寻了过来，找到八戒，当时我也在场，听他说了自己这段悲愤的经历后，我和八戒一起骂他傻×，活该！

而这位死脑筋的表弟，却一直没死心，没事就跑到消防队门口，冲着里面的消防队员们瞪眼，估计是想用眼神杀死几个出气。

我要八戒过去找那表弟，说今晚就给他出气！本来想要他直接杀进消防队，怒吼一声：今晚十二点，市体育场！不敢来就不是男人。

可后来一考虑，觉得也不妥，免得真有啥事，牵涉到这位勇敢的表弟。于是就要八戒问表弟："对方的人里，你有没有打探出啥名字来啊！"

表弟说："那带队的班长叫小李子，我认死他了。"

于是八戒要表弟找了个小孩，送了封信进去给小李子班长，上面就写了：今晚十二点！市体育场！了断之前的恩怨！

表弟一看，觉得也挺好，很有江湖味。居然又摸出一支笔来，在后面还画了一个骷髅头，写了一个"杀"字！八戒自己看着，也为这表弟的下半生担忧起来。

信耗费了五块钱邮资！由某小朋友送给了消防队小李子班长，并指着远处的八戒表弟说了句："那人要送进来的。"

夜色暗了下来。我带着八戒、龙虾他们四个，去了趟医院。表哥腿骨折了，愁眉苦脸地正坐在那看机器猫。我找护士租了个轮椅，说带表哥下楼去散步，然后几个人推着他，在医院门口等到开了面包车过来的小军，一车开到了体育场附近的某个居民楼下。八戒和西瓜跑去买了些啤酒，我们背着表哥，直接上了那居民楼的天台。一路上表哥和龙虾他们都问："这是要演怎么一出啊？"

我故作神秘地说："等会你们看戏就是了！包让表哥和大伙出气！"

那晚也是个风和日丽的好天气！皓月当空，我们在楼顶看体育场里很是清楚。

开了啤酒，胡乱地喝，时间很快便到了十一点半。

只见十几个平头男到了体育场，都穿着便装，为首的还煞是认真地说了会话！然后都在体育场中间盘腿坐了下来。

十二点，很准时地，只见五六辆摩托车，开到了体育场边上，十几个留着小分头的小伙下了车，也往体育场里走了进去。两拨人就那般远远对视着，没有谁开个头阵。估计是因为沈公子的人没看到我，而小李子同志没看到八戒的表弟。

我身边的表哥便问了："邵波！这也没见好戏上演啊！"

八戒说："你急啥？马上就要开始了！"

正说到这，只见体育场外，八戒的表弟神不知鬼不觉地出现在沈公子他们背后。而沈公子的人因为是背对着，没有发现背后有人。只见表弟不急不慢地走到沈公子他们身边，突然大吼一声："打死他们啊！"然后对着小李子那群消防兵冲了上去。

消防兵都跳了起来，迎着表弟也冲了上去。沈公子他们一愣，估计也没搞清楚这带头冲的人是不是自己一伙，但见对方上了，也都硬着头皮冲了上前。

两帮人交汇的一刹那，表弟按我们计划的"啪"的一跤摔倒在地上,并灵活地打了几个漂亮的滚,顺利地滚出了人群,并再次灵活地爬起来,往体育场外面跑了。

沈公子的人和消防兵双方便干上了,沈公子他们还真都带了家伙,但无奈都是些纨绔子弟,很快就被消防兵们占了上风,打倒了一片。

也就打了有三四分钟吧。只见一辆吉普车从体育场外直接开了进去,"刷"地停在正打架的人身边,车门打开,四个戴着白色钢盔,袖子上系着红色袖章的大个子军人下了车。为首的一个大吼一声:"全部给我住手!"

平头的消防兵们一见到这四个大个子兵,都立马放下手中的活,一个立正站得笔直。沈公子的人在地上爬起来,见消防兵们居然住手了,便来了劲,有两三个居然在地上捡起武器,又要上前。

只见那四个身高应该有一米九的军人手里变戏法一样,变出一根胶皮棍,大踏步上前,冲着还要动手的人,照着脑袋便是一棍子。被打的立马抱着头倒在了地上。见这架势,其他人也都住了手,傻乎乎地看着。

我身边的小军说:"这玩笑开大了,连纠察都出动了。"

四个军人对着消防兵们吼了几句,消防兵们忙站好队形。四个军人中一个应该是为首的便抬起大皮鞋,对着一排消防兵一人一脚踹了上去。另外三个一扭头,指着旁边沈公子那群人,大声吼了几句。只见沈公子那群小伙,还真给镇住了,居然也很规矩地站成一排。就沈公子还不服气,指手画脚地不知道在对着纠察说些什么,估计又是在说:知不知道我爸是谁之类的。

谁知道一个纠察迎着他走上去,举起手里的胶皮棍就砸,一下就把沈公子敲倒在了地上，并抬起腿，冲着沈公子就是几脚。

小军在我身边说道："这沈公子是找死，纠察官大一级，还别说你姓沈的还不是个啥官，再说，公然殴打现役军人，这可以直接判刑的。"

很快，沈公子在地上就只剩打滚的份了。体育场外面又有车停下，是两台警车，七八个干警跳了下来，冲到体育场里。带队的是分局政委，应该是纠察他们通知的，要不不会分局领导直接过来抓打群架的。只见干警们如猛虎下山般，把沈公子一群人上了背铐，拎上了车。我心里就偷笑。之前我在分局的时候，我们年轻干警最痛恨的就是这群干部子弟，本事没有一点，每天在市里横行霸道。到有这么个机会落手里，还不赶紧公平公正地给来几下。果然，可以清晰地看到，那铐子都上得很紧，而且给沈公子和另外几个骂骂咧咧的上的是宝剑铐（宝剑铐就是双手反到背后，左手从腰背到后面，右手从右肩给反到后面，然后用铐子铐住），痛得那一干孙子哇哇乱叫，押上了车。

然后，政委和纠察里那个为首的说了一会话，便开着警车把沈公子他们带走了。而那几个纠察也上了车，探出头来不知道对着消防兵说了啥。汽车往回开去，车开得不快，而车后的十几个消防兵，保持着队形，喊着"一二一"的口号，跟着车跑了出去。

平台上，表哥笑得快岔了气，兄弟们纷纷大呼过瘾。
西瓜冲我竖起大拇指，说："邵波！还是你行！"

54

回到火龙城，我给建雄打了个电话，说那口气已经出了。建雄在电话那头很是严肃地嗯了一声,说晚点回来找我。

我进了建雄哥那段时间睡的那房间,打开电视看着。有一点让我觉得快乐的是:建雄并没有在我整沈公子的事上,弄个啥让我所多疑的勾当出来。便觉得自己也很是小人,自个不好意思起来。

过了有半个小时吧,建雄就回来了,跟莎姐一起进了门。一进门,建雄就要我说说怎么处理的这事。我也没瞒他啥,照实说了。建雄说:"这事弄得真漂亮!这气出得着实的痛快。"

然后建雄搬条凳子,在我面前坐下,正色道:"邵波,你知道你给我打电话的时候我跟谁在一起吗?"

我摇摇头。

建雄便继续道:"我和古市长在一起,谈的就是你的事。"

我"哦"了一声,没有说话。建雄叹了口气,说:"你是大力哥介绍我们认识的,我哥和我都很看好你。你不多事,不多话,做任何事都知道考虑大局,甚至我哥那时候也说你比我强,比我沉得住气。现在我哥走了,我也希望你以后能帮我做点事。嗯!这样说吧,你和古大小姐的事我也不说你,毕竟咱们是做兄弟,但古市长那边你也应该知道,还是反对你和古倩来往的。你自己把握吧!我不希望让古市长没事就扯我出去说你和古倩的事,其实你爸和古市长关系不错的,你也出来这么久了,看看是不是回去和你爸说说。"

我还是没吭声,点了点头。

建雄便拍我肩膀,说:"我也年轻过,和你一般大的时候也轰轰烈烈过,但爱情就是个王八蛋,不要太往里面去,女人!到你有钱了,啥女人都玩得到!啥爱情都自己送上门了。邵波,你自己看着办吧!"

我点头,说:"建雄哥,我自己会有分寸的。"

身边的莎姐脸阴了阴,我出了门。

才走到楼梯间,就听见建雄房间里"啪"地一声响,然后是建雄在大声地骂:"你疯了啊!"

莎姐的声音也传了出来:"你才疯了!爱情就是王八蛋吗?!"

然后扭头看见建雄气冲冲地从房间里出来,直接往楼下去了,估计是回家了。

房间门还开着,隐隐听见房间里莎姐的抽泣。

我不由自主地往那房间走去,走到门口愣了愣,觉得我之所以这般忍不住想进去安慰莎姐,原因不过是因为听说了远方那刘翠姑的故事。

便冷静下来,在门口站了站,然后进到我的房间,从包里把刘大姐给的那包裹拿了出来。

进到莎姐的房间,莎姐正坐在凳子上,手里点了支烟,在那抹着眼泪。见我进来,强行挤出个笑脸,说:"邵波,让你看笑话了!你建雄哥就是这样,说话从来不顾忌别人的感受。"

我"嗯"了一声,然后把手里的包递了过去,说:"莎姐!有人托我把这个给你。"

莎姐好奇地接了,打开包一看,脸色就变了。然后站起来走到门口,把门关了,再进来坐下,说:"邵波!你见到我姐了?"

我点点头。

莎姐说:"其实你说要去外地找线索,我就寻思着你会不会去我老家,因为我哥和我说了,你们是买的去沈阳的火车票。小来还好吗?"

我说:"还好!长得高高大大的。"

莎姐把烟掐灭,说:"小来还不知道吧?"

我点头,说:"刘大姐她们没和他说过,他自己也没觉得自己有啥不同。"

莎姐喃喃地说:"咱那地方的人本就淳朴,没外面这些人想得这么多。"莎姐顿了顿,又拿出根烟点上,说:"邵波!你想听故事吗?"

我也点了支烟,点了点头。

莎姐便对我说起了那十几年前大山里的故事。

55

当年在那大山里,老刘头相中想要做女婿的,其实并不是长得高大英俊的建雄,相反,老刘头想要撮合的,是瘦小并且很是猥琐的刘科。原因很简单,老刘头觉得像建雄这么高高大大的城里人,先不说放自己屯里,就算搁到城里也是很多女孩子青睐的对象。而老刘头想,自家闺女虽然长得也水灵,但总不会比城里的女孩强。万一翠姑真跟了他,然后一起去了城里,迟早也要被建雄欺负,落不到一个好结果。

相反,老刘头觉得刘科虽然样子差点,形象上和翠姑配着,翠姑还是强了很多,这样以后真在一起了,刘科也不会被城里其他的女人弄晕眼,毕竟刘科自己这形象,也没人愿意来弄晕他的眼。

当时老刘头一家三口住在一个大山洞里,建雄和刘科住在不远处的一个小洞里,而洞与洞之间还有刘司令年轻时候发泄剩余劳动力挖的地道。所以就算下雨,串门也可以串得很勤。再说山虽然那么大，可就这么五个人在，自然天天在一起。

刘科自然很喜欢翠姑，老刘头又有意撮合，没事就安排翠姑跟刘科去哪里挖点啥啊，摘点啥的。建雄那时候比现在要傻得多，属于没啥心肺的那号人，整天跟着同样没心肺的刘司令，在山上到处乱转，成就了一干兔子、黄鼠狼等小动物的两位终结者，甚至有一天，两个人拿着桶出去打水回来，还遇到一只倒霉的野猪，被这哥俩活活地用桶打死，拖了回来。

情窦初开的翠姑，又怎么会不喜欢这高大英俊，并且很是爽朗的建雄呢？比较起来，刘科这小个子，每天只知道对着自己一副讨好的笑脸，跟在屁股后面假惺惺地所谓关心。并且，让翠姑最反感的是：刘科还故意讨好老刘头，并时不时在老刘头耳边说建雄家里条件不好之类的坏话。

开始那一两年，也就这么胡乱地过了，建雄当时刚到五岭屯的时候，年纪也不大，也没往男欢女爱的问题上想。可日久生情，积年累月下来，两人经常对视一笑，时不时地，翠姑还会脸红红地在建雄面前低着头，更刺激了建雄的男性荷尔蒙。再说，当时正当青年的建雄，在那大山也没啥择偶的选择性，于是，建雄也傻乎乎地爱上了翠姑。

到1975年下半年，老刘头自己也察觉到了啥，便和闺女认真地把自己的顾虑说了一下，并要让翠姑和刘科把好事办了。翠姑不答应，老刘头又倔强，一来二去，老刘头举起鞋，要动手抽翠姑，被刘司令抱住了。老头气呼呼地说："这事就由不得你自己，行也行！不行这事也就这么定了，等开了春，这事就得办了。"

翠姑哭哭啼啼了一宿，第二天找个机会给建雄说了。那时候的建雄虽然和现在一样豪爽，但还并没有长成一个有担负的汉子,听翠姑说了这事,居然低着头沉默了很久,冲翠姑扔出一句:"那也没办法啊!"毕竟那年代的人没现在的人这么多想法,对命运中一些貌似注定的安排,少了很多反抗的意识。

翠姑傻眼了,只好找刘科发火,说:"不管怎么样?我都不可能嫁给你,除非我死了!"

刘科明显比建雄心眼多很多,听翠姑这么说,刘科便跑到老刘头那把这话传了。老刘头气得半死,三个男人都没把他拦住,硬是当着刘科、建雄的面,把翠姑打了一顿。

事就这么拖了下来。只能说建雄也太过憨厚,其实当时可以想的办法很多,甚至包括建雄和翠姑找老刘头认真谈一次话。因为建雄当时的脾性,居然认了这命,把这个事扔给了翠姑一个人苦苦地顶着,自己每天一声不吭地跟着那没啥心肺的刘司令,满山祸害大自然去了。

而悲剧发生的那晚,便是在1975年10月底的一天。

那天下了小兴安岭的第一场大雪,屯里有人上来把老刘头叫过去喝喜酒,老刘头欣欣然地去了。建雄和刘司令瞅着下了雪,雪地上兔子啥野物跑来跑去容易留脚印,便很兴奋地一起往大山深处去了。谁知道到晚上,雪下大了,两人便没有回来,在山里过夜。而住在山腰上的就只剩下刘科和翠姑。这种情况之前也有过,也都相安无事,毕竟虽然住在一起,但两个洞相隔也有几百米。

那晚翠姑一个人把火生得大大的,好烤掉洞里的湿气。很快洞里就热乎起来,翠姑脱了外衣,就穿个背心和短裤,在用泥和草做的床上睡下。火慢慢小了,但翻来覆去的翠姑总觉得洞外的黑暗中,有一双眼睛在望着自己。冷不丁地,翠姑一下坐起来,往洞外看去，只见黑暗中，一个黑影真的在洞口探头看着自己。

翠姑就有点慌了，大喊一声："谁啊！"

黑影便消失了，鸦雀无声。翠姑想着会不会是自己眼花，下着大雪，又大半夜的，能有谁上山呢？就算有人上山，也是自己屯里的叔伯，自然是大大咧咧地进来了，怎么会在洞外探头探脑呢？

然后睡下，没想那么多了。

迷迷糊糊中，一个喘着粗气的身体压到了自己身上。翠姑拼命挣扎，并第一时间在黑暗中感觉到了压在身上的，是一向唯唯诺诺的刘科，便大声骂道："刘建国，你疯了啊？你赶紧走开！"

刘科喘着粗气，不依不饶地把自己的一双大手往翠姑的衣服里面伸，并狠狠抓住了翠姑的乳房，嘴里嘀咕道："翠姑，我是真的喜欢你，咱俩迟早要这样的……"

翠姑依然死命地挣扎与反抗，但一个刚十九岁的姑娘，怎么拧得过一个二十出头的男人呢。翠姑撕心裂肺的惨叫声，在山谷里回荡。从来没有人触碰过的水嫩的身体，在刘科的野蛮下，被撕扯得从此不完整了。

事后，刘科跪在翠姑面前，狠狠地扇自己脸，说："我不是人，我实在控制不住自己对你的感情，才做了这事！翠姑，我决不会辜负你。"

翠姑默默地流着泪，穿好衣服，走到洞口，指着外面白茫茫的世界，对着刘科吼道："你给我滚！"

三个月后，便发生了刘大姐说的老刘头那事，老刘头死的时候，都不知道发生在自己女儿身上的，是怎样一个悲剧故事。翠姑也从来没和任何人说过那晚发生的事情，就算到老刘头死了，埋了，翠姑也不许刘司令对建雄和刘科说自己有身孕的事。

只是建雄后来一直纳闷，为啥唯一阻止自己和翠姑的老刘头走了，翠姑反而不怎么搭理自己了。而刘科，在那以后也躲避着翠姑的目光，每天长吁短叹的，不敢再有啥动作。

1976年夏天，刘科和建雄接到了家人要他们回去的信，欣喜若狂。欣喜到完全忘乎所以，快速地收拾好东西，急迫到似乎一天都不想留在山上，不想留在五岭屯。甚至两人像忘记了翠姑的存在，忘记了自己与翠姑之间发生过的每一件事。翠姑冷冷地看着两个男人抱着头在那哭哭笑笑，冷冷地看着这两个让自己的世界支离破碎，却又要完全把自己遗忘在这角落里的男人。翠姑没有流下一滴眼泪，也没有说一句话。

刘科和建雄走的前一晚，翠姑一直站在几个人一起嬉笑的地方，就那么傻傻地站着，她还抱着最后一丝丝的希望，希望这两个男人中的某一位，会出来和自己见一面，哪怕是明天他依然会毫不犹豫地离开自己的世界，最起码在离开这世界之前，对自己还有这么一个最后的安慰话语，也能让自己觉得一点点的欣慰。

一直等到天亮，并没有人出来找自己，无论是和自己两情相悦过的建雄，又或者是让自己成为了一个女人的刘科。

到清晨，翠姑默默地回到自己住的洞，仰面躺下。眼泪，就顺着双鬓那么不争气地流下，沾湿了头发。翠姑终于明白了，自己始终不是建雄和刘科世界里的人，不过是他们精彩的人生中一个短暂的过客。翠姑便恨，恨自己为什么出生在这大山里？为什么注定要和屯里的所有女人一样，过那么乏味的一生。

刘科和建雄走的时候，翠姑没有去送。

哥回来时，拿回了一件很新的中山装，递给翠姑，说：这是建雄要我给你的，说是等你以后结婚的时候，你男人能穿着排场一下。"

小来生下来后留给了表姐，翠姑始终不甘心，决定要离开五岭屯，去外面的世界看看。刘司令跟着建雄屁股后面满山转的那些年月里，听建雄说了很多山外的事，也满是向往。

1976年下半年，翠姑离开了五岭屯，变成了刘莎；刘德壮离开了五岭屯，变成了我所认识的刘司令。

那埋葬了故事的大山里，某一棵树下，始终咸咸的，因为某个女人在那，整晚地、傻傻地站着滴眼泪……那晚，那般傻傻等待着最后一句简单告别的翠姑，消失在这个世界。

多言：

纠察的臂章上，直接印着中国人民解放军××警备司令部的字样，由此大家也可以知道，纠察的权力能到一个什么地步。

怎么理解呢？其实纠察就是宪兵。但宪兵是资本主义国家的称谓，咱这边就叫纠察员，很低调的名字。纠察的职责主要是以下两个方面：

一是军队在区域内的管理，如军车检查、纪律监督。

第二个职责便是查军纪军容。军人衣冠不整，纠察给你两大耳光，是部队赋予的权力。之后在深圳的一家迪厅里，我遇到过一次纠察进迪厅检查。逮着小平头的便提到门外，要检查身份证。如果被发现确实是部队里的，或武警、消防兵便衣出来玩的，直接就是胶皮棍打倒在地上，很是气派。那晚我和小军、八戒也是一人一个平头，且块头都不小，我和小军都被查了身份证的。八戒没查……原因都懂吧，不解释。

当然，纠察另外还有些比较机动的工作，如特殊时期协助维护地方社会治安、临时警备勤务。而咱老百姓见到得最多的，就是在高速路上查军牌车。可别以为那是交警啊！那些大高个，便是纠察。咱共和国的宪兵！

第十二章

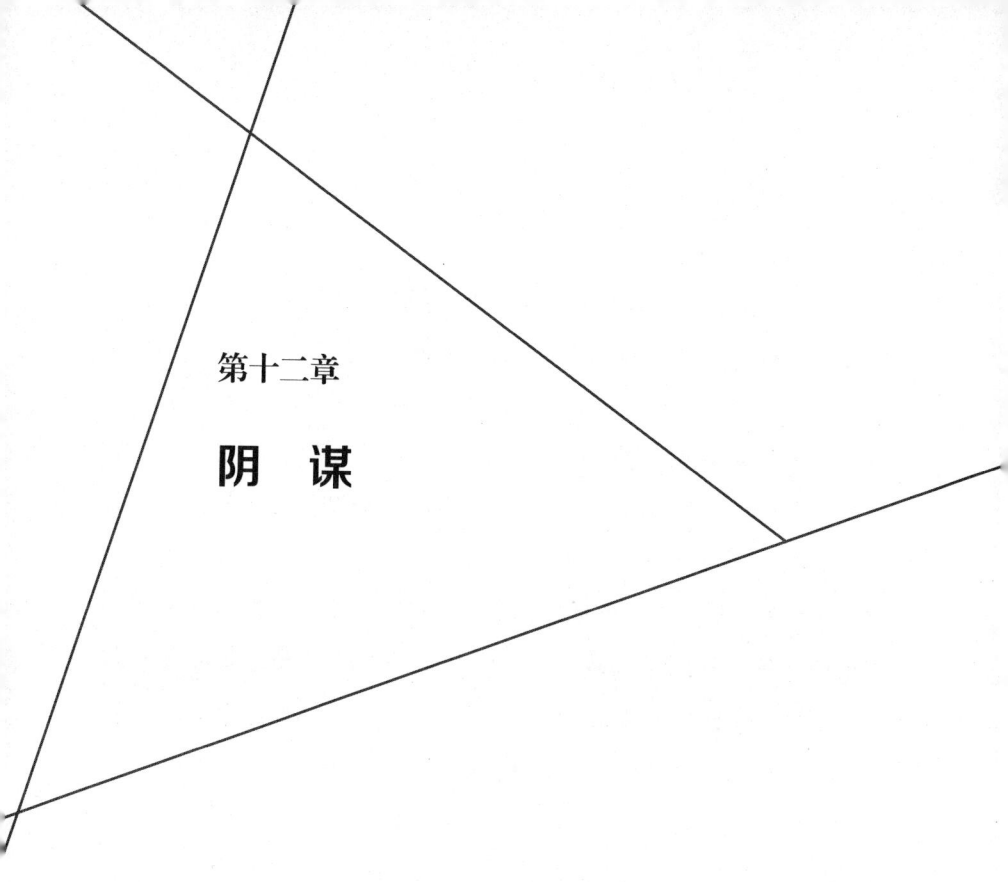

阴　谋

听莎姐说完这十几年前的故事,我陷入了沉默。毕竟人心都不是铁打的,就算我现在把凶案怀疑的重点放在了他们兄妹身上,但面前这女人、这悲情的故事,却应该不是捏造。

56

听莎姐说完这十几年前的故事,我陷入了沉默。毕竟人心都不是铁打的,就算我现在把凶案怀疑的重点放在了他们兄妹身上,但面前这女人、这悲情的故事,却应该不是捏造。

莎姐说完也沉默了很久,抹了眼角的湿润,然后说道:"邵波,十几年了,这事埋在我心里,我也从来没有和别人说过。离开五岭屯后,我和我哥便来了你们山东,一直在X城打零工,我们没有建雄和刘科的地址,那年代也没电话,一直到1985年,很偶然地才找到了建雄,可他已经是别人的丈夫,别人的父亲了。然后,我和建雄就像现在一样,一起就是八年过去了。"

我点点头,然后抬起头来,问道:"那刘科没有问过你孩子的事吗?"

莎姐回答道:"他并不知道我有小来。"

我"嗯"了一声。

莎姐又继续说道:"你现在已经知道这个故事了,你有啥怀疑,有啥想法,你继续去想去怀疑就是了,总之,刘科的死,和咱没关系。我也不希望你把我给你说的这些,你又去说给建雄听,那么多年前的事情了,没必要提了。"

我点头,然后说:"那我先出去了!"

我走到门口,咬咬牙,终于一扭头,问出一句:"莎姐,刘司令怎么看这事的呢?"

莎姐脸色变了,顿了顿,然后说道:"我哥……他那种没啥心肺的人,什么事他又会有啥看法呢?"

我说:"那也是!"开门出去了。

回到房间里，兄弟们还在为沈公子的事兴奋着，我进去里间，在床上躺下。当晚小军不在火龙城，八戒因为有点累，已经睡了。我脑海里有很多疑问，也有很多思绪，自个在那捋了起来。想了想后，我翻过身，冲着旁边床上和西瓜睡在一起的八戒踹了一脚，八戒迷迷糊糊地睁开眼，我直接递根烟到他嘴上，说："下去走走！"

八戒表情有点懊恼般，但还是一个翻身，套上衣裤，便跟我往楼下走去。

午夜两点的街道上冷冷清清，我们并排走着。我把莎姐给我说的那十七年前的故事说给了八戒听，八戒听得也心里觉得挺酸楚一般，说："邵波，要不咱就不去查莎姐和刘司令了吧，也是俩苦命的人。"

我没回答，反而继续分析起案子来："照这么看，刘司令是完全有动机杀刘科的，因为小来的事，刘司令是知道的。刘科的死目前最大的嫌疑就是刘司令了，动机清晰，杀刘科的时间上吻合——借喝醉去洗手间爬到二楼，行凶后再回到一楼饭桌。并且杀人的凶器，峨眉刺！假如我没分析错的话，刘司令是有这么个玩意儿的。"

八戒问我咋知道刘司令有这东西。我把刘司令笔记本的事给他说了，八戒作出思考状，半晌，八戒说："要不咱现在去刘司令宿舍看看，刘司令这一会在一楼值班。"

我摇头，说："宿舍里人都睡了，现在去叫门也不好吧！再说，又没刘司令房间的钥匙。"

八戒笑起来，说："你现在和侠盗八戒在一起，这都叫啥问题吗？"

我也乐了，还真忘记了八戒的本事。两人嘻哈了几句，往宿舍走了过去。

宿舍是一个四层高的私房，有个小院子。八戒从屁股后面摸出一根铁丝，三两下就把铁门开了。两人进去，轻轻关了门。宿舍里挺安静的，估计这几十个员工都睡了。交接班是半夜十二点，到现在两点多，自然已经静了下来。

我们走到二楼，二楼客厅里黑乎乎的，八戒又拿出铁丝，对着刘司令的门折腾了几下，门便开了。我们关了门，很胆大地开了灯。

房间里很乱，伊能静的海报依然笑眯眯地看着咱。我指着笔记本给八戒看，八戒翻了翻，又摆回原处，然后和我把衣柜打开。

衣柜里乱七八糟，也就那么几套衣服，依稀可以分辨出有很多是建雄以前穿过的，也难怪刘司令经常穿着不合身的T恤到处转。

八戒伸手在床下面摸，我去查看那个破烂的床头柜。突然听见八戒"咦"了声，然后要我帮个手，把床抬了起来。只见八戒从里面摸出个黑塑料袋，打开，里面是一把流星锤。

这可真让我和八戒开了眼界，原来这世界上还真有"流星锤"这号武器。只见一根两尺长的不锈钢铁链，一头是一个黑色的手柄，另一头是一个黑色的铁球，上面狰狞的全是铁刺。只是这铁球的大小，和咱之前认为的大小有很大区别。怎么说呢？咱臆想的这铁球起码要有一个人头大小吧，而拿在我们手上的这流星锤的铁球也就一个小孩的拳头大小。

我和八戒便嘻嘻地笑，骂了句："奸商黑了咱刘司令。"

八戒又说道："这怎么办，峨眉刺找不到，就找出个流星锤，证明不了什么啊？就算再翻出一把青龙偃月刀，也证明不了刘司令有作案工具啊。"

我去翻那本笔记本，然后把"峨眉刺"三个字后面画的五角星，和"流星锤"三个字后面画的一模一样的五角星，指给八戒看。八戒愣了愣，半响才回过神来："哦！这五角星的意思就是已经买回来了哦。"

我点点头。

八戒说："那现在怎么办？把这流星锤放回去，就这样算了？"

我想了想，本来认为，应该把东西都放回去摆好，就好像我们没来过一样。

但古倩那天给我说的那句"你已经不是警察了"在脑海里一个回荡……

"八戒，流星锤我们带走，笔记本翻到峨眉刺那一页，床也就这样。"我对八戒说道。

八戒愣了愣，然后嘿嘿一笑，说："好嘞！引蛇出洞呗。"

57

睡了一整晚，一直到第二天中午才起来，强烈预感今天似乎会发生什么一般。小军给我打了个电话过来，说他在单位办停薪留职。见他意见坚决，我便没说什么。其实他对我说的，想要去深圳闯闯，对我的心灵起到的波纹不小，但习惯性的后知后觉，让我也没有表达什么。所以之后的年月，对于如果没有火龙城这案子，我会不会来到深圳，也一直没琢磨出个所以然。但最起码，我并没后悔过这决定。

而那个下午所猜测的要发生的事情，就是因为我和八戒带回来的那根流星锤,将起到的蝴蝶效应。事实证明,刘司令并没有那般沉不住气,也没有因此发生个啥。反倒是下午四点多钟,我接到了家里给我打的一个传呼。

我犹豫了一下,还是回了电话过去,接电话的是我妈。妈听见我的声音,明显很激动,说话都有点颤抖:"邵波!今晚回来吃饭!"

我没吭声,妈在电话那头又补了一句:"你爸要我给你打的传呼。"

我说:"一会就回来。"

上楼换了套衣服,把头发梳理得整齐了点,对着镜子又照了照,觉得不满意,便跑楼下一个发廊里理了个发,然后交代棒棒和八戒他们晚上机灵点,独个就往市委院里去了。

我爸进到分局前是在市政府工作的,所以我们住在市委大院。和古倩家不同的是,我们住的是老院子,而古市长家是住在后来新盖的楼里。

我自个掏出钥匙开的门,甚至有种错觉,好像我还是在分局上班,而今天和往日一样,正常下班,然后正常回家。

进门只看见我爸坐在客厅,拿着个本子,在对着电视机做笔记。老头的老习惯了,看新闻要做点登记,好像国家的风吹草动,终有一天要过来找他回去问问意见。

爸见到我,没有说话,继续对着电视。我便冲厨房喊道:"妈!我回来了!"

妈喜滋滋地出来,说:"别急别急,在做你喜欢吃的肘子,你先和你爸聊聊。"

我应了一声,往爸旁边的沙发上坐下。犹豫了片刻,然后我怯生生地叫了一声："爸！"

爸点点头，指着茶几上的一包没开的中华，说："抽烟自己拿。"说完又低头做起了笔记。

等到新闻结束，爸把笔记本合上，摘下老花眼镜，对着我认真端详起来。半晌，爸吭声了："从警队出来半年了，白净了很多啊！以后要长成个小白脸了，出门别丢我们老邵家的脸！"

我愣了愣，没敢吭声。我爸这脾性我也知道，顶他一句，他就可以爆炸。

见我没反驳，爸脸色稍微好了点，说："知道前几天谁来找我了吗？"

我低声说："不知道！"

爸便又有点激动起来："古市长来了，说了你和他家丫头的事。你自己说说，是怎么一回事？"

我抬头，迎上爸的眼光："爸，我和古倩就是好上了，我也喜欢她，她也喜欢我。"

爸打断我："你觉得你配得上人家吗？"

我火气也上来了："我又哪里配不上人家？"

爸把桌子一拍，吼道："你自己觉得你现在是个啥？被单位开除的货，人家古市长过来还和和气气地说自家闺女有对象了，人家不好直说的是，你小子压根就不配做他家闺女的对象。"

听到我们争吵了起来，妈忙从厨房跑了出来，说："老邵，你又怎么了？说好今天和孩子好好说说啊？你怎么又来了？"

爸吼道："你看邵波这态度，我能不生气吗？"

妈声音也大了："他态度怎么了？他态度怎么了？本来就是，咱邵波哪里配不上他们家古倩了，邵波那事能怪他自己吗？还不是你自个以前的那些事给闹的。"

爸仿佛被点中了死穴，从茶几上拿起支烟，点上狠狠抽了几口。我也没吭声了，在那坐着。沉默了一会，很意外地，爸突然很和气地对我说道："邵波，你给爸说一句实话，你和古倩好上，是不是有啥目的？爸没别的意思，就想问问。"

我不假思索地回答："爸，我没一点点目的。"

"那是你主动的？还是人家主动的？"

我顿了顿，事实是古倩比较主动，但人家是女孩子，我不可能把她剖开来，展示给人看。于是我回答道："是……是两个人都有这意思。"

爸"嗯"了一声，又继续抽烟，然后抬起头来对我说："你古伯伯过来说了些啥，你也应该猜得到，但爸的一个原则是，只要我的儿子不是带着目的性地去高攀人家，只要我的儿子是坦荡的，就该怎么着就怎么着！你和古倩这事，我今天就表态在这里。我并不是支持，但也不反对。邵波，爸生了你这么个儿子，一直是骄傲的，就算你现在搞成这个样子，爸生过气，但只要你还是顶天立地就行了。你们小年轻的事，该怎么样就怎么样去！以前你那对象小杨，见你被开除了，立马和你分了，那种人家，咱还多亏没有高攀。爸的意思你懂了吧。"

我重重地点头。

然后爸居然对我一笑，说："行了！爸该说的也都说了，你现在说说古倩这丫头怎么样？你妈唠叨了几天，想要打听。"

见爸居然对我笑了，我心里一阵窃喜。说实话，离开家的这大半年，我自己也知道总归到最后还是会要回来的，但到现在，坐在沙发上和爸又这么聊着天，让我才真实地激动起来。

我便也嘿嘿笑笑，说："爸！八字还没有一撇，现在说还早了点。"

妈便过来叫我们爷俩过去吃饭。饭桌上，妈很高兴，其实我也看得出，爸也是兴奋的。俩老问了古倩的一些事，我借口还有很多不确定，给搪塞过去了。爸又问起火龙城里那案子，我先简单说了个大概。老刑警来了兴趣，要我说仔细。我倒豆子一般把从刘科被杀那晚的事，一直说到建伟的死，说到去五岭屯，甚至说到了前一晚拿那流星锤的事。

爸仔细地听了，中途还就几个细节询问了一些。然后露出思考状，放下饭碗，坐沙发上抽烟去了。我帮妈收拾了一下碗，也坐了过去。爸站起来，从柜子里拿出一条中华递给我，说："以前的老下属送来的，你拿去抽。"

我接了烟。然后爸说："邵波，你能继续尽一个作为警察的义务，这点让我很开心。当然，像你昨晚撬门去人家家里偷东西，这种事我还是有点不接受，但你刚才那话我也认可。爸几十年刑警干下来，遇到这种被规矩给左右的情况也多，你以后自己有个分寸就行了。就这个案子，爸提几点意见吧。"

我点点头，望着爸那睿智的眼睛，听他说道："我就说说你的几个误区吧！首先，你言语中一直把嫌疑往刘司令的身上放，这点我觉得你不够严谨。作为一个刑侦人员，不能武断地看待问题，而是应该客观、务实。就像你处理那个什么表哥的问题，我觉得你做得很对。这是其一。其二，你为什么在发现了莎姐有作案动机后，没有考虑到莎姐的嫌疑呢？一个山里长大的女人，体力并不会不够偷袭两个醉酒的男人的。当然，刘司令的嫌疑大一点，但你也应该把思维大胆放开，大胆地多几个设想。"

我点点头。爸继续道:"其三吧,如果刘司令要杀刘科,或者是莎姐要杀刘科,一定要在这么多年以后才动手是什么原因呢?早几年都干吗去了?而且,为什么非要选在火龙城里呢?这点你想过没有?"

我继续点头。爸掐灭烟,又拿出一根点上:"而我觉得最为关键的一点是……我说到第几点了?"

我忙回答:"第三了。"

爸说:"嗯!那第四点就是。"爸正色下来:"如果真是按你的这藤摸下来,凶手的目的就是要让莎姐和建雄的生活越来越好,那接下来,这目的如果没达到的话,他应该还不会罢手,尤其是已经察觉你在怀疑他们了,那接下来有危险的人你觉得是谁呢?"

我背上一麻:"你的意思是,凶手接下来的目标会是我?"

爸沉重地点点头,说道:"邵波!你要小心点了。"

我"嗯"了一声。

妈好像听到了啥,出来说:"老邵,你们在说啥呢?邵波怎么了?"

我和爸异口同声地回答:"没啥!"

也是那晚,从我爸那听说了钟大队和何队的噩耗。同时,爸还和我说了个事,是因为我爸一直也偷偷地打听我们火龙城那案子,所以在分局听回来一个很是奇怪的事:建伟的遗物里,裤兜里有一只气球。

58

那晚我没在家过夜,我说场子里走不开,怕有啥事。爸点头，说："就算现在是这么个不靠谱的工作，但只要是工作，就还是要尽心尽力去做，不忙的时候多回来就是了。"

然后俩老借口吃完饭，也要出门走走，其实我懂：就是为送我而找的借口。一家三口走到市委大门口。我打了个车，车开远了，我忍不住回头，看这俩老还站在那望着我坐的车。也是那瞬间，我觉得爸确实老了，远远看着，当年那火爆的汉子，已经不见了，一个普通的老头，在我背后消失在视线中。

回到火龙城才九点多，依然是莺歌燕舞，客人与小姐、服务员各自忙活着。我瞅见刘司令又站在门口，便故意走上前去，说："司令！这几天没看见你，又帅了很多啊。"

刘司令看到我，立马又是那副讨好的笑露出来，说："唉！老弟啊！这些天你不在场子里，我还不多多管着怎么办呢？都出了两个这么大的事了，不提高警觉怎么办？"

我从胳肢窝里夹着的那条中华里抽出两包递给他，说："尝尝！"

刘司令欣喜地接了，说："嗨！还是你老弟记得老哥哥我！这么好的烟，我可要省着点抽。"说完便拉着我衣角往边上走。我跟他走到旁边，刘司令又露出神秘的表情，说："邵波，听说这案子你有啥突破了？"

我摇摇头，心里寻思着莎姐应该给他说了我们去五岭屯的事，而刘司令昨晚应该也发现自己房间里进了人，于是，按照我的推断，刘司令应该会要开始为自己开解个啥。谁知道刘司令见我摇头，居然很认真地对我说道："我倒有了新的发现，要不要我说给你听听。"

我点头。刘司令小声地说："前几天，也就是你们去外地之前的两天吧,有一天半夜,我下面有个保安,发现有个人影从我们一楼厨房里翻了出去哦!"

我故意问道:"啊!那人什么模样?"

刘司令说:"没看清,反正那晚我也在一楼大门口这边值班,整晚都没走动,我下面那小子说他也只是远远地瞅见罢了,没看清!"

我应了一声。然后刘司令又开始跟我说:"会不会那人影就是那种会轻功的高人啊?十有八九就是这高人害的建伟哥和刘科,你觉得是不是?"

我说:"很有可能。"然后刘司令来劲了,围绕着会轻功的高人,又要表达他的江湖论,刚开腔便一个唾沫星子飞到我脸上。我忙说要上去看看,扭头往楼上去了。

刘司令这么有意无意的话却给我提了个醒:如果凶手真是刘司令……那么,那晚在一楼弄水泥糊墙的又是谁呢?当时刘司令确实在门口的啊,这点当时进来的小菜皮可以作证,那糊墙的会不会是……会不会是莎姐?

很快我又推翻了这点猜测,因为那晚莎姐和建雄不在火龙城,而是去了建伟哥的灵堂,一直到天亮。那么……难道凶手另有其人?又或者,刘司令和莎姐还另外有同伙呢?

越来越多的疑问,摆在我的面前。回到房间里,西瓜八戒他们都不在,应该都是在二楼三楼四楼的莺歌燕舞中的某一角落耗着。我点上烟,一个人静静地想着。

刘司令……

莎姐……

建雄……

刘科……

以及那十几年前的事，会不会真和这案子没一点点关联呢？就像我爸说的，是不是从一开始，我就走入了一个误区，总是自己唯心地把逻辑往刘司令身上去怀疑，而真正的凶手，却始终在背后隐藏着，甚至，会不会压根凶手就是那瘦猴，而杀人的动机也压根就只是偷东西被发现，杀人灭口呢？

想着想着，思路反而越来越不清晰。突然，一个念头在我脑海中闪过：刘司令为什么今天专程找我说起那晚有人从一楼翻出去的事！他告诉我的意思，会不会是在提醒我：我刘司令在你们发现糊墙的人刚走的那个时间段里，是一直没离开大门口的。

想到这，我独自地笑了！但同时，我又再次告诫自己，我的这个念头，是因为我惯性地把刘司令的嫌疑在扩大化，瞅着刘司令啥都可疑的缘故。

还是必须细细想一下这案子的所有细节，又或者，按照我爸的思路的话，凶手会不会继续作案，而下一个目标，会不会真的是我呢……如果杀人者是刘司令或莎姐的话……

59

过了十二点，八戒他们哥几个上来叫我下去宵夜，我们又坐在刘科死时我们坐的宵夜摊上，喝上了啤酒。马路对面的火龙城依然霓虹闪烁，并没因为某位达官客人在这里莫名其妙地丢了性命而冷清，也并没因为某位场子里最重要的人物离开了这世界而黯淡。所谓铁打的江山流水的兵，这世界，不管少了谁，地球照常自转，人们依然该咋的就咋的。

酒桌上，聊得很乱，跟我这帮兄弟在一起，说实话，确实是痛快的。

喝酒喝到一半,八戒突然问我一句:"嘿!邵波!古倩这两天没和你联系吗?"

我才从这两天对案子的沉迷中跳了出来——别说!这丫头真的回来两天了,给我一个电话都没打过。

我嘀咕了一句:"可能是家里知道了她和我的事了,把她关起来了吧。"

八戒便知趣地不多说了,反倒是郑棒棒分不清形势来上一句:"我估摸着是邵波把人家玩到手就甩了!"

我脸色一阴,八戒忙拍棒棒的脑袋,说:"少胡说!"

郑棒棒还是没分清东南西北,又嘻嘻笑着对八戒说道:"你以为邵波哥像你这死胖子啊!女人不就是件衣服,古倩和场子里的小姐有啥区别,脱光了还不是一个样?"

我忽地站了起来,眼睛一鼓,对着郑棒棒低沉着声音吼道:"够了没?要不要把你老婆也拿来和场子里的女人比较一下?"

一贯对我言听计从的郑棒棒,这时却出乎意料地扭头过来,瞪着眼看着我,说道:"怎么了?开不起玩笑?开不起玩笑就别坐这和兄弟们喝酒,自个死开。"

"哗"的一声,我把饭桌一把掀翻到了地上,对着郑棒棒一脚踹了过去,郑棒棒往后一退,闪了开来。兄弟们忙拉住我,龙虾忙站到中间做大鹏展翅状,隔开了我俩。一干人七嘴八舌说上了:"干吗嘛?自个兄弟玩笑几句,居然来真的了。"

我还是瞪着眼,对着郑棒棒吼:"行啊!你小子来脾气了,长翅膀了!"

谁知道郑棒棒比我更凶,一副社会上混混的凶神恶煞表露无遗:"嘿!小子!老子跟着大力哥多少年了,你不蹦出来,这火龙城本来是大力哥安排我过来给建伟哥帮忙的。老子把你当个人,你就是个人,不把你当个人,你还真就只是个小屁孩。学人扮老大,你还不够这格。"

我对着他就冲上去,可被西瓜八戒他们拖着,动不了。只得对着郑棒棒吼:"你这牲口,给我滚,给我有多远滚多远。"

谁知道郑棒棒阴阳怪气地对我嘿嘿一笑:"邵波,是谁滚还不知道,你还真以为建雄把你当个兄弟了不成?火龙城是谁的?建雄说了不算!"

说完郑棒棒一扭头,往火龙城里去了。

兄弟几个把我按在凳子上,你一言我一句的说来说去,无非都是些"自家兄弟,吵几句都别往心里去"之类的话。

我慢慢冷静下来,暗地里觉得自己也还真幼稚,这性格和社会上的混混有啥区别呢。点上烟,也不吭声了。

半晌,龙虾说:"我上去说说棒棒去,喝了点酒,这老鬼便有点犯毛病。"说完便要扭头回火龙城。

也是龙虾扭头的那一瞬间,我清楚地看到龙虾装作无意地看了一眼我身边的西瓜,眼神中好像暗示了什么一般。西瓜有没有递回个眼色回去,我却没瞅见。而我身边外表憨厚的八戒,也依稀在龙虾和西瓜的这一对视中好像看出了啥,嘴角抽动了一下,但最后也并没有说啥。

龙虾走后,八戒和我对视了一眼,我点了下头。然后西瓜又继续开始说:"棒棒也只有这毛病不好,喝了点就分不清情况。"

八戒见龙虾已经走远,便打断了西瓜,说:"西瓜!棒棒刚才那话什么意思?"

西瓜一愣，顿了顿，然后说："不知道啊！他喝醉了胡说的吧。"

我便对着他说道："西瓜，你们是不是有啥事瞒着我？"

"我们能有啥事瞒着你呢？"西瓜咧嘴笑道。

"哦！"我点点头，然后冷不丁地问道，"建雄对你们说了些啥？"

西瓜脸色就变了，不吭声，低着头不说话了。八戒在一旁说道："西瓜，我和你是打小就在一起的兄弟，我认识邵波也是你介绍的，我们仨在场子里也算走得最近的，总不成你还和别人是一伙了，有啥事不和我们兄弟们说了吧？"

西瓜叹了口气，说："邵波哥，还不是你和古情那事！其实你回来之前，建雄就找郑棒棒单独去聊了些东西，具体说了些啥咱也不知道，反正郑棒棒回来给我们说了，说你在火龙城干不久了。不过郑棒棒也不是那种没屁眼的，他始终还是说你是个兄弟，只是年纪轻了，有些问题上看不清形势。"

我点点头，脑海里回想起建雄很反常地要我去找沈公子麻烦的事来，似乎和今晚郑棒棒说的话之间有啥联系一般。我顿了顿，假装无意地说："所以你们就按照建雄的安排，要我带你们去找沈公子的麻烦？"

西瓜脸红了，垂下头来，说："那事完全是建雄哥的意思，我们几个也私底下说了，真那样做就太对不起你了，可建雄哥开了口，咱又不好不听，你说是吧。"

八戒越来越迷糊，问道："建雄哥什么意思啊！西瓜，已经说开了，就全部说吧！"

西瓜摸出支烟点上，眼神反而平和了下来，抬起头看看我，说道:"你和古倩的事,让古市长很生气,正好沈公子又过来闹了一场,所以建雄便要我们怂恿你带着大伙去干那沈公子,沈公子肯定会吃亏。沈公子吃了亏,自然不会罢休,结果便是他通过家里的关系,给你安个啥处罚条例。我们几个听了,便对建雄哥说,这种没屁眼的事,咱怎么做得出来?于是建雄哥又说了,到真要处罚你了,他就会出面,拿点钱给你,安排你出去躲躲。反正就是个打架嘛,躲个两月就没事了。到你离开了X城,就算给古市长一个圆满的交代了。"

我听得一背的冷汗。我这几个兄弟我还是知道的,就算包括和我刚刚闹上一架的棒棒,再坏也不会真坏到给我玩阴的,要整我去坐牢或者跑路。但建雄呢?死了的建伟哥是个人精,如果是建伟哥的安排,那我可以肯定,这种计划的最后一个环节,绝不会是让我离开X城去躲躲,而是直接让我蹲了大牢。对我这几个兄弟这么说无非是让大伙安心,拿我看不清形势来做借口。

可建雄呢?一个多星期之前,建伟哥还在的时候,我所认识的建雄是个冲动暴躁的汉子,甚至是个很率性的人。但建伟哥一死,连我自己都感觉他一夜之间就完全陌生起来。那么,他给郑棒棒、西瓜他们说的这一套,又是什么样的最后安排呢?

我自己是学法律的,斗殴——可大可小。往小了说:批评教育,或者拘留十五天;往大了就不好说了:故意伤害……反正破点皮对于一个案件来说便是软组织挫伤,定性为轻微伤,可以提起公诉。而像我现在这个情况,如果有人要刻意放大的话,可以安上当时最可怕的罪名——"流氓团伙"!那么,由这个斗殴事件,再加上我们哥几个平时一些纠纷啊,打架事件啊,直接就是一个现行的黑社会团伙。真按那样来办的话,我这主犯,少则七八年，重则枪毙都有可能。

想着想着，手里的烟烧到了尽头，烫到了手……

60

西瓜说完这些，见我沉下脸，便也坐不安稳了，说先上去咯。

我点点头，看着西瓜也进了火龙城。心里觉得很不是啥滋味，突然觉得这世界也没啥意思：表面的要好背后，隐藏的却总是深不见底的人心。

八戒也沉默了一会，然后开口说道："邵波，要不咱真跟着小军一起去深圳吧，他今天下午给我通电话说了一气，要我也和你商量商量，咱仨兄弟过去闯闯。"

我点点头，也没说好，也没说不好，权当是表示考虑他俩的意见。又沉默了一会，然后我对八戒说："等这案子出个结果吧！就算最后查出来，真只是那瘦猴犯的事，咱这段日子的忙活，也算一个交代。"

八戒"嗯"了一声，然后问我："古倩那事你准备怎么样？就这样了？"

我狠狠地说道："再看吧！只要她确实对我有这意思，带她一起走就是了。"

八戒若有所思地点点头。

正聊到这，对面大门口一个服务员冲我们喊上了："邵波哥！建雄哥打电话来，说找你有事说，要你去五楼他房间等他。"

我和八戒对视了一下，买了单，起身往楼上走。到五楼，八戒准备回我们自己房间，我喊住他，说："一起进去跟我等建雄呗！"

八戒犹豫了一下，跟我进去了。

按开电视，和八戒胡乱说了几句，建雄便进来了。今天比较反常的，只有他一个人，莎姐没和他一起。

建雄进来便在我跟前坐下，俨然还是那个对我很是掏心窝的兄弟模样，说："邵波！我哥那案子你是不是有啥发现了，今天也没别人。"说到这，他看了八戒一眼，继续道："有啥发现你对我说下呗！"

我看着建雄，觉得这人一下很是陌生了一般，半晌，我说："也没啥发现，就是有了一点点怀疑，都还没证据，啥也不好说，万一只是我自个的猜测，冤枉了别人也不好。"

建雄便追问："那现在怀疑到的是谁？和哥我直说吧！咱哥俩有啥好瞒着的呢？"

我听着有点犯恶心起来，然后摸出支烟，也没递根给他，自个点上，心里一个冲动，忍不住就对着建雄说道："建雄哥，郑棒棒他们对我说了些事，是不是真的？"

建雄闻言，脸色就有点变了，半晌才说道："你都知道了？"

我点点头，然后建雄继续道："邵波，我和你建伟哥，外人看着也蛮风光吧，实际上我们不过只是别人养的两条狗，那事我不想对你解释什么，你能不能理解我，我也不勉强。只是有一个结果可以告诉你，你和古倩那码子事已经过去了。以后，只要你愿意，还是继续跟着我建雄干点事业。"

说完，建雄便看着我，不吭声。八戒在一旁问道："建雄哥，古倩怎么了？"

建雄没有扭头，还是盯着我，回答的是八戒提出的问题，却明显是对我在说:"古倩昨天中午跟你们回来后,当天下午就被单位安排去武汉学习。具体这学习是谁安排的,你也应该心里有数。好像是对古倩说只学习十五天吧,实际上应该是半年。"

我"嗯"了一声,心里也有点酸酸地起来。古倩居然昨天下午就离开了X城,可并没有对我打招呼。可能,我只是她精彩生活中一个擦肩而过的过客罢了,她只是随意地把我的世界搅乱,然后又很洒脱地离开了,起波纹的只是我心里的这一摊死水。

见我没出声,建雄又说:"邵波,前几天沈公子那事,古市长的意思是让你离开一段时间。我的处境,你是懂的。已经过去了,不说了!好吗?"顿了顿,建雄把话题扯到建伟哥那案子上:"今晚找你过来,是要给你说我的一点点怀疑,看能不能对你这案子有帮助。"

说到这,建雄看了八戒一眼。我会意,说:"这案子八戒也一直在帮我,有啥说了没事,不是外人。"

建雄点点头:"邵波,我听说你去了趟五岭屯,是不是真的?"

我"嗯"了一声。

建雄说:"我也是知道你去了五岭屯,才把怀疑往莎姐和刘司令身上放了下。最开始觉得你这怀疑是比较多心,但这两天你们莎姐的一个反常举动让我觉得有点不对劲。"

"什么举动?"我皱着眉,其实那一会心里很乱,但还是告诉自己理性点,强迫着自己的思绪跟得上建雄哥的话。

建雄说道:"要知道,你莎姐跟了我很多年了,始终也只是个情人。尽管我们全家都知道她的存在,包括我老婆也都认了,但终究只是一个我身边的女人罢了。早几年我有想过离婚,不耽误了莎姐,给她个名分。可那时候我哥——就是你们建伟哥一直反对,因为我岳父是省委一位退休的老领导,离了怕影响不好。到这两年,我儿子也大了,便也没考虑过离婚这事了。有时候莎姐又扯到这事上,我便推说是我哥不同意。"

建雄顿了顿,继续说道:"而这两天,莎姐又老是说起要我离婚的事来。她说建伟哥也走了,没人阻拦我和她的事了,要我开始着手办下手续。我便冲她发了火,说我哥才走几天啊?这样做对得起他吗?就这样暂时压着这事。可是我一寻思,再结合你们专门跑去五岭屯查以前的事,我觉得莎姐这两天吵,要我离婚这事,是有点蹊跷。邵波,包括刘科对你莎姐的事你应该知道了吧。"

我故意装傻,问道:"刘科对莎姐什么事啊?"

建雄回答:"刘科一直对你们莎姐很好,尤其年初刘科离婚了,今年一直缠着莎姐,说了些乱七八糟的话。你们莎姐也故意对我说了,我权当没听见。可刘科出事以前的一天,阴阳怪气地叫我出去吃过一顿饭,说他和莎姐在十几年前就好上过,只是那时候怕伤害了我,所以没让我知道。"我听了回来就问莎姐,莎姐说他放屁,我便没多想,毕竟刘科那人满嘴的假话。可那事没过几天,刘科就出事了。

我点点头,说:"建雄哥你的意思是……"

建雄也点头,说:"对!我怀疑你们莎姐有问题。"

我"嗯"了一声,继续抽烟。建雄见我不发表啥,便也不说话了,看着我。

冷不丁地,我爸对我说的这凶手应该还会有动作的猜测,在我脑海里闪过：如果真按我们怀疑的杀人目的，那么刘科的死，建伟的死，岂不是都是为了让莎姐能嫁给建雄。那么到现在，刘科和建伟两个绊脚石都没了，阻挡在莎姐面前最大的阻碍，岂不是……

我连忙问建雄："莎姐今天怎么没和你在一起？"

建雄愣了愣，说："我刚和她吵了一架，就为离婚的事，然后她气冲冲地找她哥诉苦去了。"

我忽地站起来，问："莎姐和刘司令知不知道你家在哪里？"

建雄露出一脸的问号："知道啊！"

我一扭头，冲着八戒说："你现在就去看看刘司令在不在楼下或者在不在宿舍？"

八戒会意，忙往外跑去。建雄也似乎明白了什么，站起来说："你的意思是莎姐和刘司令会对我老婆和孩子……"

我按住他肩膀坐下，说："还不能肯定。"

然后我把二楼一号房和一楼那洞的事，以及刘司令房间里笔记本上摘抄的峨眉刺的事，给建雄说了，建雄听着，额头上便开始冒汗，站起来要往外跑，说："这孙子有胆杀人的事我还真信，他们不会真对我老婆孩子下手吧。"

我再次按住他，说："等八戒回来吧。"

建雄擦了一把额头上的汗，坐下。

第十三章

正 义

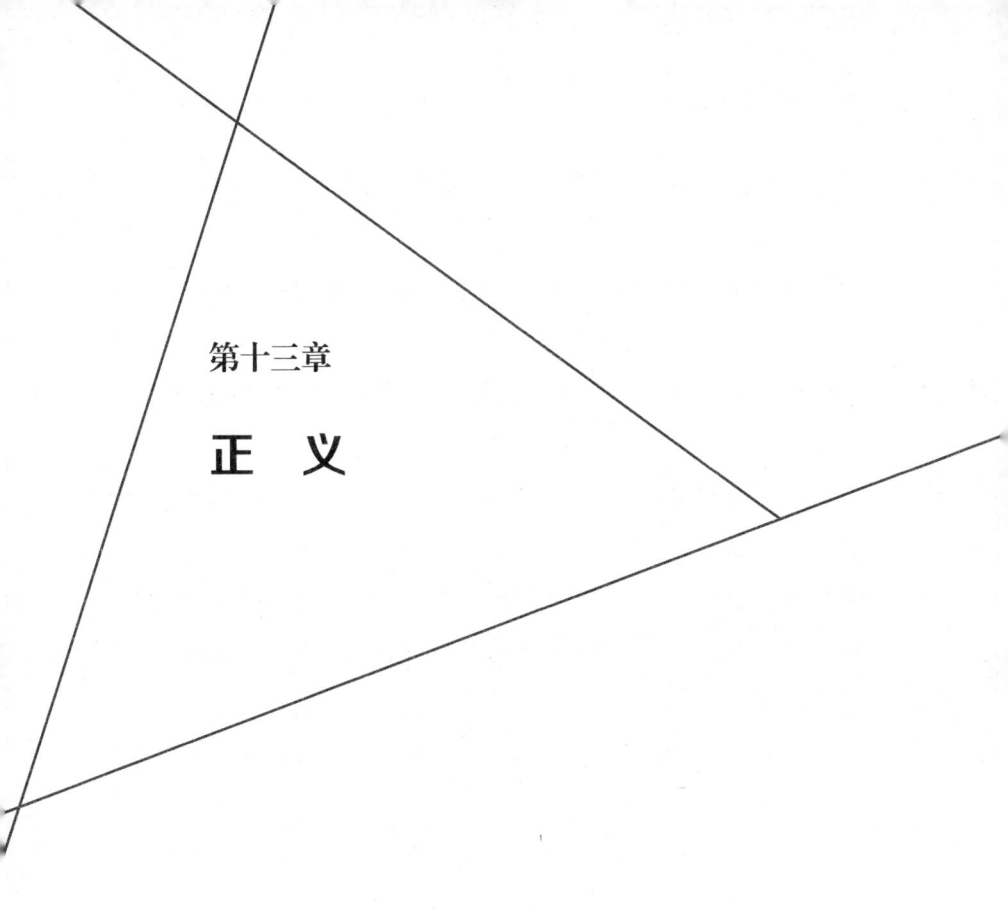

见建雄慌张的模样,我问他:"为啥说刘司令有胆杀人?"

61

见建雄慌张的模样,我问他:"为啥说刘司令有胆杀人?"

建雄拿出支烟,手明显有点抖,我给他点上。他连着两次要开口说,嘴角抽动了两次,最后似乎狠了下心,说出了以前两个故事。

第一个故事是当年建雄和刘司令每天一起在山上胡转的时候。都身体棒,又正是那年龄,精力很足。天天在山上跑,逮着啥就是啥倒霉,一干生灵稀里糊涂在两大劳动力手里丢了性命。

有一天,两人转进大山深处,发现有狼的痕迹。要知道,小兴安岭靠近人住的地方,很少有狼,在当年山里生灵还多的年代里,也不例外。而那天找到的狼的脚印,依稀分辨出应该是条落单的土狼。

两人就比较兴奋,兴冲冲地顺着脚印往山深处赶。结果在一个大树旁边,真发现了一个山洞,应该就是狼窝。

就在两人一咬牙,准备上前端这狼窝时,背后呜呜的动物嚎叫声响起了,一扭头,居然是一头成年的公狼正瞪着建雄和刘司令,低声发出警告。建雄那时候壮得像个门板,刘司令虽然没建雄的身板,但在山里天天吃肉,满山乱跑,自然也有一股子力气。但面对着这么头野狼,却也不敢掉以轻心。

只见公狼一边警觉地望着两人,一边慢慢走到那洞穴前,然后站好,冲着建雄和刘司令看着,似乎在表达的意思是:你俩离我家远点,咱俩不相犯。

可惜这公狼遇到的是两个最不怕死的家伙。十几分钟后,这头公狼胸口便被鸟铳打了一个洞,脑袋被建雄带的铁棍敲了个窟窿，倒在雪地里不动了。

就在公狼倒地的同时，山洞里发出呜呜的声响，一头看上去很虚弱的母狼爬了出来，看到公狼的尸体，母狼狼眼里依稀可以看出有眼泪一般。让建雄心灵为之震撼的是：这母狼身后居然挂着个刚出生的小狼，而且脐带都没咬断。小狼被母亲一路拖着出来，还闭着眼睛，呜呜地叫唤。

母狼没有看建雄和刘司令，径直冲公狼去了，低着头，伸出舌头，舔着公狼的鼻头，似乎还不相信丈夫的离开。建雄当时就懵了，寻思着这狼也打得太悲惨了。便扯刘司令的衣角，说："算了吧，这狼懒得要了，走呗！"

而当年还大名刘德壮的刘司令却扭头冲建雄咧嘴一笑，说："这大便宜还不捡吗？"

说完从建雄手里拿过那根铁棍，大踏步上前三下两下把那母狼的脑袋打了个稀巴烂，还扯下那头小狼，一抬手，摔死在旁边的石头上。

这么多年来，这事让建雄内心一直觉得愧对这些生灵，对刘司令这人心肠的生硬，留了个不好的、难以磨灭的印象。

而另外一个让建雄觉得刘司令是个能杀人放火的角的事，是在几年后，莎姐再次找到建雄后。

那是在1987年，建伟还在市里某国营企业里做厂长，建雄跑供销。到年底了，在南方有一笔烂账，老是收不回。建雄便叫上刘司令，一起去了广东某小镇的那家工厂，找那私营企业的小老板要钱。

遇到的情况世界大同，小老板哭完穷便消失了。建雄和刘司令坐在招待所里就开始骂娘。言语间建雄无意地说了一句：

"把老子逼急了,今晚冲他家里,钱也不要了,就杀他们几个人得了。"

说完这气话,建雄便扭头睡下,身边的刘司令继续在看电视。

睡到半夜,建雄夜尿起床,发现旁边床上是空的,刘司令不见了。建雄脑袋里就一懵,想着刘司令这没心肺的,不会真听自己的话,跑去这小老板家里搞事去了吧。

建雄穿上衣服,往那小老板家里赶去。因为前几天也找到过这小老板家,小老板不在家,但地址两人是都知道的。

建雄跑得一身大汗,终于到了那城中村的一个小院子前,隔着铁门,还真看见一个黑影,正往二楼阳台上爬。建雄就慌了,喊道:"刘德壮,你给老子下来。"

黑影还真是刘司令,刘司令一扭头,见是建雄,愣了愣。对方家里的灯就亮了。

刘司令只得跳了下来,然后灵活地三两步就跨到铁门边,迅速翻了出来。

建雄见人家家里灯也亮了,便一把扯着刘司令往外跑。依稀间,有手电的光对着他俩的背影照来。

回到招待所,建雄在刘司令身上找出一把大号的螺丝刀。建雄便冲刘司令发火,说:"你拿着这玩意儿去他们家干嘛?"

刘司令憨憨地说:"去弄死两个啊!反正这钱也拿不回了。"

建雄训斥了他一顿,但这事也说明,刘司令是自己一把听话的枪,自然只是说了几句便算了。最后建雄半骂半问地指着那把螺丝刀,说:"还要去杀人,拿个这你怎么杀啊?"

刘司令咧嘴笑,说:"这有啥不能杀的啊,直接照着眼睛或者心脏捅进去不就行了。"

建雄倒抽了一股冷气。

第二天，那小老板一大早就把钱送到了招待所，但表情很是奇怪。

62

说完这些，我俩都陷入了沉默。我努力把古倩的笑颜在我脑海里抹去，把思绪用在和建雄统一上。

这时门开了，八戒急匆匆地跑进来，对我俩说："刘司令真不在宿舍，我楼上楼下都问了，都说没看见他。"

我和建雄站了起来，我问道："看见莎姐了没？"

八戒反手把门关上，低下声来，说："莎姐在二楼吧台，宿舍里的人说，莎姐早一点曾过去和刘司令说了一会儿话，然后刘司令就出去了。"

建雄急了，说："邵波，不会真的去了我家吧。"

我招呼八戒去隔壁房把西瓜和龙虾叫过来，八戒很快就带着西瓜和龙虾过来，很意外的是郑棒棒也一起过来了。郑棒棒见了我，低了头不看我。

我装作没注意，安排道："西瓜、八戒和我，现在跟建雄哥去他家。"然后对龙虾说："龙虾，你和郑棒棒下二楼去盯着莎姐，不要让她看出啥。"

西瓜、龙虾都点点头。郑棒棒居然还应了一声："好的。"

然后，我们几个去建雄家的就往门外走。走到郑棒棒身边时，郑棒棒喊住我："邵波！"

我没扭头，但还是应了声。

然后就听见郑棒棒说:"对不起!"

我回头,和他的眼光迎上。有时候男人与男人之间,并不需要太多言语的。我冲他咧嘴笑了笑,点了点头。

没想到的是,几小时后,郑棒棒就永远地……没有了。

到二楼时我叮嘱大家都不要露出啥猫腻,便都依言,和平时一样胡乱说笑着,过了吧台。我偷偷瞟了一眼莎姐,莎姐正在给某一个包房算账,我们经过时,她动作很小地抬了下眼,和我偷瞄她的眼光正好交汇。她连忙低下头来,按着计算器。

出了大门,四个人上了建雄哥的车,去往建雄哥家里。

建雄住在市中心——X市的第一批商品房绿色山庄里。建雄停了车,在楼下就抬头看楼上,见自家的灯亮着,脸色就变了,说:"别吓我哦!平时她们娘俩早睡了,今晚这么晚了怎么还亮着灯啊。"

便往楼上冲,那年代,再豪华的商品房,也都没电梯的。

跑到建雄哥家门口,建雄忙拿出钥匙开门。门一开,建雄他老婆正站在门口,看样子应该是睡着了起来的。一见是建雄,便数落道:"自己有钥匙,敲什么门嘛?问是谁又不吭声。"

建雄忙问道:"你说刚才有人敲门?"

建雄老婆说:"是啊!而且敲了有五分钟,问是谁又不说话,在猫眼里看,外面又黑乎乎的,楼道的感应灯都没亮。"

听到这,我忙往楼上跑,八戒和西瓜跟着我往上跑。

一直跑到顶楼,一道门拦着,应该是通往天台的门。我一扭门,居然打不开。我回头看着八戒,八戒会意,摸出根铁丝便上前办公,弄了半天,居然没效。西瓜便在一旁数落道:"还神偷呢?这都弄不开。"

八戒不服气，继续低着头在摸索。我觉得这样耗下去的话，刚敲门的那厮，都不知道已经窜去哪里了，便一把推开八戒，对着那门一脚踹了上去。

门直接给我踹开一条缝，再推开一看，门外有个大油桶把门堵住了，而那门的门锁，压根就是无法锁的那种。只是这空油桶估计是用来采天地之雨水，集日月之露气的，积了满满一桶，有了分量，才堵得那么死。

我们忙冲上天台，天台上一览无遗，空无一人。八戒和西瓜愣住了，天上地下四处看。我却跑到天台边，只见旁边楼的天台和咱这边的是平行的，中间间隔大概有三米左右。八戒会意，居然往后退了几步，作势要来个助跑，再来个跨步上水泥栏杆，跳过去。

我伸手把他拦了下来，一扭头跑到天台另外一边，也就是下楼的楼梯口那边。果然，旁边那楼的楼梯口和我们这栋也是平行的，而且那门口还有路灯，很清楚地能看到下面。我们三个都很兴奋，死死地盯着那下面。

果然，等了一分钟左右吧，一个黑影从那门里跑了出来……看得很是清晰……

刘司令火急火燎地往小区外跑去。

身边的西瓜骂道："这老畜生！"然后，西瓜这小畜生就做了一件非常愚蠢与幼稚的事情——他随手摸起一块水泥块，对着楼下慌慌张张跑着的刘司令扔了下去。人没砸到，但刘司令吓了一跳，猛一抬头，和我们三个正伸出去的脑袋来了个对视。他的表情是看不清楚的，同样，我们的模样他也不可能看到。但于整个事件来说：我们把他这蛇给打草了。

我冲西瓜瞪了一眼，西瓜也觉得自己这错误犯得有点幼稚。但我也没说他，一招手，带着他俩便往楼下建雄家去了。

建雄正站在房间门口，门神一样站着。不知道他和他老婆怎么说的，那女人表情很害怕地在他身后站着。见我们下来，建雄忙问："抓着人了吗？"

我摇摇头，然后冲建雄使了个眼色。建雄会意，要他老婆先进屋。然后我就在门口给他说道："建雄哥！人没抓到，但看清了，确实是刘司令。"

建雄脸色变了变，然后问我："那接下来怎么办？报警吧！"

我摇头，说："没任何证据，报了也没用，反而会再也找不到这孙子了。"

建雄便捏着拳头，青筋鼓起："刘司令这畜生，还有莎姐这老娘们，老子就不信捏不死你们。"

说完问我："接下来怎么办？"

我顿了顿，对着西瓜说："你这两天就在建雄哥这待着，晚一点我让龙虾过来陪你。"然后对建雄哥说："我和八戒先回场子，有啥情况我给你打电话。"

建雄还是一副凶相，说："我和你们一起回吧，老子今晚就要灭了刘翠姑这娘们。"

我冲建雄哥摆手，说："哥！这两天你就先听我的，毕竟还不能肯定是不是刘司令一个人的主意，弄不好莎姐真不知情。"

建雄愣了愣，然后对我说："行！兄弟，我就听你的。"说完又要我等等，转身从房间里拿出个大哥大来，递到我手里，说："这个你先拿着，随时和我联系，等这事完了，哥再去邮电局给你买个139的用。"（那年月正是大哥大被淘汰，电信和联通刚冒

出头来的时候，只是当时电信还不叫电信，还没和邮政分家。所以139的手机直接就是在邮电局买）

接着建雄又把车钥匙对我一扔。

我一一接了，就和八戒往楼下走，身后建雄很诚恳地居然说了一句："邵波！哥有啥事做得不对的，今儿个对你说声对不起了。"

我回头，冲他点点头，下了楼。

63

在火龙城门口我把八戒放了下去，要他在大门口盯着，瞅见刘司令就直接按倒在地上，再打我手机。八戒便问我："你去哪里？"

我告诉他："我去宿舍守着，不管他今晚还会不会回，但总之先看紧今晚上再说。"

八戒应了声，往门口去了。

我直接开到宿舍附近，把车停在巷子里一个比较隐蔽但可以看到宿舍的地方，然后关了车灯，坐车里像以前盯犯罪嫌疑人一样地蹲点。

夜色静悄悄的，万物似乎都沉睡了。我点着烟，脑子里很乱，想得多的居然不是刘司令，反而是古倩的笑脸在脑海里晃来晃去。在武汉的古倩，难道真是能够这样随意地又回到她自己的世界，两天里连一个电话都不打给我吗？她是有手机的，不可能连给我打个传呼或者留个言的时间都没有。被完全控制了是不可能的，那么，古倩……你在玩什么呢？

在黑暗里过了一个多小时，宿舍门口没有一点点风吹草动。

手里的大哥大响了,接通真是八戒,在电话那头说:邵波!莎姐也不见了,郑棒棒和龙虾满场子找,都没看见她。

我脑子"轰"地一响:奶奶的,我怎么把一楼餐厅那窗户忘记了,莎姐如果和刘司令是同伙,自然知道一号房和一楼是通的,那她从二楼爬到一楼,再从窗户出去,和刘司令会合,直接跑了,这以后去哪里找他们?

我从车里出来,往火龙城后墙跑了过去。果然,餐厅的那个窗户是开的。

我没多想,直接从那里跳了进去,厨房洗手间里果然亮着灯,柜子是移开的,那个洞黑乎乎地对着我。我一猫腰钻了进去,烟道里依然是那股油腻而难闻的气味。突然间,我有一种错觉,似乎站在这黑乎乎的所在里的我,面前是古倩那软软的身体。

我拍了下自己的脑袋,双手伸开,撑着两边的墙壁,双脚跳起来,抵着两边的墙,往上爬去。二楼的洞也是洞开的,居然又有新糊上去的面粉气味。我钻了进去,再从一号房那榻榻米里推开木板爬出去,冲向了二楼吧台。

二楼吧台,八戒和龙虾、郑棒棒正站在那说着话,见我从一号房里跑了出来,龙虾和郑棒棒都一愣。然后我不客气地对着龙虾和郑棒棒说道:"你们两个大活人,怎么连一个女人都没看住,莎姐是不是进到一号房不见了的。"

八戒却代替他们回答道:"不能怪他俩,莎姐是去了五楼房间里睡觉,然后他俩在五楼看见刘司令上了楼,进了莎姐的房间。我没来得及通知他俩瞅见刘司令就要动手,然后郑棒棒下楼给我说看见刘司令进了莎姐房间。我忙和他跑上来,房间里居然就没人了。"

"那龙虾不是在门口看着的吗？人呢？"我没好气地对着龙虾说道。

龙虾结结巴巴地说："我……我……我就尿了泡尿……"

"服务员呢？服务员没看见人出来吗？"

龙虾说道："那一会服务员下去拿宵夜去了。"（值夜班的半夜要发一个泡面）

八戒见我脸色很难看，忙打断我和龙虾的对话，说："邵波，现在你说怎么办？"

"找啊！"我吼道，"只要你们在楼下没看见他俩下到二楼，就赶紧继续找啊！"

顿了顿，我对龙虾和郑棒棒语气软了下来，说道："凶手很可能是刘司令，他应该也知道咱在找他，今晚这些事，都有点急。"

这话就权当我对他们叫嚷的解释，两人看我表情，也意识到这问题的严重性，点点头，楼上楼下找去了。

八戒跟着我往五楼跑去，在我身后说道："邵波，应该是五楼还另外有路出去吧，就像建伟哥的死，也没任何人看见进出，就那样没了。"

我打断他："八戒，建伟哥的死，其实可以肯定是刘司令干的，因为……因为最后一个在建伟哥房间的是谁？"

"是刘司令，可是他出门的时候建伟哥还是好好的，那梅子可以作证啊。"

我没解释啥，其实对于刘科的死，因为有发现烟道，可以找到凶手的路线。而对于建伟哥那密室，没任何路径可以通往外面，只有两个解释：一个是如刘司令所言，来了个会轻功的。那基本上不可能，就像刘司令自个说的：真有那本事，直接飞进银行去拿钱就是了，要跑到这滚滚红尘中来掀起腥风血雨作甚？

那么，就只剩下另一个可能：杀人者就是刘司令。因为梅子没有进到房间，并没有亲眼看到建伟哥是生猛地、真实地活着，而只是听刘司令说说，并听到了建伟哥一声舅声。

舅声……

我一个激灵。我爸给我说的建伟遗物里那个气球……

一边想着，一边在各个房间里，跑进跑出，心里有个感觉：莎姐他们俩兄妹，应该已经不在火龙城了。

正想到这，吧台值班的服务员冲我喊："邵波哥，楼下保安要你下去一趟。"

64

我和八戒寻思应该是楼下发现了啥，因为西瓜已经叮嘱一楼的保安们看到刘司令和莎姐就给按住。

我俩往下跑，在四楼又喊上了正在四楼找人的郑棒棒、龙虾。四个人跑到一楼，见当班的保安小菜皮和另外一个伪军制服，正表情严肃地抬头望着天。

八戒在我身边骂道："这俩白痴不会是叫我们下来看飞机吧。"

我没吭声，迎了上去，顺着小菜皮的手指望上去，看到楼顶已经关了的霓虹灯上，挂了团黑影，依稀是一个人影。而这挂着的人影旁，还有另外一个黑影在那里晃来晃去，并不时地用手拨弄挂着的人影。被挂的人影在霓虹灯的铁架上晃来晃去，好像随时都要掉下来一般。

我心里暗骂小菜皮这俩是俩白痴,直接在电话里给我们说一下,我们直接去天台不就行了,还先叫我们下到一楼来瞻仰这画面。便一挥手,又领着兄弟几个往楼上跑。

刚冲到大厅,我要八戒他们三个先上去,但不要上天台,就在天台门口不吱声地猫着,等我上来再进去。然后对吧台的女孩子说:"赶紧报警,还打个火警,让消防队派人过来在下面垫东西,越快越好。"毕竟出现这么个意外状况,冒冒失失地去到天台,真把吊着的那大活人害了下来,可是出人命的。

吧台的应了,我便又往外走去。身后那丫头居然冲我喊一句:"邵波哥,报警是打110还是120?"

我没好气地答了,再走到门口,招手让小菜皮进到门口一个楼顶上的人看不见的地方,问道:"小菜,我们在一楼餐厅里忙活的那晚,你进去和我们说的那几句话,有没有说啥谎啊?"

小菜皮脸色变了变,分辩道:"我就进去和你们随便说了几句玩笑,有啥谎啊?"

我阴了脸下来,说:"你最好考虑清楚,邵波哥只问你这一次,如果被我查出来你骗了哥,后果你自己清楚。"

小菜皮慌了,说:"也没啥啊!哥!就是刘司令那时刚到门口。听说你们在一楼,要我故意进来说给你们听,说他一直在一楼值班。其实那时他跑出去找路边鸡刚回来,他害怕你们说给建雄哥听,说他没有当班。"

我点点头,没再说啥。刘司令就是挖那洞的元凶,基本上可以肯定。

在那站了有十分钟吧,心里很急,但也不敢草率地上天台去处理。结果警车没到，消防车到了，我要小菜皮去和消防兵们说下情况，自个往楼上去了。

通往天台的门口，八戒他们三个安静地站着，表情严肃，一声不吭地看着我上楼。然后我轻声要郑棒棒和龙虾下一楼张罗消防兵们铺个啥，然后一挥手，带着八戒，拧开了天台的门。

天台那角落上站的，真是刘司令，而让我们很意外的是，挂在霓虹灯铁架上的，居然是被捆得严严实实，并堵了嘴的莎姐。刘司令手里挥舞着一把电工刀，见我们开了天台门进来，便一伸手，把刀比在挂着莎姐的尼龙绳上。

我忙把手展开，示意八戒不要靠前，然后我一个人，对着刘司令走了过去。

刘司令居然笑了，那笑容和每一次看见我的笑容一模一样，好像是讨好，又好像是藐视。到我离他只有七八米时，刘司令说话了："行了！再靠近我会做什么你应该知道的。"

我便停住，冲着刘司令说："司令，你疯了啊！这可是你亲妹妹！"

"亲妹妹？亲妹妹把我亲爹活活气死了，还有啥好亲的。"刘司令依然是笑着的，但握着电工刀的手还是稳稳地比在尼龙绳上。

"司令，有啥咱兄弟好好合计，你先把人放下来再说。"

"合计？邵波，和你有啥合计的，你把建雄叫过来。"

我扭头，八戒会意，转身往楼下跑去，给建雄打电话去了。

刘司令另一个手从裤兜里掏出我给他的中华烟，用一个手从里面摸出两根，对我扔了一根，自个叼上一根，然后又摸打火机点上。铁架上挂着的莎姐，嘴巴呜呜地发着声响，刘司令似乎听不见般，扭头对我说道："邵波，我还是佩服你的，我走到哪一步，你就追到哪一步。我去糊那墙吧！你就从二楼蹦了下来；我去建雄家吧！你又赶了上去。你说你是不是一早就怀疑了我，我藏家里的流星锤，肯定也是你拿了吧。"

我点点头，说："司令，这些咱稍后再说，你做这么多，都是为了你妹妹，现在把莎姐挂这，又是演的哪一出啊？"

"我乐意！"刘司令又咧嘴笑，然后吐出一口烟，说，"邵波！你跟咱有仇吗？我对你一向也还不错啊！你盯着我干吗呢？我又没害你什么？"

我愣了愣，半响蹦出一句："你杀了人，我揪你出来难道有错吗？"

刘司令表情黯淡下来："是的，我是杀了人，你是警察，揪我出来是为了正义对吧？那我和你好好掰掰，到底是谁在维护着正义。刘科！呸！我妹妹一辈子的幸福都毁在他手上，让他多活了这么多年，正义怎么没去找他呢？还科长呢，我呸！"

"那建伟哥呢？建伟哥对你不错啊？"我见他比着尼龙绳的手没那么用力了，便冲着他说道。

"建伟……建伟也不是啥好东西……我们兄妹跟着他干了这么多年，我们得到了些啥？没来火龙城那会，他让我在他煤矿里干的那些事，有哪一个见得光的？知道当时我们隔壁矿塌方是怎么回事吗？是他要我偷偷摸摸去埋了个雷管给炸的。十几号人啊！就在那矿里没了，就为他们矿比咱矿里产煤多。现在呢？我一把年纪了，落得个帮他做看门狗，再过几年，我连看门都看不了了，他又要安排我死去哪里呢？杀他，我是替天行道！"

我冷冷笑笑，说："司令，你没这么高尚吧？杀建伟，你没其他目的，我打死都不信。"

挂在铁架上的莎姐便又呜呜地发出声响，刘司令伸出另一只手，把莎姐推了一把，莎姐在空中又晃了起来。然后刘司令扭头对着我，说道："邵波，有啥目的我也不会对你说了，和你说有啥意思呢？你去催催，看建雄怎么还不上来？我快等不及了。"

说曹操曹操就到，背后的门开了，建雄一头汗走了进来，身边还有两个大汉，其中一个穿着警服，是我们分局刑警队的。

刘司令表情立马紧张起来，指着那俩警察说："警察给我出去，要不我马上放她下去摔成肉饼。"

两个刑警愣了愣，我冲他们点点头，他俩迟疑了一下，说道："邵波，我们就在门外等着。"

建雄没吭声，鼓着铜铃眼瞪着刘司令。到两名刑警出了天台，建雄便走到我身边，对着刘司令吼道："刘德壮，你是不是疯了？"

刘司令声音比建雄哥的更大："莫建雄！你少在这里对我大呼小叫，老子没欠你什么。"

建雄哥冷笑："难不成我还欠你什么？"

刘司令便激动了，伸出闲着的那只手，指着建雄鼻尖说道："欠不欠你自己心里有数，翠姑跟了你有多少年了？你掰着手指数数！你对得起她吗？"

建雄不示弱："哪里对不起了？你俩不靠着我，现在还不知道在哪里胡混呢？你不要以为我不记得你们找到我的时候在做什么。你就一个盖房子的乡巴佬，刘翠姑就一个卖身子给那些民工的鸡！"

刘司令身边挂着的莎姐又呜呜地发出声响。然后很是清晰地，我看到她双眼的眼泪，大颗地往下滴。刘司令嘴巴抖动起来，冲着挂着的莎姐说："听到没？你听到没？人家是怎么说你的？你贱不贱啊？"

莎姐大颗的眼泪，往楼下掉去。我看着这场景，心里也不好受起来，扭头看我身边的建雄，表情没一点点怜惜，反而一副正义凛然的样子。

这世界，到底什么人是好人？什么人是坏人呢？

65

刘司令又笑了，对着建雄说："你还要跟我比嗓门对吧？想不想要火龙城明天上报纸啊？头条是半夜火龙城门口大活人跳楼，你们兄弟别的都不怕，就怕闹出啥影响来，对吧？老板！"

建雄听着刘司令这话，真不吱声了。然后刘司令对着我说道："邵波，我也不怪你了，我们兄妹今晚就要死在这里，让你看笑话了。刘科是我杀的，建伟也是我杀的。"

说到这，刘司令又冲着天台门大声重复道："躲外面的，听清楚了没？刘科是我杀的，建伟也是我杀的，是我刘德壮杀的。"

说完刘司令得意地笑了起来，然后对着我说："刘科是我从厨房爬上去宰的，杀他的时候，他还醒了，我用厨房里的抹布捂着他嘴，把他从沙发上翻过来，就刺了个对穿。好解恨啊！"

顿了顿，刘司令又继续说道："杀建伟更简单，一刺下去，他就没了。捂着他嘴没捂个一分钟，就断了气。说我是练过的，你邵波总好像觉得我是在吹牛，这次你信了吧。杀完后，我用个气球吹好，口子上扭了扭，就压在他身体下面。嘿！那时间还把握得真叫漂亮，梅子那丫头听见的鼾声，就是气球放气的呼呼声。"

说到这，刘司令快活地对着天，模仿着气球放气的声音。

建雄气得脸都青了，骂道："畜生，老子今天就打死你个孙子。"

说完作势要往刘司令那儿扑上去。我忙把他一把抱住。

刘司令还是在笑，一侧身，对着挂在那儿已经哭成泪人的莎姐说道："翠姑，听到没？刘科和建伟都是我杀的，为了什么？你都懂吗？刘科害了你，哥帮你杀了他。建伟不许建雄娶你，哥也帮你杀了他。到现在呢？翠姑，建雄又真的在乎你吗？你死了，他半滴眼泪都不会掉！你醒醒吧！来！哥给你个解脱，哥马上就过去找你和爹，咱一家三口，继续回五岭屯，继续等我们娘回来。"

说完，刘司令对着捆莎姐的尼龙绳的手，狠狠往回一拉。

那一瞬间，我和建雄一起喊道："停手！"两人一起往刘司令扑了过去。

在我们扑到刘司令身边之前，从天台栏杆外伸出一双手，一把扣住了刘司令抓着电工刀的手，把那手往下拧。刘司令见刀没有划断尼龙绳，竟然一手抓住扣着他的手，一个翻身，冲着楼下跳了下去。

我和建雄，以及从天台外冲进来的几个刑警以及八戒，忙探头往楼下看去。只见刘司令摔在一楼铺着的垫子之外，而同样和他血肉模糊地在地上趴着的，却是郑棒棒。郑棒棒是从五楼的客房里翻窗户爬到天台，本来想在关键时刻控制住刘司令，没想到刘司令直接往下……

我倒抽了一口冷气，扭头看我身边的八戒，八戒也正看着我。而身边的建雄，反而很镇定，第一时间探手把莎姐的胳膊一把抓住，拉到栏杆里面来，并狠狠地扯那尼龙绳，扯了好几下，那尼龙绳挺结实，没有扯断。八戒默默地上前，费了很久的时间，才把尼龙绳解开。

弄开莎姐被塞着的嘴，莎姐没有说一句话；再到解开她身上的尼龙绳，她只看了一眼建雄，便往楼下走，步伐踉踉跄跄，可能是因为被捆久了，又可能是因为心被伤透了，还有可能是……我也想不明白了！

第十四章

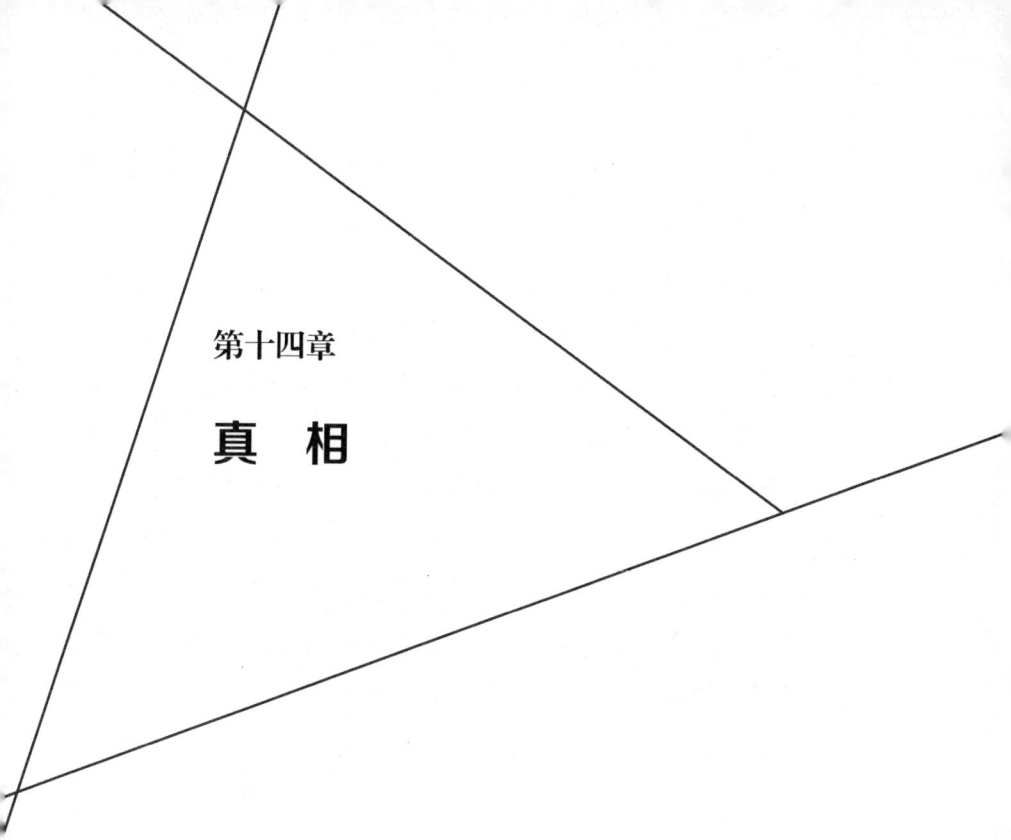

真 相

那晚我和建雄、莎姐去分局录证言录到快天亮。回到火龙城时，门口的血迹已经被清理干净了。如果换成别的地方出了这事，现场不是这么一时半会就能够清理好的，而火龙城不同罢了。

66

那晚我和建雄、莎姐去分局录证言录到快天亮。回到火龙城时，门口的血迹已经被清理干净了。如果换成别的地方出了这事，现场不是这么一时半会就能够清理好的，而火龙城不同罢了。

莎姐没和我们一起出来，据说她早就录完，先走了。

路上建雄要我拿八千块钱给郑棒棒家人。他安排这事时，原话是这么说的："等会你去找莎姐支八千块钱给郑棒棒家。"话说完，便觉得不对，顿了顿，说："你直接找出纳吧。"

说完脸色就黯淡下来，我见他一副伤心的模样，便问道："莎姐那要不要我去安慰下？是留她还是……"

建雄摆摆手，说："等我晚上回来再说吧！如果莎姐还在的话。"

听着我便没吱声了。建雄把我送到火龙城，就开车回家了。我上到五楼，见八戒、西瓜、龙虾还坐在房间里抽烟。见我进来，点点头。我也没说啥，就要大伙还是先睡觉吧。起来再说。

我睡到中午就起来了，带着八戒去了趟郑棒棒家。再出来时，心里酸酸的。

带着八戒去我家吃的晚饭，给我爸说了说昨晚发生的事。爸听了，沉默了一会，冒出一句："这莎姐没这么简单吧。"

八戒听了，露出欲言又止的表情，我追问。八戒结结巴巴地说："邵波，捆莎姐的绳子挺结实的。"

我应了一声，然后问："有啥问题吗？"

八戒愣了愣，说："绳子是我解开的，捆得很认真，并且……并且挂着她的尼龙绳不止一根。"

我忙追问："难道有两根？"

八戒抬起头来，说："反正那尼龙绳是有两根挂着，可能是我多心吧！如果刘司令的电工刀比在那两根绳子中间，一刀拉下去，不管是对着哪一个方向，能拉断的都只是其中一根，而剩下的那一根，应该是可以让莎姐不掉下去的。"

"你的意思是？刘司令自始至终也没有真要放莎姐摔下去？"我看着八戒。

我爸便说话了："完全有这可能啊！刘司令真要杀你们这莎姐，还要等到你们上去吗？再说，他把亲妹妹杀了，有啥作用吗？"

我吸了口烟，没吱声了。

三个人便沉默起来。最后，我站起来对着我爸说："不想这么多了、不想这么多了，案子反正已经彻底结了，再挖下去，挖出的啥也无法取证来证明什么了。"

我爸点点头，然后也说道："你说的也是，整个案子看过来，弱势群体反而是杀人的刘司令和他妹妹，现在人也死了，咱再这么怀疑下去，也没必要了。"

我点点头，要八戒跟我回火龙城。临走对我爸我妈说："这几天我还是不回了，等场子里安定些再说吧。"

爸妈送我到门口，妈不依不饶又问了一句："古倩那丫头的事呢？"

我笑笑，没说啥。

67

我们回到场子里时，建雄哥已经到了大厅，坐在沙发上抽着烟。见我和八戒进来，便招手让我坐他旁边。八戒说："我还是上楼去吧，毕竟这几天内保就剩下我们几个了。"

我点头。建雄递了根烟给我，说："莎姐没回火龙城。"

我"嗯"了一声，把烟点上，问建雄："哥，要不要我出去找找？"

建雄没应我，继续抽了几口烟，然后叹口气说："算了吧！不勉强了。你等会场子里散了，去把刘司令的东西整一整，放回到五楼莎姐的房间里，她就算走，也要回来整理自己的东西吧。"

我点头。建雄站起来，说："我约了古市长去海都水汇，给他把这事说说。等会我就不回了，莎姐的手机我打了一天，都没开机。晚上如果她回来了，你给我打电话吧。"

说完便往外走，走了几步，又回头说道："算了！就算回了，也不要给我电话，你看着办就是了！"

我应了。目送建雄哥上车，走了。

场子里一干人三两个扎堆，小声说着话，应该都是在说昨晚的事。我装作没看见，毕竟闹成这样，再去压这事，也压不住什么了。一个人便上了五楼，坐房间里对着窗外，叼着烟发起呆来。

还是来来回回都是想着古倩。今天一天，依然没接到她的传呼。我看看表，才八点半，便拿出建雄给我的大哥大，按上古倩的手机号码，却没有按确认。犹豫了很久，咬咬牙，按了下去。

电话只响了两声，便接通了。话筒那边是古倩的声音："喂！谁啊？哦！你好！谁啊？"

我没吭声，古倩在电话那头又问了几句"谁啊？"我挂断了。

继续抽烟。古倩能接我电话，也就是说，她也可以随时给我打个传呼。可是呢！她没打……她爱我吗？或不爱我？那么，她所做的那些事，对我表示的那些好，又是什么情况呢？只是她古大小姐生活中随意给人的一个玩笑？还是另有苦衷呢？

　　正想着，电话响了，是古倩打了过来。我没接，就看着电话在那响着，闪着，很是热闹。最后停了声响，我舒了口气，仿佛解脱了一般。谁知道电话又响了，我按了接通，对着话筒，还是没吭声。

　　电话那头也没吭声，就那样都沉默了一会，古倩便说话了："是邵波吗？"

　　我依然没说话。古倩继续道："我知道是你，我在武汉出差。"

　　我"嗯"了一声，说："我知道。"

　　古倩便又沉默了。半晌，古倩说："邵波，我爱你！"说完，她挂了线。

　　每个人，都有每个人的苦衷。就像刘司令，几十年没心没肺的模样，压抑着的酸楚，到最后爆发了。而古倩的苦衷又是什么呢？她说她爱我，我是应该相信，还是应该放下呢。

　　门响了，我站起来去开门，进来的是小军。我冲他苦笑了下，说："昨晚的事知道了吗？"

　　小军点头，说："刚在楼下八戒和我说了。"

　　我"哦"了一声，又坐回窗边的凳子上。小军也坐过来，说："怎么了？这么个苦瓜脸，八戒说你和你爸和好了，咋还这么个郁闷的模样。"

　　我笑笑，说："没啥！"

小军便说："是为了古倩吧？"

对他，我也没必要隐瞒，点点头。小军摆出个过来人的模样，拍我大腿说："感情吗！想那么多干吗呢？其实人啊，没必要去透支一些未来的烦恼的，可能十年后，你我都有了自己的家，有了一个听话的媳妇，再回过头来想想今时今日这么傻傻的样子，自个都会好笑的。"

我笑笑，说："可能吧。"

小军继续道："可能古倩真有啥苦衷也说不定。知道不？我们没回的时候，古市长住了次院，心脏病吧！问题不大，就住了两天。外面说他是因为工作太忙的缘故，我觉得啊，他应该就是为古倩跟咱跑出去了的事。"

我听着，愣了愣。然后强装出把这些放下的表情，对小军说："跟我去趟刘司令房间吧。"

两人往门口走，走到楼梯间，遇到正上来找我们的八戒，便让他跟我们一起往宿舍走去。

到宿舍的路很黑，我们三个一人点支烟，胡乱说着话。而咱三个人就这么走啊走的，到今时今日，不知不觉地，一起就这么走了十几年。只是，那晚我们走在 X 城，而之后的日子，我们走过了大江南北罢了。

68

刘司令的房间和几天前一样凌乱，墙上的伊能静依然睁着那双大大的眼睛，纯情地看着这小房间。很久以后，伊能静嫁人了，玉女终于变成了少妇；再很久以后，伊能静生了个儿子，玉女已为人母；再很久以后，伊能静离婚了，离开了她的男人，离开了她的孩子，也离开了生她养她的台湾，在大陆活跃着。世界即将变化，在当时的1993年，却没有任何征兆罢了。

我们三个把床单铺到地上，然后从衣柜，从床头柜，从床上，把刘司令的遗物一一往这床单上扔。看得出，刘司令过的生活还是比较拮据的，洗发水是很廉价的啤酒香波，肥皂用的不是当时流行的力士，连牙刷，都已经是被磨得很是飘逸的模样。

整理衣柜时，八戒从一条裤子里摸出一张相片，拿手里看着，"咦"了一声，然后递给我和小军。

相片是黑白的，上面印着"1987年北京"这么个字样。相片上就刘司令、莎姐和建雄三个人。背景是天坛公园那个满是荷花的湖，建雄站中间，左边是莎姐，怯生生，但抑不住幸福地挽着咧嘴笑的建雄。右边是刘司令，他和建雄都搭着对方的肩膀，刘司令的笑容也和建雄如出一辙，是没啥心肺的甜蜜。

我们看了，心里都觉得怪不是味的，我把相片翻过来，只见背后写着：我和我爱的男人以及爱我的哥。署名是刘莎。刘莎是莎姐为我们所知的名字。

看着那几个字，心里更不好受起来，似乎可以感受到这个女人，在拍这张照片时内心的甜蜜感。

突然间，我觉得似乎有啥不对劲。我弯腰把刘司令那本笔记本翻开，两处字迹一对比，很是相似。八戒和小军看了，也是一愣。半晌，八戒说："可能两兄妹练的都是同一本字帖吧。"

小军也说道："就是！这照片上的字还是娟秀一点，笔记本上的字这么大气，这么难看。这叫啥来着，形似神不似。"

我点点头，把笔记本放下，相片放到了我的口袋里。

外面探出个头来，是保安小菜皮："嘿！邵波哥！你们几个在哦，吓我一跳，我还以为是刘司令显灵了。"

说完，小菜皮进了房间，瞅着刘司令的遗物。

我没搭理他，继续把刘司令的东西往床单上放。八戒对小菜皮说："咋了，刘司令没了？你有啥想法？"

"才不呢！"小菜皮说，"不过刘司令平时对咱挺好的，就这么个大好人，你说怎么会杀人？而且还杀了几个。"

"杀了几个？杀了哪几个啊？"八戒满脸问号地对着小菜皮。

小菜皮更乐了："嘿！八戒哥，你还瞒咱啥啊！场子里都知道了，刘司令弄不好是个在老家就杀了好几个人的通缉犯，到了咱这里一直隐姓埋名，就是因为刘科和建伟哥发现了他真实身份才杀了他们灭口，如果不是你们昨晚那么勇敢，还牺牲了棒棒哥的话，最后一个知道他身份的莎姐，不也没了。"

我们仨听了哭笑不得，八戒便打趣道："小菜皮啊！你从哪里打听到这么多机密啊？我们和谁都没说这些，却被你知道了。"

小菜皮憨憨地笑，说："八戒哥，别笑话咱了，场子就这么些人，能瞒住啥呢？所以说都觉得难怪刘司令之前就那么多古怪哦，现在全部都找到答案了。"

我便说话了："有些啥古怪啊！说说看。"

小菜皮讨好地拿出一包廉价的烟，给我们递上，然后神秘兮兮地说："就说领工资吧，咱都是拿了钱签个字，可他从来不签字，都是要咱代签的。便问他为啥不签，他说不识字，自己名字也老是写错；还有咯，他经常半夜不回来，说是出去找女人了，可谁知道他到底是去哪里了呢？"

我打断他："你说刘司令不识字？"

小菜皮说："是啊！"

我指着地上那笔记本说:"那这本子上这些字是谁写的?"

小菜皮瞅瞅那笔记本,说:"这上面不就只有封面上有几个字吗?是刘司令要我给他写的,不就是写的'低掉',一定要'低掉'吗?"

说完小菜皮捡起本子,翻到第一页,指着那几个鸡脚鬼画的错别字给我看。

"那里面的不是你写的吗?"我从他手里把本子拿了过来。

"里面有字吗?我不知道啊?没有吧!"

小军指着床头那几本武侠小说问道:"那这几本小说是谁的呢?他不识字,放着干吗用的?"

"哦!你说这几本书啊。"小菜皮说完便上前把那几本书抱起来搬到客厅,摆到电视机前,然后对着电视一屁股坐下,说:"刘司令吃饭的时候看电视,用来放饭盆的。"

我们三个人哭笑不得。

整理好刘司令的东西,我们把床单一捆,八戒扛上,往火龙城去了。

69

把东西放到莎姐在五楼的房间,我们一看表,也十一点多了,便去对面宵夜摊点菜。

我们胡乱地说着话,围绕着刘司令,都觉得刘司令也挺可怜的。一个农村人到咱X城,跟着X城最大的老板这么多年,混到现在,还就这么点家当。婚也没结,连一件像样的衣服都没有,都是些建雄不要的。然后又说起莎姐,更加叹气。八戒问我:"现在又整出这兵器谱可能不是刘司令自己写的这事,咱还要不要查查莎姐啊？毕竟莎姐和刘司令身上，还有这么多古怪。"

我摇摇头，说："算了吧！人家刘司令人都死了，如果真按我们猜测的，刘司令最后的举动，也是为了让我们不怀疑莎姐？再说，就算真的莎姐一直知道，但凶手是刘司令已经可以肯定，算了吧！不查了。"

八戒点点头。小军在一旁给我俩把酒满上，端起杯，给我俩碰了下，然后说："邵波，我和你说的去深圳的事你考虑得怎么样？我停薪留职的事基本上没啥问题了，剩下的手续我爸会给我办。整出刘科那事，我现在觉得在X城一天都待不住了。我和八戒也说了，八戒说看你，咱仨兄弟一起去深圳，有手有脚的，我就不相信会饿死。"

八戒便咧嘴笑："废话，如果在深圳没钱的话，我一个人出去做事，养活你俩就是了。"

我冲八戒瞪眼，八戒吐吐舌头。然后我正色对小军说："小军，去深圳，你是啥计划你总要说给我听听吧。"

小军便来劲了，说："给八戒我是说过了，是这样的，我有个远房表哥，年初去的深圳，前些天打电话过来，说他现在代理了个国外的产品，在大陆销售，现在急着要人，要我过去帮忙做。我便提了提说我还有两个好兄弟可能也会过去，他说没问题，说他正是用人之际，还说现在南方满大街都是钱，只要你有手有脚，愿意弯腰去捡，都能有收获。"

我听了点点头。先在这剧透一下，后来我们到深圳见识到的表哥代理的产品，叫啥摇摆器。具体原理懒得说，但那玩意儿其实就是比安利还早进入中国内地的第一批传销产品，直接让我们仨听课听到头晕，最后骂娘骂到舌干。

正聊到这，远远地，一个熟悉的人影出现在火龙城大门口，竟然是莎姐。我们立马都愣住了，小军说："咱过去呗！"

我摆手，要他俩继续喝，我一个人过去看看。

我尾随着她往楼上走，一路上服务员们看到莎姐，都忙躲开，然后站在角落小声说话。再看见莎姐后面的我在冲他们瞪眼，便都赶紧散开。我寻思这么直接跟着她进她房间，似乎也不好，便在二楼吧台站了会。也就站的那一会，随口对着吧台的服务员说："拿每天莎姐记账的本子我看看。"

服务员便递了过来，我瞄了一眼那字迹，真和本子上的字一模一样。愣了愣，琢磨着自己继续这么摸下去，似乎也太赶尽杀绝了，便放下本子，往楼上走去。

到莎姐门口，我敲了敲门，说："莎姐！是我，邵波！"

莎姐说了声："进来呗！门没锁！"

我开门进去，莎姐不在房间里，洗手间里水哗哗地在响。我便不自在了，说："莎姐，要不我等会再过来。"

莎姐在里面说："你先坐吧，我很快就出来。"

我在凳子上坐下，点上支烟。

半晌，莎姐穿了套长袖的睡衣，头发用浴巾包着，出了洗手间。直愣愣地走到我面前坐下，拿了支烟点上。

我正眼看莎姐，一天不见，憔悴了很多，两眼肿肿的，明显这一天流了很多眼泪。莎姐叹口气，说："邵波！你说是要姐说你好呢？还是说你坏？"

我愣了愣，莎姐却像是在自言自语般："我哥现在死了，你安心了吧！建雄不是说查出真凶要给你十万吗？你拿到手了吧！祝贺你啊。"

我不好意思起来："莎姐，我查这案子真不是为这钱的事。"

"那是为啥？为了让我们兄妹都死得这么难堪？"

我站起来，说："莎姐！刘司令的东西我帮你拿过来了，既然你这么说，那我就先出去了。"

莎姐愣了愣，我便往外走，走到门口时，莎姐在背后喊住我："邵波，你给我站住。"

我停了下来。

莎姐在我身后说道："建雄不在火龙城吗？为什么他自己不上来找我？要你来干吗？"

我回答："他不在，他也不知道你回来了。"

莎姐"哦"了一声，然后又问道："他就没留什么话要你和我说吗？"

听她的那说话声，似乎又带了哽咽，我觉得也没必要瞒这可怜的女人，咬咬牙，说道："莎姐，建雄哥晚上走的时候说，就算你回了，也不用给他电话了。"

莎姐在我背后哭出了声，我狠狠心，开门出去。

我回到宵夜摊上时，西瓜和龙虾也来了，他俩还是阴着脸，因为棒棒的离世。坐下自然是都很沉重地喝酒。

然后，比较意外的是莎姐出了火龙城大门，朝我们走了过来。

我忙站起来，莎姐冲我招手，我走了过去。莎姐面无表情地对我说："我已经买了明天回五岭屯的票，出来了这么多年，也想回去看看小来了。"

我应了一声，然后故意说道："你没给建雄哥说吗？"

莎姐苦笑一下，说："我就不给他电话了，你看看要不要告诉他。"

顿了顿,莎姐轻声说道:"我是明天九点五十的火车,九点我就会在候车室等着,应该是九点半上车吧!"

说到这,莎姐又哽咽了,然后吸了一口气,抬起头对我补上一句:"他来,或者不来……我都不会怪他的。"

说完,莎姐一扭头,往火龙城走去。

70

我站那愣住了,然后拿出手机,给建雄哥打了过去。建雄哥先是唯唯诺诺了几声,应该是正和他老婆在一起吧。过了几秒声音便正常了,说道:"好了!邵波,啥事啊!是不是莎姐回来了?"

我应了声。电话那头的建雄便沉默了。然后我把莎姐刚给我说的话重复了一遍,建雄哥听了,继续沉默。

沉默了有五分钟吧,我听见建雄叹了口气,然后对我说:"邵波!你去财务看看今晚还有多少现金,应该有两三万吧!加上我今天放了三万块钱在那儿,本来就是下午想拿过去给你莎姐的,你一起拿五万吧。明早我就不去送了,你代我去火车站送下她吧,顺便把钱给她,就说我……说我……说我临时有事,去了山西矿那边。"

我说:"好的!"然后就准备挂线。

电话那头建雄又说话了:"邵波,你还给她说,就说……就说……算了!没啥吧!你看着办就是了。"

说完,建雄挂了机。

那晚,反倒不是他俩当事人的我,心里怪不是味儿的,去财务处拿了五万块钱现金，开了个房间，和小军、八戒在里面睡下。

第二天一早，八点左右吧，我便去莎姐房间敲门，服务员说："莎姐早走了，还提着行李，两个大皮箱走的。"

我点点头，下楼叫了个车，往火车站赶去。

在候车室，我一眼在人群里看到了莎姐。和以往不同的是，那个早上她没有化妆，头发也是很随意地扎在脑后，在一个角落里，靠墙站着，手里夹了支香烟。

我走过去，莎姐看见我，没有露出意外的表情，反而那么淡淡地说道："我就知道他不会来的，叫你过来，也算表达他这么多年来对我的情谊吧？"

我刻意地笑笑，然后掏出那黑塑料袋，里面是那五万块钱，往莎姐包里塞。莎姐没问我里面是啥，还是那么淡淡地笑："邵波，是钱吧！你回头去跟建雄说，就算他没要你给我，我今早也已经去财务那儿说要拿钱，财务说被你拿走了，我就知道建雄要你拿的。这就是我哥一条命的钱。"

我没发表意见，其实我听着莎姐这话，觉得虽然面前这女人可悲可怜，都已经这样了，她哥杀了两个人，可她却像没错一般的态度，让我很是反感。

莎姐似乎看出了我心里的想法，她看看表，说："离进站还有大半小时，邵波，上次我给你讲到我和我哥离开了五岭屯，接下来这十几年的故事要不要听听？"

我点上支烟，没吭声。

莎姐好像自言自语般，说道……

1976年底，翠姑和刘德壮揣着十几块钱，买了到X城的火车票。

一路上，两人第一次看到外面的世界，是如何的美丽与繁华，也第一次看到外面的人，是这么的多。

到了X城，两人就傻眼了，本来以为，城市顶多比五岭屯所在的那镇上稍微大一点，镇上就一条街，而X城在翠姑兄妹的意识里，也顶多两条罢了。谁知道到了X城后，才知道，这世界是这么大。

自然是找不到建雄和刘科的，很快，两人啃馒头的钱都没了。睡在桥洞里，盖着捡来的棉絮，所幸那时代的人也都善良，见他们两个来X城"找亲戚"的乡下人无依无靠，几个大妈便给他们找了个收粪的工作。每天早上，拖着个木头的车，拿着上面有个大瓢的竹竿，在各个公厕里淘粪出来，再送到指定的地方。他们觉得这活也没啥不好的，在乡下，各自家的大粪还害怕被别人弄走了呢，都当宝！这城里人，也还真奇怪。

兄妹相依为命，淘粪的活干了有三年，一直到了1980年。改革开放对于当时的X城，还没有日新月异的变化，但城市里的改造，还是热火朝天地开始了。

也就是那年的某一个早晨，翠姑和刘德壮和往日一样，推着粪车在冷清的大街上走着。一个骑自行车的，匆匆忙忙地从一旁经过。当时兄妹俩不知道在打闹些啥，翠姑嘻嘻笑着，往旁边一蹦，自行车一个躲避不及，车把一扭，撞到了粪车上。

刘德壮一愣，车停了下来，满满一车大粪，一个荡漾，几滴黄色便成功越狱，洒到了骑自行车的中年人身上。

中年人立马往后一弹，指着衣服上的大粪激动起来，对着翠姑就破口大骂："臭娘们你瞎眼了，在街上跳，赶着跳去死啊？

害老子这一身臭味。"

翠姑忙说:"对不起!对不起!"并上前要帮中年人擦脏衣服。谁知道中年人像避瘟疫一般,往后退,嘴里还在骂道:"滚远点,他妈的,你个赶大粪的臭娘们,靠近老子老子都嫌你臭呢!"

正说到这,一个大木瓢,狠狠砸到了中年人头上。中年人一抬头,就看见拉粪车的汉子,抄着那根舀粪的棍子,冲自己扑了上来……

那个早晨,刘德壮被公安按在地上时,翠姑在哇哇地哭;刘德壮被公安带走时,翠姑跪在地上冲着穿制服的人拼命磕头,说:"大哥!大叔!我哥真的不是故意打伤人家的,你们要抓抓我吧!都怪我撞倒人家自行车的。"

刘德壮因为故意伤害被劳动改造判了四年,翠姑也因为他哥打架的事,丢了工作,连这个赶粪车的工作,也没有了。

无依无靠的翠姑,卷着个简单的包裹,无目的地在X城走着、走着……那一会,她憧憬着,突然间,街道上一个熟悉的身影拦住她、抱住她,而这人,就是她这么多年来,唯一支持着她耗在X城的建雄。可那时的建雄,已经不在X城,而是在千里之外的江西当兵。

翠姑就那么走着、走着。在一个陌生的工地,她无意间看到,一群和她哥一样淳朴的乡下汉子,正在工地上洒着汗水。

翠姑傻傻地走了进去,问那些乡下汉子:"哥!你们这还要人帮忙吗?"

汉子抬头,看到的是白皙娇美但穿着邋遢与破烂的翠姑,愣了愣,然后一扭头,对着远处的工头喊道:"大哥!这有个丫头要来招工。"

翠姑便在这工地上待了下来。民工们都亲热地称呼她为大妹子。大妹子每天帮着做饭洗衣，苛刻的工头没给她工资，说就管你饭。

然后……然后……为了能偶尔送个十块钱给还在监狱的哥，翠姑在工地里做起了最原始的买卖。

房子一盖完，民工们又去到新的工地，翠姑又跟着到新的工地，重复着白天做饭洗衣，晚上被压在各种喘着粗气，一股子力气的汉子身体下。就那样过着，一直到1984年，刘德壮刑满出狱。

刘德壮出狱后，也跟着工队，在工地做起了民工。说刘德壮没有心肺吧，也体现在他知道了翠姑在工地所从事的工作后，居然觉得还不错。同时，因为在劳改队待了四年，让他结识了很多社会上形形色色的人，之前他的世界就是大山，然后接着就是粪车。到出狱后，他终于知道花花世界的美丽，并开始非常热衷于他与翠姑来到X城的初衷——寻找建雄。

第十五章

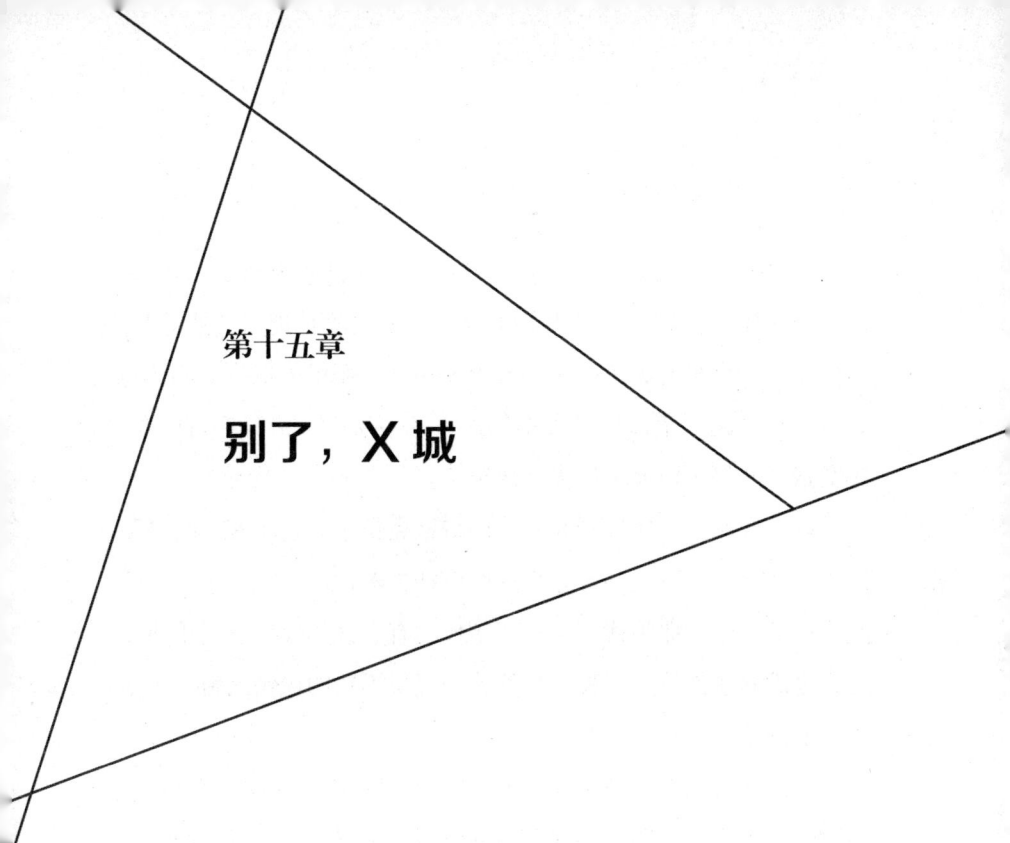

别了，X 城

　　凡事都怕有心，到刘德壮出狱后，建雄已经退伍了一年多，进了他哥做厂长的工厂，做起了供销——也就是现在的业务员。刘德壮每天收工便满大街转，哪里人多就往哪里去探头。

71

　　凡事都怕有心，到刘德壮出狱后，建雄已经退伍了一年多，进了他哥做厂长的工厂，做起了供销——也就是现在的业务员。刘德壮每天收工便满大街转，哪里人多就往哪里去探头。到休息时更是小公园、菜市场等人多的地方的一块碑，终日遥首顾盼，比翠姑自己都热切地希望找到建雄。

　　重逢的那天，建雄刚和几个同事下完馆子。在1985年，"下馆子"三个字，不是寻常老百姓可以挂在嘴边的，就连市委工作的公务员，也没那闲钱。而在那年代，有点钱的反而就是干供销的。建雄的亲哥就是厂长，自然是个混得不错的供销科科员，下下馆子，还是司空见惯的。

　　那天下着雪，建雄嘴边叼根烟，还叼着牙签，踩着自行车，在回家的路上。家里，结婚不久的妻子，已有了四个月的身孕。一切的一切，都是幸福与美好的诠释。那时，天有点暗，冷不丁地，身后一个人追了上来，在后面喊自己的名字。建雄停下车，便看到了刘德壮。

　　这个意外让建雄很是高兴。年代不同，人们对于人与人的情感看待的方式也不同。搁在现在，偶遇个混得比自己差的以前的好兄弟，避开都来不及。而在当时，确实能让人有很兴奋的一种情结。

　　两人很肉麻地握手，激动地喘出的热气，在大雪中化为雾。寒暄了几句，建雄问起翠姑。刘德壮说："我妹也在啊！"

　　然后一起去见翠姑。路上，刘德壮还要求建雄让自己骑一下自行车，载着建雄，在雪地里滑倒了两次，都是欢笑，如当年两个人在大山里能找到的那些个乐趣。

到了工地外搭着的简易的小平房，刘德壮远远指着其中一个棚子，说："就那个屋，翠姑住的。"

建雄激动起来，使劲地搓着手。当时的建雄也二十好几了，对于男女之事，没有几年前那么懵懂了。在部队的日子，每每一身热气地在被窝里翻来覆去时，想着的女人，也一直是翠姑。刘司令带着建雄走了过去，一边大声喊着翠姑的名字。可那晚雪很大，也有风，声音压根就无法传到翠姑耳边。

于是……推开那扇简单的门板后，进入建雄眼帘的第一个画面竟然是：一个黑壮的秃顶男人，裸露着背，正压在翠姑的身上，双手正狠狠地捏着翠姑的乳房，一床薄薄的棉被，遮盖着他们的下半身。

建雄直接就愣在那里，而同样愣住的，是被人压在身下的翠姑。而秃顶男人以为只是刘德壮回来了，扭头看了一眼，居然把被子往上一提，继续着他的苟且。

建雄像一头发狂的狮子般，把那男人拖到地上，抬起脚就踹了上去。刘德壮连忙拉开，秃顶男人不知所以，狼狈地走了。翠姑卷着被子，缩在那个简陋的地铺角落里。曾经，翠姑憧憬过无数次与建雄的重逢，都是美丽的、能让这女人为之心醉的画面。很多个无助的夜晚，甚至寒冷与饥饿的夜晚，想象起与建雄的重逢，都能让这女人忘记所有的痛苦，重新振作，并坚强地面对生活。

而终于见面了，所有的布景都和自己想象的不一样，甚至，自己还那么狼狈，那么低贱，那么悲哀……

建雄鼓着眼睛瞪着翠姑，翠姑低着头，不敢面对面前的男人。

终于,建雄狠狠地冲上前,一把抱住裹着被子的翠姑,两人热泪盈眶。

刘德壮在一旁笑了。

于是,翠姑变成了刘莎,刘德壮变成了刘司令。建雄租了个房子让两人住下,并让两人进厂里做了临时工……

72

莎姐说完这些,始终面无表情,仿佛故事里的人,压根就和她无关一般。

我听着,尽管觉得酸楚,但因为已经可以确定莎姐对于这两起命案,并不是这般局外的,于是,便也没让我的小心肝如何荡漾。

我们面对面地抽烟。半晌,莎姐说道:"邵波!满足了吧!一切都被你挖了个透彻,还有啥想知道的,莎姐今儿个都不会瞒你,想问啥就直接问吧。"

我淡淡笑笑,迟疑了一下,还是忍不住对着她说道:"莎姐,你哥自始至终,对你还是不错吧!"

莎姐脸色立马变了,点点头,说:"你问这些干吗?"

我依然淡淡地说道:"莎姐,刘司令已经死了,有些啥也没必要去剥得那么赤裸裸了。我只是想从你嘴里听你说说,杀刘科和杀建伟的真正原因。"

我顿了顿,补充了一句:"当然,是刘司令杀刘科和建伟的真正原因,不是你。"

莎姐抬头看我,脸色阴得可怕,嘴角抖了抖,然后愣过神来，慌张地又摸出一根烟，点上，再狠狠地吸了几口，权当是给自己压了压惊。沉默了一会儿后，莎姐再次露出坚毅的眼神，望着我："行！邵波，你想知道，我就全部告诉你。其实从建雄他们兄弟从单位出来，做生意开始，我们就很恨建伟。建雄对我怎么样？我心里一直有数，尤其是在那时候，现在……唉！"

莎姐又顿了顿，眼神中放出兴奋的光来："当时建雄是真的想离婚，想和我结婚的，甚至他都计划好了，把房子给他老婆，和我住到他爸妈家去，甚至他都和我说了，要我答应他，必须要好好对待他的儿子乐乐。可是……可他哥……那老狐狸，怎么样都不答应，说建雄疯了，说建伟岳父家里的关系，在他们生意场里能起到很大的作用。建雄这人你是知道的，很冲动的一个人，和他哥吵了一架，便搬到我们租的房子里住下。"

"谁知道……谁知道建伟找了过来，还带了几个人，架住建雄，把我哥打倒在地上。他还说，他能让我们兄妹永远消失在这世界上。"

莎姐说到这，似乎又激动起来："最后，建雄答应了他哥回去，但条件是，必须继续让我和我哥跟在他身边。建伟那畜生可能觉得我们兄妹也没啥能耐兴风起浪，便答应了下来。一直到后来开矿，到开这火龙城。"

"这么多年都这么相安无事地过了，为什么到现在你们又一定要把他置于死地呢？"我打断道。

莎姐笑笑，说："邵波！建雄现在多大了？四十了……如果哪天又因为他那坏脾气，和他哥闹翻，又或者他哥的儿子进入社会后，接他爸的班。到那时候，建雄有啥呢？虽然建雄是火龙城的总经理，是两个矿的法人代表。实际上呢？建雄的房子、车子,不都是建伟给买的吗?他对建雄说反正两兄弟,没分家,实际上呢?建伟哥不是个简单的人。"

"尤其到这两年,建雄也慢慢成熟了很多,和我在一起,时不时提起,只有他哥哪天没了,他才能真正成为一个男人。否则,他永远只是依附在他哥羽翼下的一条狗罢了。邵波!我们兄妹没有啥能真正帮到建雄的,我们是农村出来的,不懂很多人情世故,也没有任何社会关系。我们所以能不像条狗,全部是因为建雄。唉!邵波,你懂我的意思吧?"

我点点头:"那杀刘科又是为什么呢?"

莎姐冷笑道:"刘科是自己找死,本来并没有想他死,毕竟过去了这么多年了。谁知道他今年一直来火龙城缠着我,谁见了他都烦。况且……况且我也只是那天到一楼对我哥随口说了句,说刘科一个人在一号房躺着。没想到我哥就马上上去杀了他。"

我重新审视着面前这个女人,女人依然叼着烟,眼角的鱼尾纹如蛛丝般清晰。发丝中,依稀可以看到一缕或两缕白色。她只是个四十不到的女人。每天,她在火龙城里,完全忘我地操劳,我们习惯把她看为我们的老板娘,但背地里依然嬉笑着她不过是建雄的小三。这是个什么样的女人,是个什么样的灵魂呢?居然愿意为了自己男人过得好,让自己的亲哥哥去杀人呢?

莎姐依然露出倔强的眼神,继续说着:"邵波!本来一切都这么过了,你们抓着那贼,案子也都那么定了。可是一个你,一个建雄,为啥还要这么死咬着我们兄妹不放?为啥一定要把我们逼到最后呢?"

"莎姐!"我再次打断她,"杀刘科,杀建伟,你们都可以有你们的苦衷,可你哥去建雄家里,难道所要做的事情能够让人原谅吗？"

莎姐垂下头："去建雄家，不是我的意思。那几天，我们以为建雄没有了他哥的阻挠，会考虑和我结婚的事，可他一反常态，说出很多借口。说孩子大了，说他老婆也老了。最后我和他吵了架。我和我哥说了，然后我哥去了建雄家，这都不是我知道的。然后他回来找了我，说他已经被人看见了，最后他说他可以死，但一定要让我继续过好日子。我没答应，便有了你们那天在阳台看到的那一切。"

说到这，候车室的广播通知：去沈阳的火车进站了。

莎姐定下来，仰脸看着我，说道："好了！一切你都知道了，要不要把我带去公安局？不带的话，我就要走了！"

我愣在那。莎姐冲我笑笑，拖着行李箱，拎着一个旅行袋，转身往检票口走去。

我傻站着。半晌，我追了上去，从莎姐手里接过旅行包，说道："莎姐！我送你上车吧。"

我把她送到车上，然后下了车，站车窗边看着。莎姐也在车窗里淡淡地笑着看着我。冷不丁地，一个念头在我脑海里闪了一下，我立马往车上跑。

莎姐看我跑上来，表情很是紧张。然后，我贴着莎姐的耳边问了一句："建雄哥自始至终知道你们有过这想法吗？"

莎姐愣了愣，没吭声。我看着她，彼此都那般傻站着。最后，我扭头往车门口走去。

莎姐从背后追上来，低声说道："他知道我们有想法，但他也只是说如果他哥不在了多好，其他的，他都不知道。"

我点点头，下了车。

73

　　火车狠狠地吐了一口长气，轰隆着，载着这个可怜而又可悲的女人离开了 X 城。十几年前，懵懂的两个孩子，怀着对这世界的欣喜，来到了这个城市。这个城市，回报给他们的却始终是不平等的遭遇。于是，他们有过青春，在这里消耗了；于是，他们有过梦想，在这里磨灭了；又或者，他们曾经有过的美丽，有过的纯洁，有过的对这个世界的爱，也在这里一并耗费了。

　　到最后，他死了，她活着，活得依然没有一点点尊严，没有一点点骄傲。离开时，和他们来时一般无助。只是，来的时候，他们不是孤单的，最起码，他们还有对方——一个至亲的亲人，在身边依靠着。而离开时，已经永远成为了两个世界的人。

　　我没有叫车，在火车站慢慢往回走。这个案子结束了，这个故事似乎到此也告一段落。走到火龙城时，已经十一点了。远远地，就看见建雄的车在门口停着。进到一楼，果然是他，很憔悴地坐在沙发上抽着烟，面前的烟灰缸，密密麻麻都是他那白三五的白色烟头。

　　见我进来，建雄"呼"地站起来，说："上去呗！"

　　我跟在他后面，去到五楼。建雄和平时一样，径直往莎姐的房间走去。走到门口，愣住了，然后要服务员给他另外开个房间。

　　服务员开了个房门，我们进去坐下。建雄急忙问我："她走了吗？"

　　我点点头。

　　建雄又问道："她说了些什么？"

我顿了顿，然后冲他摇头，说："莎姐啥都没说！"

建雄眼神中闪过一道奇怪的光，只见他往椅子的靠背上靠了靠，身体好像放松下来一般。

到他再抬头，和我正盯着他的眼神交汇，似乎他在我眼睛中察觉到我看透了什么，忙把头转向窗户，淡淡地说道："唉！想不到刘司令会做出这种事来，真的没想到我养他这么多年，最后他回报给我的居然是伤害到我的家人。邵波，你说这人啊，还有啥可以信任的。"

我"嗯"了一声，心里似乎有些肯定：建雄并没有这么简单，整个事情，也不会完全和他没有干系。

毕竟在那个年代，我还是年轻，虽然我比同龄人理性，但在那时，依然没有控制住自己的怀疑，可能也是因为之前从事与学习的都是刑事侦查的工作。于是，我惯性地对着建雄说了一句："是啊！连一个父母生出的，都能下毒手，这人啊，确实没啥可以信任。"

我这话的意思是对于刘司令对莎姐在那晚做戏的评论，之所以说出来，影射的无非是建雄。

完全和我意料的结果一样，建雄听着我这话一愣，然后警觉地扭过头来，对我说："邵波！你这话什么意思？"

我忙故作轻松地淡淡一笑，说道："我说刘司令啊！如果不是我们发现及时，莎姐今儿个也不能这样离开 X 城。"

建雄便也淡淡笑笑。半晌，建雄对着我说："邵波！现在凶手找出来了，哥答应你的那钱，这两天便拿给你。"

我心里因为基本上已经可以肯定建雄对这案子，是事先知情的，于是，我看着面前这高大的汉子，油然生起一股厌恶。便点了点头,说:"行!正好也给郑棒棒家再拿点去。"

建雄又说道:"不过,邵波!你必须答应哥一件事。"

我当时就意识到,他要我答应的无非就是对他怂恿刘家两兄妹做下这一切的事闭口不提。其实,他不要求,我也决定不再提,毕竟他可以完全推个干净,凶手不是他,一切他也不知道,说到底,顶多是他在不该的人面前,有意无意发了几句牢骚罢了。于是,我便点点头,说:"你说吧!"

谁知道建雄说的是:"邵波,你拿着钱,走吧!我不管你知道了多少?或者你又啥都不知道也好,啥都知道也好,但你走吧!离开X城吧!"

我愣住了。建雄的眼睛恢复了他平日里傲慢的神情:"邵波!哥其实还是很看得起你,本来也想带着你做点事情。但这案子……你知道的,很多东西也不简单。我不希望这些传出去,哪怕是一点点风声,我都不会允许。要知道,建雄哥我之前和你建伟哥都是在矿上做生意的,矿上有些事,不想让人知道的,自然有很多办法不让人知道。建雄哥我不是个坏人,但也不是个好人。我不能保证我不会哪天对你起什么坏心思,毕竟你除了这案子外,另外还有和古大小姐那门子事,能影响到我和领导们的一些合作。"

建雄说到这,掏出烟来,递了支给我,似乎是要为自己这近乎威胁的话,再披上点客套的外衣。建雄给我点上火,继续道:"邵波,你还年轻,以你的能耐,随便去个地方,应该都不会混得太差,再说,十万块也不是小数字,你拿着这钱做点小买卖,应该很快就能过得好起来。这年月,做啥生意都赚钱。"

听着建雄这些话,我没有出声。如果说,我写的这一切,只是一个普通文字工作者伏案杜撰的故事，那么，这一会，我这故事里的我——邵波，应该是面对着敌人的威胁，毫不犹豫地说声不，并用义正词严的正义语句，对面前的建雄冷面相对。

可惜的是，我并不是小说里的人物。

记得有句某老外对咱国家的评价：中国，就是无数个完全相同的城市组成的。

诚然，相信所有人都知道，在九十年代初期，每一个我们生活着的内地城市里，都有着一股相同的势力——那就是有官员背景在幕后指使的所谓官商，而且，这些官商还都世界大同地在各个城市里，开着一家在当地最大的娱乐场所。而也是在那个年代，似乎这股势力，完全能在那小城里翻手为云，覆手为雨。说句实话，建雄所说的话，并不能完全说只是他的威胁，而是完全有可能的。

可悲的是，我并不是啥人物。我那已经退休的父亲、母亲已经苍老，自己也只是个被单位开除的小年轻。对于这股势力，尤其像我，能对这股势力起到什么影响呢？——包括建雄对这案子莫须有的手段，又包括古市长现在对我的厌恶。

沉默了很久，我觉得刚刚还因为感觉到了建雄的卑鄙，自个儿高大起来的我，在这片刻后，居然越发卑微起来。建雄的气场很大，其实，在他还只是建伟哥羽翼下的冲动汉子时，他就有对周围一切都能控制的张扬个性。而到建伟哥走后的这十多天，他完全成熟起来，很多事情，也都变得很有分寸，俨然是他哥的一个翻版。

于是，我有了一种感觉：可能在很多年前，建雄就已经成熟到现在的心境。只是，他在他哥哥的羽翼下，不能显露出来罢了。

我越发明白，这一切，不过都是在建雄的掌握中罢了。

我把建雄哥给我点的那根烟再狠狠吸了几口，在烟缸里掐灭。冲建雄哥点点头，说："我知道了！"

建雄拍拍我肩膀……

74

第二天，建雄让我跟财务去银行，转了十万块钱到我账户。当时我在火龙城也干了七八个月，自己就存了三四千块钱。看着存折上那几个零，说实话，我还是很激动的。

那天，我把东西都收拾了拿回家。下午，小军和八戒按照我给他们说的，提着点水果，到我家吃晚饭。饭桌上，小军热情地喊着"邵伯伯，阿姨好！"然后给我爸妈说了他想要我和他去深圳的计划。

我妈听了，有点不高兴，皱着眉。爸却没有露出不快，反而转过头来问我："邵波！你自己怎么看？"

我顿了顿，说："爸，我也想出去闯闯。"

爸叹口气，头转过去对着妈，但说的却似乎是给我听的："孩子大了，在 X 城这么待下去，一辈子可能就和我们一样，这样平静地过了。世界已经变了，我每天看新闻联播，外面的世界已经和我们看到的世界不一样了。唉！孩子他妈！让邵波出去走走也好。记不记得以前刚有传呼机那会，那时候邵波刚毕业进分局，我们想要送一个给他，也犹豫了很久，毕竟咱一辈子下来，也没啥结余。而现在呢？大哥大都满天飞了，邮局里卖的那些大哥大，只有一包烟这么大了。世界变了，孩子也大了，让他自己出去闯闯，也好啊！"

妈听着听着，哭了。

我和八戒、小军订了一周后的火车票。买了票后，我去了趟火龙城。那时，表哥出院了，建雄让他接了我的班。表哥见到我还是叫我："邵波哥！"然后介绍我认识另外两个大高个，穿着我和八戒留下的黑西装，拿着对讲机。两人对我微微一笑，但眼神中没有一丝丝友好。毕竟在他们眼里，我是他们领导——表哥位置的一个潜在对手吧！

建雄好像啥事都没有一般，扯着我到五楼的一个房间里聊了会。说的是一些客套话："以后我建雄在 X 城混不下去了，就去深圳找你，到时候别不认我哦。"

临走时，在他那房间的垃圾桶里，我无意中看到里面塞了件衣服，里面有已经撕成碎片的一点纸屑。也是一个刑警的惯性吧，我故意在那里蹲下来系鞋带，认真看了看那件衣服，并随意地把烟头扔进去，顺手抓走纸屑，出了门。

回到家，我把纸屑整齐地摆好，但只能零星地分辨出是一封莎姐留给建雄的信，因为字迹我很清楚。言语间，支离破碎的只是些柔情的话。

猛然间，我想起那件垃圾桶里的衣服，正是小来妈要我带回来给莎姐的——也就是十几年前，建雄离开五岭屯时留给当年的翠姑的。

可悲的是，那件衣服应该是莎姐留下来还给了建雄，然后，衣服到了垃圾桶……仿佛围绕着这一切，本就什么都没有发生过罢了。

建雄死在1999年年底，千禧年之前吧！我离开X城后，建雄在X城越来越嚣张，后来还开了一间之后年月流行起来的的士高、一间夜总会。下面养着的所谓内保，也就是沿海称呼的马仔越来越多。据说最高潮的时候，他老婆的表妹，在某服装店里买件衣服，人家不肯打折，换回来的结果就是那家店被人砸个稀烂。1997年香港回归前，已经涉足房地产业的他，因为某老城区的拆迁，他下面的人弄出了一起震惊全国的案子，于是，省公安厅派了专案组到X城，把他们兄弟十几年一手打下来的江山全部端了。抓了三十几个人，按有黑社会性质的流氓团伙处理的，枪毙了几个人，其中就有表哥。

而当时，古市长已经调到省里，建雄因为之前收到风声，提前离开了X城，没有被逮到。之后便一直在外地，一直到1999年，偷偷回了一趟X城，行踪被警察发现，然后在追捕中，他开的车撞到了一台运着钢材的货车上。建雄从挡风玻璃处飞了出去，像羊肉串上的羊肉一样，穿到了一条钢管上。据说，一起死的，还有他的一位情妇，有人说那位情妇叫刘莎，只是不知道真假罢了。

尾 声

1993年年底，我们一行三人，到了深圳。从此开始了我们漂泊的一生。

那年月，深圳还没有现在繁华，但相对来说，也非常热闹。我们仨穿得像个粽子过的特区检查站，显得一副老土的模样。每人还拿着一张叫边境证的玩意儿。接我们的是小军的那位亲戚，和我在刑警学院的一位同学——当时还只是深圳公安局特警队的一位普通特警——李日天。李日天的真名叫李昊，李日天只是八戒给他取的小名。因为日这个名词在之后几年被赋予了特殊的含义。正像我们出生那年代，有很多单名一个伟字的一样，包括很多个叫杨伟的。在这名字被取上，被上户口的年月，这些名字并没有其他的意思，而之后被赋了了特殊的含义，才比较滑稽罢了。

当时，地王大厦还不叫地王大厦，叫信兴广场。我们到的那个冬天，地王还矮矮的，没有轮廓，只看见很多工人在忙碌。李日天带我们去吃了海鲜和麦当劳。八戒傻乎乎的，装斯文，两个手指捏着汉堡包的一个角，张大两片肥唇，一口咬了上去，结果是所有的牛肉和西红柿、青菜全部挤到了地上。李日天告诉我们，那一家麦当劳是国内第一家麦当劳。而地点就在现在东门口子上。

我们开设我们的商务调查事务所是在1994年年后。之前，李日天一直有意撮合我们弄这一行，但我和八戒、小军犹豫了很久，或者说不叫犹豫，只是当时身上有点钱，初到花花世界，比较忙罢了。其实，我综观自己这一二十年所做下的几个大的决定，都是很被动的。包括我离开X城，也包括1994年开设事务所，甚至还包括在之后那几年，我和古情的那些事。

而对我和八戒、小军开事务所起到推动作用的事，是我离开警队后，独立处理的第二件命案——王国庆在医院被杀的那档子事。

当然，也有个次要的激活剂，便是八戒勾搭上的那位香港美女苏如柳——某香港保险公司的管理人员。所以可以说，我们到深圳，赚到的第一笔钱，便是王国庆那案子。而支撑着我们在创业初期，从在深圳完全没有人脉，到将事务所做到有点声色，也是因为王国庆的妻子丽姐的帮衬，还有苏如柳任职的保险公司的保险欺诈案，以及李日天介绍我们认识的几位好色的港台老板。